그곳, 寺

그
때
와
지
금

그곳, 寺

그때와 지금 ─ 정종섭

서문

모든 사람이 행복하게 살 수 있는 나라는 어떤 나라일까? 인간의 역사를 보면, 많은 일 가운데 가장 중요한 것이 '이 세상에 인간이 태어나 죽을 때까지 자기가 하고 싶은 것을 하며 행복하게 살다가 편안하게 죽는 것'이다. 현실에서 어떻게 하면 이를 실현할 수 있을까? 모든 지식과 학문은 이 문제를 놓고 전개되어 왔으며, 그 옛날 종교도 바로 이 문제를 해결할 수 있다고 하며 그 길을 제시하여 동서고금을 막론하고 많은 사람들이 종교에 희망을 걸고 살아왔다.

그러나 수천 년 동안 인간이 살아오면서 이 과제를 명쾌하게 해결한 방도나 현실에서 완전히 실현된 나라는 아직 보지 못하고 있다. 나는 이 문제를 해결할 수 있는 길을 제시해 보고자 헌법학을 공부하여 왔다.

오늘날 문명국가에서 헌법이란 바로 '한 나라 안에서 살고 있는 모든 국민이 태어나서 죽을 때까지 자기가 하고 싶은 대로 소망하는 것을 하면서 행복하게 살아갈 수 있게 만드는 가치와 제도에 대해 정한 국가의 최고규범'을 말하기에 문명국가라면 모두 그 나라 국민들이 스스로 정한 최고규범으로서의 헌법을 가지고 있다. 또 과거 종교가 제시한 보편적 가치와 규범들의 중심적인 내용은 오늘날에는 헌법에 상당히 구현되어 있다는 점과 인간이 존엄한 존재로서 인간답게 살 수 있게 하는 일의 상당 부분도 종교가 아니라 국가로 하여금 수행하도록 하고 있다는 것도 덧붙여 둔다.

여기에 실린 글은 내가 공부해 온 불교와 그 이외의 문제를 놓고 씨름한 지식체계를 바탕으로 하여 사찰 순례를 하면서 생각한 사유의 조각들이다. 이른바 세속의 삶이란 어떠한 것이며, 세속에서 인간은 어떻게 행복하게 살 수 있는지 하는 것과, 세속을 떠난 삶이란 무엇이며 그러한 것이 인간에게 어떤 의미를 가지는 것인지의 문제의식이 생각의 바탕에 깔려 있다. 동시에 이런 문제 속에서 이 땅에서도 그 옛날부터 많은 사람들이 살아갔고, 또 누구나 자기의 삶에서 진지하고 치열하게 살아보려고 하지 않은 사람이 없었으리라. 나는 이 글을 쓰면서 이와 관련한 이야기로 글로 남겨둘 필요가 있는 것을 생각나는 대로 써 보았다.

전문적인 글이 아니기에 글의 형식에서나 이야기를 하는 방식에서도 생각이 가는 대로 자유로이 썼다. 때로는 필요한 지식도 있을 것이고, 때로는 위의 문제들에 대해 그간 내가 탐구하고 사유한 생각도 있을 것이다. 사찰 순례의 형식이기에 이 땅에 살다 간 수많은 사람들의 이야기나 생각들이 대신 나타나 있는 점도 있을 것이다.

이와 같이 형식에서 자유로운 글의 성격을 말하자면 일찍이 북송

北宋대에 소식蘇軾(1036-1101) 선생이 쓴 『동파지림東坡志林』과 비슷한 것이라고 할 수도 있겠다. 그런데 모든 글에서 늘 따라다니는 것은 '인간은 존귀한 존재로 행복하게 살아야 한다'는 것과 '모든 인간이 행복하게 살 수 있게 하는 실현 방도가 무엇인가' 하는 질문이다. 우리 모두의 최대의 관심거리이기도 하다.

이 글을 쓰고 책으로 묶여 나오기까지 오랜 시간 많은 대화와 여행을 함께한 외우畏友 김윤태 사장과 그림과 사진도 사용할 수 있게 해 주신 김대원 화백, 이원좌 화백, 양현모 사진가, 이상규 사진가의 따뜻한 관심에 감사하지 않을 수 없다. 글이 하나의 책으로 만들어져 나오기까지 온 정성을 다해주신 김창현 님과 추정희 님께도 감사를 드린다. 우리 모두가 관심을 가지고 있는 '모든 인간이 행복하게 살 수 있는 나라'를 현실에 구현하는 과제에 대한 나의 탐구와 관심은 숨이 멈출 때까지 멈추지 않을 것 같다는 말씀도 함께 드려본다.

사무사실思無邪室에서
정종섭

그곳, 寺

보림사

전남 장흥군 유치면 보림사로 224

한반도의 남쪽 끝자락으로 내려가면 전라남도 장흥군 유치면에 있는 가지산迦智山을 만난다. 서울을 중심으로 하여 남쪽으로 내려가면 육지의 끝에 위치하고 있지만, 남쪽에서 북쪽으로 올라간다고 보면, 한반도에서 위로 올라가는 출발점이 된다. 신라의 도읍지인 경주를 중심으로 하여 보면, 서남쪽 멀리 변방 지역에 자리잡고 있다. 당시에는 이곳이 무주武州 지역이었다. 통일신라시대에 구산선문九山禪門 중에서 제일 먼저 개산開山한 가지산파迦智山派의 중심 사찰로 창건된 절이 현재의 장흥長興 보림사寶林寺이다.

　　오늘날에도 보림사는 한국불교 역사에서 선종의 최초 가람伽藍이라는 점을 강조하면서 그 역사적 정체성을 부각시키고 있는데, 그 역사적 원류를 보면 보림사는 가지산파의 3조인 체징體澄(804-880) 선사에 의하여 창건되었다. 신라에서 남종선을 최초로 연 이는 당나라로 건너가 불교를 공부하고 돌아온 도의道義=道儀(도당유학 784-821) 화상이다. 도의 화상은 당나라로 건너가 그 이전부터 도당신라승들이 많이 찾아간 오대산五臺山으로 먼저 갔다. 오대산은 중국 화엄도량이 즐비하게 있는 광대한 지역이다.

　　이런 점에서 그도 처음에는 화엄종의 승려가 아니었나 추측하기도 한다. 그후 그는 광부廣府 즉 광주부廣州府의 보단사寶壇寺에서 구족계具足戒를 받았다고 한다. 조영록 선생은 그 보단사를 6조 혜능慧能(638-713) 선사가 『법보단경法寶壇經』을 설한 광동성 소주韶州의 대범사(大梵寺=開元寺=報恩光孝寺=大鑑寺)라고 비정한다.

아무튼 그는 장장 37년이라는 오랜 기간 동안 중국 전역을 다니며 화북의 교종과 북종선도 보고 남방에서 혜능 선사가 주석하였던 조계산曹溪山의 보림사寶林寺를 방문하고, 건주虔州 공공산龔公山의 보화사寶華寺에 주석하고 있던 서당지장西堂智藏(735-814) 선사 문하로 들어가 남종선의 정통 법맥을 이어받았다. 백장회해

진전사 도의선사부도탑

百丈懷海(749-814) 선사 등 당대의 여러 선장禪匠(Zen master)들을 만나며 남종선을 수행한 다음 신라로 귀국하여 경주에서 멀리 떨어진 설악산에 터를 잡고 지금의 양양 진전사陳田寺에서 남종선을 조용히 전파하였다.

　이 당시만 해도 신라에서는 아직 남종선이 낯선 것이었고, 경주의 왕실을 중심으로 왕성하게 번성하고 있는 화엄종에서는 경전을 중심으로 하여 관법觀法으로 수행하는 것을 기본으로 삼고 있었기 때문에 이와 다른 남종선은 신라의 중심 지역에서는 '마귀의 말(魔語)'이라고 불리며 배척되고 불신되어 쉽게 수용되기 어려운 상황이었다. 그때까지 신라의 불교는 왕실과 귀족들이 중심이 되어 신봉하는 불교였다. 물론 원효 대사가 왕실불교와 귀족불교를 벗어나 민중불교를 천명하며 대중화를 실천하기도 하였지만 그 힘은 크지 않았다. 그리하여 도의 화상의 제자인 염거廉居(?-844) 선사 역시 신라의 중심 지역으로 들어오지 못하고 설악산 억성사億聖寺에 머물며 스승의 도맥을 이어 선종을 전파하고 있었다.

염거선사부도탑

억성사가 있었던 곳은 오늘날의 양양 선림원지라고 비정된다. 그렇지만 도의 선사에게 불법을 듣고자 모여드는 사람들은 산을 가득 메웠고, 염거 선사에게 배우고자 모여든 사람들도 수없이 많았다고 한다. 시간이 흐르면서 신라 왕실이 힘을 상실하여 가고 사회가 이완되어 가면서 왕실도 백성들에게 영향력을 확장해 가고 있는 선종의 고승들을 자기 세력으로 끌어들여야 할 필요성 때문에 지방의 선문들을 지원하기에 이르게 되었다.

체징 선사는 804년 오늘날의 공주 지역인 웅진熊津에서 명망

보원사지 전경

높은 김씨 가문의 후예로 태어나 19세에 화산花山의 권법사勸法師
에게로 출가하여 열심히 정진하였는데, 당시 출가자들 가운데 발
군의 실력을 드러내며 가장 뛰어났다. 그는 이렇게 발심 수행한
이후 827년 흥덕왕興德王(재위 826-836) 2년에 오늘날 충남 서산시
운산면 용현리에 있는 가양협산加良峽山의 보원사普願寺로 찾아가
그곳에서 구족계를 받았다. 오늘날 이곳에는 광활한 터에 있었던
그 많은 당우들은 모두 사라져 없어졌고 절터만 휑하게 남아 있
다. 그후 그는 설산의 억성사에 주석하고 있는 염거 선사를 찾아
가 그로부터 가르침을 받고 그 법인法印을 전수받았다.

체징 선사는 스승의 문하에서 공부한 후 837년에 풀리지 않는 의문을 안고 동학인 정육貞育 화상, 허회虛懷 화상 등과 함께 당나라로 건너가서 선지식을 찾아 전국의 15개 도道를 모두 편력하면서 공부를 하였다. 언어도 다르고 풍속도 서로 다른 그 광활한 중국의 여러 지역의 사찰들을 섭렵하며 이렇게 불교공부를 하고는 마침내 '우리나라의 조사祖師들이 설한 바에 더 보탤 것이 없다'는 결론에 다다랐다. 이제 그는 더 이상 수고로이 이역 땅을 돌아다닐 필요가 없었기에 840년 2월에 평로사平盧使를 따라 배를 타고 신라로 귀국하여 고향에서 교화를 펼쳐나갔다. 때는 당나라 무종武宗(재위 840-846)이 즉위한 해이고, 아직 회창폐불會昌廢佛(842-846)이 일어나기 전이다.

당시 체징 선사의 명성을 듣고 그에게서 배우고자 하는 사람들이 날로 늘어나자 드디어 무주의 황학난야黃壑蘭若로 옮겨 머무르게 되었으니, 이때가 헌안왕憲安王(재위 857-861)이 즉위한 이듬해였다. 당나라로 건너가 3년 정도 공부하고 더 공부할 것이 없다고 귀국한 것은 당시 도당유학승들이 당나라의 여러 곳을 다니며 오랜 기간 공부하던 것과 비교하면 짧은 기간이다. 도의 화상이 37년 동안 중국 전역을 다니며 선장들을 만나 선을 공부한 것에 비하면 극히 짧다. 과연 이런 것이 체징 선사의 뛰어남에서 말미암은 것인지는 알 수 없으나 비문에는 그렇게 되어 있다. 그 당시 일본 교토京都 히에이산比叡山 연력사延曆寺의 엔닌円仁(794-864) 화상도 스승인 전법대사傳法大師 사이초最澄(767-822) 화상이 입적하자 838년에 천태종을 본격적으로 공부하기 위해 당나라로 건너갔다.

아무튼 조카인 문성왕文聖王(재위 839-857)이 죽고 새로 임금이 된 헌안왕은 당나라에서 귀국한 체징 선사의 높은 경지와 명성을 알고는 선문을 열고자 서라벌로 그를 초빙하게 하였다. 오늘날 전북 고창군 지역인 무주 장사현長沙縣의 부수副守로 있던 김언경金彦卿으로 하여금 차와 약을 체징 선사에게 보내도록 하고 그를 맞이하게 하였다. 그러나 체징 선사는 출가자가 지켜야 할 본분과 옛날 혜능 선사가 조계산에 들어가 보림사에 머물고 있었을 때 당나라 무태후武太后(690-705)가 그를 초청했음에도 병을 핑계로 이를 사양했던 고사를 들어 헌안왕의 부름에 응하지 않았다.

그러자 왕은 체징 선사의 뜻을 존중하여 도속사道俗使인 영암군靈巖郡 승정僧正 연훈連訓 법사와 봉신奉宸 풍선馮瑄 등을 그에게 보내 왕의 진정한 뜻을 전하고 거처를 가지산사迦智山寺로 옮기기를 청하였다. 체징 선사도 이에는 응하여 가지산사로 옮겨 법을 펼쳐나갔다.

가지산사는 이미 경덕왕景德王(재위 742-765) 때 당나라와 인도에서 유학하고 월지국月支國과 중국을 거쳐 신라로 귀국한 원표元表(?-?) 대화상이 화엄종을 대대적으로 펼치며 주석했던 곳이었고, 경덕왕 18년(759)에 나라에서 이곳에 장생표주長生標柱를 세워 전답을 내리고 물적인 지원을 대대적으로 해오고 있던 사찰이었다.

이러한 유서 깊은 곳에 체징 선사가 주석하게 되자 860년에 김언경은 제자의 예를 갖추고 그 문하의 빈객이 되었다. 그는 자기 재산을 내어 철 2,500근을 사서 노사나불盧舍那佛을 주조하여 선사가 머물고 있는 절을 장엄하게 하였다. 그리고 나라에서는 교敎를 내림에 따라 망수望水, 이남택里南宅 등이 금 160분分과 조곡租穀 2,000곡斛을 내놓아 절이 번창하게 되었으며, 동시에 가지산사를 왕의 교서敎書를 작성·공포하는 국왕직속기관인 선교성宣敎省에 소속시켰다.

망수택과 이남택은 신라 부호 귀족들의 가장 호화로운 집인 금입택金入宅을 말하는데, 당시 서라벌에는 35개의 금입택이 있었다. 이 가운데 두 금입택에서 시주한 재산은 답畓 1,333결結에 해당하는 것이었다. 806년 애장왕哀莊王(재위 800-809) 7년 이후부터 나라의 재정 여건을 이유로 불교 도구를 만드는 데 금과 은을 사용하는 것을 엄격히 금지했음에도 불구하고 이 당시에 금을 시주하게 한 것이 눈에 띈다. 그만큼 가지산사는 비중이 매우 컸던 사찰이었던 것 같다. 861년에는 사방에서 물자를 보시하도록 하여 절을 크게 확장하였는데, 낙성일에는 체징 선사가 친히 자리를 함께하였다.

이러한 사실은 당시에 왕실과 진골 귀족들이 체징 선사를 어느 정도로 숭모하였는지를 짐작할 수 있게 하고, 동시에 왕실과 진골 귀족들이 선종의 고승을 자기 세력으로 끌어들이려고 노력한 당시의 상황도 짐작할 수 있다. 이때가 되면, 신라의 왕실은 점차

안정을 상실해가고 있었고 지역에서는 호족豪族들이 선종을 지원하면서 불교의 지지를 얻어 세력을 확장해 가고 있었으므로 왕실도 선종의 선사들을 더 이상 무시하지 못하고 수용하는 태도를 취하게 이르렀다. 어쩌면 체징 선사를 높이 띄워 올린 것에는 이런 정치적인 배경이 작용했을지도 모를 일이다.

이후 체징 선사는 자신이 도의 선사, 염거 선사를 이은 가지산파의 3조임을 분명히 하여 그 종지를 공고히 하고, 영혜英惠 화상, 청환淸奐 화상 등 800여 명을 길러내면서 종풍을 드날렸다. 880년에 입적하니 나이 77세였다. 883년에 문인 의거義車 등이 행장을 모아 스승의 비를 세워 불도를 밝혀줄 것을 왕실에 청하니 왕이 이에 응하여 시호를 보조普照라고 내리고, 탑호를 창성彰聖이라고 하고 절의 이름을 보림사寶林寺라고 지어 내렸다. 이때부터 가지산사의 이름이 보림사로 바뀌었다. 이러한 내용을 적은 비를 884년에 세우니, 이것이 전액篆額에 '가지산보조선사비명迦智山普照禪師碑銘'이라고 새겨져 있는 〈보조선사영탑비普照禪師靈塔碑〉이다.

이 비는 김영金穎이 짓고, 김원金薳과 김언경이 글씨를 나누어 썼다. 김영은 조청랑朝請郎과 금성군錦城郡 태수太守를 지냈고 비은어대緋銀魚袋를 하사받았으며, 진성여왕이 왕위를 양위할 때에 당나라로 사신으로 가서 〈신라하정표新羅賀正表〉와 〈양위표讓位

表〉 등을 올리고 효공왕孝恭王(재위 897-912) 때 돌아온 인물로 문장에 뛰어났고 사신으로도 활약한 인물이다. 890년에 〈월광사원랑선사탑비月光寺圓朗禪師塔碑〉의 글도 지었고, 897년 이후 심원사 즉 실상사의 〈심원사수철화상비深源寺秀澈和尙碑〉의 비문도 그가 지은 것으로 추정된다.

김영은 진성여왕의 〈양위표〉를 당나라 황제에게 바치고 왔지만, 왕명을 받아 이를 지은 최치원崔致遠(857-?) 선생은 그 심사가 매우 고통스러웠을 것이다. 신라의 왕이 양위를 함에 있어서 당 황제의

보조선사영탑비

윤허를 얻기 위해 신라왕을 대신하여 이런 글을 짓게 되었으니 그가 느꼈을 굴욕감과 자괴감은 충분히 짐작할 수 있다. 어쩌면 땅을 치며 분통을 터뜨렸을지도 모른다. '이런 글이나 짓자고 당나라로 건너가 온갖 고생을 하며 공부했단 말인가!'라고 말이다.

〈보조선사영탑비〉의 글씨를 보면 한 사람이 쓴 것이 아니라 두 사람이 비문의 내용을 나누어 썼다는 점이 매우 특이하다. 다른 비에서는 그 예를 찾아보기 어렵다. 처음부터 앞부분은 김원이 구양순歐陽詢(557-641)·구양통歐陽通(?-691)풍의 엄정한 해서楷書로 썼고, 7째 행의 '선禪' 자 이하부터는 입조사入朝使로 활동하고 자

보조선사영탑비의 김원 글씨 부분

보조선사영탑비의 김언경 글씨 부분

구양순 글씨, 황보탄비   홍각선사비 잔존 부분

금어대紫金魚袋를 하사받은 김언경이 저수량褚遂良(596-658)풍의 부
드러운 해서로 썼다. 김원은 당시에 오늘날 전라남도 영암군靈巖
郡 미암면美巖面 일대인 무주 곤미현昆湄縣의 현령縣令으로 있었는
데, 억성사로 비정되는 선림원지禪林院址에 있는 〈홍각선사비弘覺
禪師碑〉의 비문도 그가 지었다. 〈보조선사영탑비〉의 글씨를 새긴
사람은 흥륜사興輪寺의 승려인 현창賢暢이다.

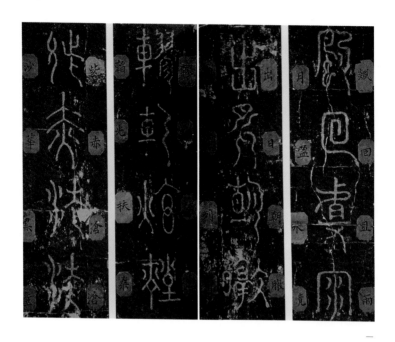

허목 글씨, 척주동해비

'迦智山普照禪師碑銘가지산보조선사비명'이라고 쓴 비의 전액은 소
전小篆에 가까운 전서篆書로 되어 있다. 887년에 최치원 선생이 짓
고 구양순·구양통풍의 해서로 비문의 글씨를 직접 써서 쌍계사雙
磎寺에 세운 〈진감선사비〉에서 '敭海東故眞鑑禪師碑양해동고진감선사
비'라고 과두문자蝌蚪文字로 전액을 쓴 것과 비교해 보면 흥미롭다.
당시에 비의 전액에는 대전체大篆體와 과두문자를 쓴 것 같다.

보조선사영탑비의 전액

진감선사비의 전액

우리나라에서 과두문자 등 고문자에 대한 본격적인 관심과 연구는 조선시대 미수眉叟 허목許穆(1595-1682) 선생에게 와서 전개된다. 그는 그의 문자학적 연구 성과를 바탕으로 하여 〈척주동해비陟州東海碑〉에서 볼 수 있는, 고전古篆에 바탕을 둔, 이른바 '미수체眉叟體'의 글씨를 구사하였다.

이 글씨와 관련하여 재미있는 일은 그때나 지금이나 이 옛 전서는 사용하지 않기 때문에 이 글씨가 부적符籍을 쓸 때 쓰는 글씨와 비슷하게 보여 앞다투어 탁본을 하여 갔는가 하면, 액운을 막고 악귀를 쫓기 위하여 이 글씨를 구하여 집에 붙여놓기도 했다. 오늘날에도 〈척주동해비〉의 글씨를 무슨 내용인지도 모르고 가게나 집에 걸어 놓고 악을 쫓고 복을 부른다고 하면서 걸어 두고 있는 사람들이 있다. 허목 선생이 보면 실로 우스운 일이겠으나, 예나 지금이나 지식이 없으면 이런 어처구니없는 행동들을 하게 된다. 비단 글씨뿐이겠는가.

그후 문자에 대하여 본격적으로 연구한 사람은 추사秋史 김정희金正喜(1786-1856) 선생이다. 허목 선생과 김정희 선생은 조선의 사대부들이 문자에 대해 깊이 연구하여 그 법리를 이해하려고 하지 않고 당시 유행하는 일부 중국 서예가들의

허목 인장

글씨를 베끼며 글씨를 보기 좋게만 쓰려고 평생 에너지를 낭비하는 세태에 대해서 매우 비판적인 태도를 취하였다. 추사 선생의 서법은 기본적으로 그의 문자학에 바탕을 두고 형성된 것이고, 조선의 금석학은 바로 문자에 대한 탐구에서 비롯된 것이었다.

문자학에 관한 이야기가 나온 김에 하나 밝혀놓고 싶은 것이 있다. 추사 선생이 이 문제에 대해 관심을 가질 시기에 시대를 앞서보며 학문과 예술 등 모든 면에서 뛰어난 인물이 있었으니 그가 척재惕齋 이서구李書九(1754-1825) 선생이다. 뛰어난 재주를 타고난 인물인데 홍대용洪大容(1731-1783) 선생과 박지원朴趾源(1737-1805) 선생의 문하에 출입하며 학식과 문장을 더욱 연마하였다. 21세에 과거에 합격하였지만 항상 높은 정신세계를 추구하며 탐구에 몰두하는 삶을 살면서 역사에서는 이른바 실학사대가實學四大家의 한 사람으로 족적을 남기게 된다.

실학사대가는 이서구, 이덕무李德懋(1741-1793), 박제가朴齊家(1750-1805), 유득공柳得恭(1748-1807) 등 당대 문명을 날리던 학자들을 일컫는데, 이들 사대가의 재주와 실력은 4인의 시 각각 100수를 모은『한객건연집韓客巾衍集』하나만으로도 청나라 학단學壇을 놀라게 만들 정도이었다.

사대가 가운데 이서구 선생만 서얼이 아니어서 여러 벼슬을 역임하며 실력을 발휘했고, 나머지 세 선생은 규장각奎章閣 검서관檢書官으로 활약을 하였다. 이서구 선생은 형조판서, 판중추부사를 지내면서도 한 번도 중국에 사신으로 가지 않은 것이 특이하지만, 국내에 있으면서 중국의 많은 신진 지식을 섭렵하였고, 학문과 함께 문자학, 서예에도 뛰어났다. 박제가 선생에게서 공부한 추사 선생 이전에 예서隷書의 결구結構에서 예술미가 탁월한 구성을 시도

이서구 글씨

한 것은 이서구 선생의 글씨에서 상당한 수준에 도달하였음을 볼
수 있다. 문자학에 관한 이야기를 하다가 여기까지 와버렸다.

〈보조선사영탑비〉는 나말여초의 일반적인 석비石碑의 양식에
따른 것으로 현재도 이수螭首, 귀부龜趺, 비신碑身이 완전한 모습으

로 남아 있다. 비의 글을 지은 사람, 글씨를 쓴 사람, 글씨를 돌에
새긴 사람의 이름이 분명히 밝혀져 있어 학술적으로도 가치가 크
다. 이수에는 구름 문양의 판형 위에 아홉 마리의 용이 새겨져 있
고, 비신을 받치고 있는 비좌碑座에도 같은 모양의 구름 문양을
새겨 이수와 귀부가 자연스레 연결되듯이 조각되어 있다.

일반적으로 석비의 구조를 아래에서부터 보면, 비를 세우기 위
해 땅위에 까는 바닥돌인 하대석下臺石, 그 위에 앉아 있는 거북이

네 발을 내밀고 있는 부분의
부대趺臺, 거북의 등 부분인
귀부, 거북 몸체에 붙어 있는
용의 머리인 용두龍頭, 비문을
새긴 비신을 끼워 세우기 위
하여 거북등에 직사각형으로
조각하여 올린 받침대인 비좌,
비좌에 꽂아 수직으로 세우
는 비신, 비신의 머리 부분인
이수, 이수의 가운데 정면에
두전頭篆을 쓰는 제액題額으로
되어 있다.

〈보조선사영탑비〉의 옆에는
체징 선사의 사리를 모셔놓은

보조선사탑

부도탑인 〈보림사보조선사창성탑寶林寺普照禪師彰聖塔〉이 당당히 서 있다. 부도탑은 9세기 신라 하대에 선종이 들어오면서 전국적으로 세워지기 시작하였는데, 승려의 사리를 봉안하는 탑이다.

부도탑도 그 구조를 아래에서부터 보면, 기단부基壇部, 탑신부塔身部, 상륜부相輪部로 구분하는데, 기단부는 탑을 세우기 위해 땅 위에 바닥을 까는 지대석址臺石, 그 위에 하대석下臺石 받침과 하대석, 중대석中臺石 받침과 중대석, 상대석上臺石 받침과 상대석을 차례로 쌓는다. 이렇게 기단부가 만들어지면 그 위에 탑의 몸통인 탑신을 올리고, 다시 그 위에 이를 덮는 지붕돌인 옥개석屋蓋石을 올린다. 지붕돌 위에는 석탑의 경우와 같이 상륜부를 만드는데, 상륜부는 받침인 노반露盤, 그 위에 복발覆鉢, 앙화仰花, 보륜寶輪, 보개寶蓋, 수연水煙, 용차龍車, 보주寶珠 등의 돌로 조각한 장식을 수직으로 올리며 쌓는다.

지금 남아 있는 승탑 중에는 진전사에 있는 〈도의선사부도탑〉이 우리나라에서 최초로 세워진 승탑으로 간주되는데, 제작 연도가 분명히 밝혀진 승탑으로 가장 오래된 것은 그의 제자인 염거선사의 승탑이다. 국립중앙박물관의 야외 전시공간에 서 있다. 법맥으로 볼 때, 보림사에 있는 보조 선사의 승탑도 그 다음 것이니 현존하는 승탑 중에서 오래된 것으로 문화재적 가치가 높다. 〈도의선사부도탑〉은 석탑의 기단에 팔각의 탑신과 팔각의 지붕돌을 쌓은 모양을 하고 있는 것이지만, 〈염거선사부도탑〉이나 〈보

—
대웅보전

조선사부도탑〉은 팔각원당형의 양식을 온전히 가지고 있는 것으로 승탑의 양식 가운데 가장 화려한 것이다. 석탑의 형태를 하고 있는 승탑으로는 경주 금곡사金谷寺에 있는 원광圓光(542-640?) 법사의 승탑이 있다.

보림사는 그후 여러 차례 중창과 중수를 거치면서 고려시대 말까지 엄청난 영향력을 가진 사찰로 발전하였고 20여 동의 전각을 갖춘 대사찰로 유지되어 왔다. 1950년 6·25 전쟁 때 북한 인민군들이 소굴로 점령하였다가 도주하기 전에 불을 질러 대웅전 등 대부분의 건물들을 태워버리는 바람에 천왕문天王門, 사천왕四天

일주문

王, 외호문外護門만 남았다. 불타 버린 대웅전은 서쪽을 향하여 세운 정면 5칸, 측면 4칸으로 된 중층팔작重層八作지붕의 큰 건물이었다. 외관과는 달리 내부는 2층까지 통해서 한 방으로 만들고, 중앙 단상에는 금동석가여래상과 양쪽에 협시불을 안치하였다. 이후 근래에 와서 대적광전大寂光殿을 다시 지어 대웅보전大雄寶殿에 있었던 비로자나불을 이리로 옮겨왔다. 현재의 대웅보전도 원래의 모습대로 중층의 팔작지붕으로 복원하여 건립한 것이다.

일주문은 공포栱包를 여러 개 얹어 웅장하고 화려하게 지었다. 정면에는 「迦智山寶林寺가지산보림사」라고 세로로 쓴 현판이 걸려 있다. 안쪽에는 「禪宗大伽藍선종대가람」 이라고 큰 글씨로 쓴 현액이 걸려 있다. 이 현판에는 '순치順治 14년에 예조禮曹 수어청守禦廳 양사첩액兩司帖額'이라는 글자와 '옹정雍正 4년 3월 시행'이라는 글자가 쓰여 있다. 즉 효종 8년 1657년에 국가가 수호하는 사찰로 되고 영조 2년 1726년에 이를 시행한다고 되어 있다. 이를 보면, 보림사는 조선시대 효종 때 국가수호사찰로 정해졌고, 영조 때 국가적인 보호가 시행된 절임을 알 수 있다. 그 현판 아래에는 「外護門외호문」이라는 작은 현액이 걸려 있다. 이 두 개의 원래의 현판은 박물관에 보관하고 있고, 현재 걸려 있는 것은 다시 제작하여 단 것이다.

일주문을 지나면 「四天門사천문」이라는 현판이 걸려 있는 천왕문을 만난다. 이 천왕문은 석등, 대적광전, 천향각의 건물과 일직선상에 놓여 있다. 대웅보전은 이 일직선과 직각을 이루는 방향에 놓여 있다. 대웅보전에서 보면, 앞마당의 왼쪽에 천왕문이 있고 오른쪽에 대적광전이 있다. 매우 특이하다. 천왕문 안에 봉안된 사천왕상은 1780년(정조 4)에 나무로 조성된 국내 목각 중에서 대표적인 것으로, 최근 중수하여 옛 모습을 그대로 복원하였으나 복장 속의 비장품은 도굴꾼들에 의하여 이미 파괴되었다고 한다.
대적광전 앞에는 삼층석탑이 쌍으로 동서로 나란히 서 있고, 그 두 개의 석탑 사이에 석등이 서 있다. '쌍탑 1금당'의 가람배

일주문에서 보이는 천왕문, 석탑, 대적광전

대적광전, 쌍탑, 석등

치에서 그 문법대로 석등이 놓여 있다. 삼층석탑과 석등은 모두 870년 경문왕景文王(재위 861-875) 10년에 건립된 것으로 국보이다. 다만 석등이 양탑 사이로 일직선상에 서 있는 것이 특이하다. 어쩌면 처음에 세운 석등이 없어지고 나중에 석등을 세우면서 양탑 사이에 세웠거나 아니면 이후 석등을 옮기면서 이렇게 배치한 것인지도 모르겠다. '1탑 1금당'의 가람 배치에서는 석등이 탑 앞에 놓이고 탑 뒤에 불전佛殿이 있다. 탑이 없는 곳에는 불전 앞에 바로 석등을 세우기도 한다.

석등의 일반적인 구조는 아래에서부터 대좌부臺座部, 화사부火

숨部, 상륜부相輪部로 구성되어 있고, 대좌부는 석등을 세우기 위해 땅위에 까는 기반돌인 지대석, 그 위에 기대석基臺石, 연꽃잎을 아래로 향하게 조각한 복련석伏蓮石, 그리고 그 위에 세우는 기둥돌인 간주석竿柱石, 그 위에 복련석과는 반대로 연꽃잎을 하늘을 향하도록 조각한 앙련석仰蓮石으로 되어 있다. 화사부는 앙련석 위에 불을 피우는 팔각, 육각, 사각 모양의 화사석火舍石이 놓이고 그 위에 지붕돌인 옥개석이 놓인다. 옥개석 위에 상륜부가 구성되는데, 상륜부는 보주형寶珠形과 보개형寶蓋形이 있어, 보주형은 연꽃 봉오리나 구슬 같은 모양의 보주를 옥개석 위에 올리고, 보개형은 보다 화려하게 보륜, 보개, 보주 등을 올려 장식한다. 이러한 석등도 고려시대와 조선시대로 내려오면서 변하여 다양한 형태를 띠게 되었다.

석등은 현실적으로 어두운 절 공간에 불을 피워 사위를 환하게 밝히는 기능을 하는 것이지만, 상징적으로는 불법으로 무명無明을 밝힌다는 의미를 가지고 있으며, 붓다의 가르침이 여기에 이르러 있다는 전등傳燈의 의미도 가지고 있다. 그 불이 등잔불이든 석등의 불이든 붓다의 광명지혜光明智慧가 여기에 있으니 어두운 무명에서 벗어나라는 뜻이다.

석등은 불교가 전파된 인도, 중국, 일본 등지에도 있지만, 불교적 상징물로 본격적으로 널리 세워진 것은 우리나라에서만 볼 수 있는 현상이다. 그래서 불교 건축양식에서 한국을 '석탑의 나라'

라고 하고, '석등의 나라'라고 평가하는 견해도 있다. 설득력이 있
는 관점이다.

보림사에는 통일신라시대에 제작된 승탑과 승탑비, 삼층석탑,
석등이 완전한 형태로 남아 있다. 특히 석탑의 상륜부의 장식이
지금까지 훼손됨이 없이 완전하게 남아 있어 그 가치가 매우 높
다. 이러한 온전한 모습을 갖추고 있는 불교 문화유산을 보려면
여기에 오면 된다.

비로자나불毗盧遮那佛 좌상은 중생을 의미하는 왼쪽 집게손가
락을 법계를 뜻하는 오른손으로 감싸 쥐고 있는 형태인 지권인智
拳印을 취하고 있다. 이 좌불은 왼쪽 팔 뒷면에 주조한 내력을 양
각의 명문으로 분명하게 새겨놓은 것으로 중요한 가치를 지니고
있다. 명문의 내용에 의하면, 무주 장사현의 부관副官 김수종金遂
宗이 석가모니 입멸 후 1808년이 되는 858년(大中 12년) 7월 17일에
정왕情王 즉 헌안왕에게 불상 주조를 아뢰고, 왕이 8월 22일 조칙
을 내려 859년에 불상을 조성하였다.

그런데 이는 〈보조선사영탑비〉에 김언경金彥卿이 자신의 재산으
로 철 2,500근을 사서 노사나불 1구를 주조한 것으로 기록되어
있는 내용과 상충된다. 이와 관련해서는 김수종과 김언경을 동일
한 사람으로 보는 견해도 있고, 보림사 양 탑의 탑지塔誌에 경문
왕 10년 870년에 왕이 헌안왕의 왕생극락을 위하여 탑을 세웠으

철조 비로자나불좌상

며, 지금의 청주 지역인 서원부의 소유으로 있는 김수종이 왕의 칙명을 받들어 한 것이라는 기록으로 볼 때, 김수종이 860년에는 철불을 주조하여 시주하고, 870년에는 왕의 명을 받아 석탑을 세운 사람인 것이 맞으므로 김언경이 나중에 비문을 쓸 때 철불을 주조하여 시주한 사람을 자기로 바꾸어 썼다고 보는 견해도 있다. 다른 경우에는 볼 수 없는, 비문의 글씨를 김원과 김언경이 나누어 쓴 것에 필히 어떤 곡절이 있을 것이라고 의문을 가져보면, 김언경이 비문을 쓰면서 그 내용을 개작한 것이 아닐까 하는 의문도 생길 수 있다고 보인다.

비로자나라는 말은 산스크리트어로 태양을 의미하는 바이로차나(vairocana)를 음역한 말로 비로사나毘盧舍那, 노자나盧遮那, 비로절나鞞嚧折那, 페로자나吠盧遮那, 자나遮那 등으로도 불린다. 이는 발음에 따른 음역이기 때문에 한자의 의미는 별 의미를 가지지 않는다. 의미에 따라 번역한 말로는 대일여래大日如來라는 말이 있다. 천태종天台宗에서는 비로자나불, 노사나불, 석가모니불을 각각 보편적 진리로서의 붓다의 모습을 말하는 법신法身(dharma-kāya), 법신은 반드시 보신으로만 나타난다고 하는 과보와 수행의 결과로 주어지는 붓다의 모습인 보신報身(vipakakāya), 중생 구제를 위하여 구체적인 상황에 맞추어 그때그때 여러 모습으로 세상에 나타나는 붓다의 모습인 응신應身=化身(nirmā)에 해당하는 붓다로 보는데, 이 셋은 결국 동일한 붓다라고 본다.

　삼신三身이라는 개념은 대승불교시대에 불교의 교리가 철학화하는 과정에서 등장한 것이다. 비로자나불을 모신 전각을 대적광전大寂光殿 또는 대광명전大光明殿이라고 하는데, 가운데 비로자나불을 봉안하고 좌우로 노사나불과 석가모니불을 봉안한다. 『범망경梵網經』에 따르면, 노사나불은 연화대에 결가부좌를 하고 앉아 있으며, 왼손은 무릎 위에 오른손은 가볍게 들고 있는 모습이라고 되어 있으나, 여기서는 법신인 비로자나불만이 취하는 수인手印인 지권인智拳印으로 조각하였다.

　보림사의 원래 당우들이 화마에 대부분 사라져 버린 터에 부족한 자료들을 모아 이를 근거로 당우들을 복원하고 오늘날 멋진 난야의 공간을 만들어 낸 원력에 감동을 받았다. 해가 넘어가는 길에 절을 나서며 보림사가 그 역사적 정체성에 맞게 문경 봉암사와 같이 문을 걸어 잠그고 수행자들이 정진하는 공간이 되었으면 참 좋겠다고 기원해 보았다.

　여전히 궁금한 것은 신라 하대에 이 땅에 남종선이 들어왔을 때 그 가르침과 수행이 어떠했으며, 승려들이 어떤 모습으로 살았을까 하는 점이다. 찬란했던 신라가 중대 이후로 빛을 잃어가면서 그간 권력을 쥐고 호의호식하던 무리들은 오랜 세월 왕위쟁탈전으로 날을 지새웠고, 하대에 와서는 농민들이 곳곳에서 못 살겠다며 난을 일으켜 자기 살 길을 찾아 나서는 지경에 이르렀으며, 지방의 호족들도 중앙에 반기를 들고 일어나는 등 혼란의 시기로 빠져들었다. 선종이 확산되어 가던 시절의 사바세계娑婆世界 풍경이다.

힘없는 백성들에게는 이 세상이 극락정토라는 것은 더 이상 믿지 못할 거짓으로 드러났고, 이제는 파리 목숨 같은 이 삶이 죽어서나마 극락왕생을 했으면 하는 가느다란 희망만이 살아 있을 뿐이었다. 그래서 그들은 또 도피처를 찾아 나서게 되었다. 아미타불阿彌陀佛을 지극 정성으로 외우면 죽어서 극락왕생한다는 내세신앙에 가느다란 희망을 걸어보기도 하고, '불쌍한 민초民草들을 구해 줄 미륵불彌勒佛이 와서 우리를 구해 줄지도 모른다'

미타전

는, 불교의 원래 철학과는 거리가 먼 '미륵신앙'이 불교인양 나타나게 되었다. 기독교도 그 본래의 모습에서 벗어나면 메시아주의(Messiahism)에 빠지는 것처럼 이와 유사한 양상이 벌어진 것이 아닌가 하는 생각이 든다. 보림사에는 아미타불을 봉안한 미타전彌陀殿이 있다.

다른 한편으로 보면, 오히려 이런 지점이 진리와는 거리가 먼 '종교'라는 것의 본질인지도 모르겠다. 미타신앙이나 미륵신앙이 불교가 전파될 때부터 실크로드상의 여러 나라이든 중국이든 한반도이든 모두 공통으로 나타난 것을 보면, 글도 모르고 철학도 모르는 일반 사람들에게는 불교란 고통스런 현세에서 벗어나게 하여 극락 세상에 다시 태어나게 해 준다는 희망으로 받아들여진 것이 아닌지 모르겠다. 그리고 그런 신앙은 사회가 불안정할수록 활발하게 나타났다.

미타신앙에 관한 이야기가 불교에서 정리된 모습이 어떠하건 사후 세계에 대한 인간의 생각은 이집트문명은 물론이고 까마득한 원시시대에까지 거슬러 올라간다고 보인다. 장례의식이 행해진 것은 죽음을 경건하게 생각하고 사후 세계에 대하여 어떤 생각을 가졌다고 보인다. 그러니까 망자를 아무곳에나 그냥 내버리지 않고 장례를 치른 것이다. 우리의 조상인 호모 사피엔스(Homo sapiens)와는 다른 호모(Homo)로 보이는 호모 날레디(Homo naledi)에게서도 장례에 관한 고고학적 유물이 발견되어 30만 년 전에도

인간과는 다른 생명체가 불을 사용하고 사유를 하고 장례를 치르는 의식 등을 한 것으로 드러났다.

이런 것을 보면, 종교든 무엇이든 뇌를 가지고 사유를 한 생명체는 사후 세계에 대하여 어떤 생각을 가진 것으로 되는데, 불교에서도 다른 종교에서처럼 이런 사후 세계에 관한 미타신앙이 있다고 하여 문제가 되는 것은 아닐 것 같다는 생각도 든다. '생이니 사니 하는 것은 없다. 생사 자체를 생각하지 말라. 그 자체가 망

상이다. 그런 생각을 하는 마음이 있으면 그 마음을 한번 내 보여
보라. 거봐, 없지 않느냐!' 하는 것이 불교의 진수라고 하더라도 말
이다.

  신라 하대에도 사람 사는 세상이 이런 불안한 시대로 빠져들자
결국 풍수지리설風水地理說이 불교나 도교 등의 교설과 합쳐져 기
승을 부리고, 아예 인간의 미래를 예언한다는 도참설圖讖說까지

날뛰게 되었다. 궁예弓裔(857?-918)가 반란을 일으키며 자신이 미륵불이라고 하고 도참을 들고 나와 세상을 현혹한 것도 이러한 상황에서 벌어진 일이다. 이런 인간의 문제 앞에서 불교는 과연 무엇을 할 수 있었을까?

현실에서 모든 인간이 행복하게 살아가는 세상을 만드는 것이 우리가 궁극에 바라는 것이라면, 먼저 해야 할 일은 사람을 고통스럽게 만드는 현실의 모순을 해결해야 할 방책을 찾아 실천하는 것이리라. 여기서 미륵신앙이나 미타신앙에 의지하게 하는 것은 현실의 모순에 눈을 돌리게 만드는 것으로 될 수도 있다. 이 지점에서 미륵신앙이든 미타신앙이든 또는 메시아주의이든 이는 세간법이 될 수 없고 출세간의 법으로 존재하는 것임을 알 수 있다. 그리고 철학과 지식은 바로 현실의 모순을 해결하는 데 그 본분이 있게 된다.

봉암사

경북 문경시 가은읍 원북길 313

영남의 문경聞慶으로 찾아들면 그야말로 첩첩산중에 높은 주흘산主屹山의 봉우리들이 줄을 이어 있고 하늘을 나는 새들이나 넘나든다는 험난한 조령鳥嶺, 즉 우리말 그대로 새재가 영남 땅에서 서울로 가는 길을 조금 열어주고 있을 뿐이었다.

문경에서 풀들이 우거진 고개라고 하여 초재草岾라고 부르기도 한 새재를 넘어가면 충북 괴산 땅으로 들어간다. 여기부터는 평지 길이라 충주에서 목계나루를 출발하는 배를 타고 가면 남한강을 따라 뱃길로 한양으로 갈 수 있었다. 조선시대에는 상인이나 관리, 심부름꾼 그리고 청운의 꿈을 안고 과거를 보러 다니는 선비들이나 이 길을 다녔을까 보통 사람들은 이 길을 다닐 일이 드물었고, 대부분 사람들은 한양 구경도 못하고 새재 남쪽 지역에 태어나 살다가 그곳에서 세상과 이별하였다.

관리들과 세도가들에게 시달리다가 살기 위해 도망쳐 나온 유민流民들이 이 험한 길을 올랐을지도 모르고, 이런 약자들까지 약탈의 대상으로 삼아 패악질과 도적질을 일삼은 산적들도 이 길을 오르내렸으리라. 새재가 열리기 전에는 하늘재를 넘어 영남 땅 끝자락 진주에서 한양으로 이어지는 천리 길의 힘든 내왕을 하였다. 요사이에는 하늘재도 산행을 즐기는 사람들이 자주 찾는 길이 되었지만, 그 옛날에는 온갖 위험을 무릅쓰고 다니던 길이었다. 세상은 이렇게 무상하게 바뀐다.

오늘날에는 사통팔달로 길이 나 문경은 이제 전국의 어디에서나 하루에도 다녀올 거리가 되었다. 수풀 우거진 험난한 땅 새재가 문경새재도립공원으로 탈바꿈을 하여 각지에서 관광객들이 빈번하게 찾아오는 곳이 되었고, 새재의 제1관문인 초곡성草谷城, 즉 주흘관主屹關에서 제2관문인 조곡관鳥谷關과 중성中城, 제3관문인 조령관鳥嶺關과 조령산성까지 맨발로 걷는 사람들도 있다. 이 성들은 1592년에 발발한 임진왜란으로 왜적들에게 전 국토가 쑥대밭이 되도록 유린당한 다음에야 정신을 차려 숙종肅宗(재위 1674-1720) 때 축조한 것이다.

1592년 4월에 부산에 들어온 왜군은 5월에 수도 한성漢城을 점령하고 6월에 평양平壤을, 7월에는 함경북도 끝에 있는 회령會寧까지 점령해 버렸다. 이후 전쟁터가 된 나라에서 백성들의 삶이 어떠했을지는 불을 보듯 뻔하다. 요즘도 그렇지만 전쟁터에서는 아이들과 여성, 노인들은 거의 무방비 상태에서 죽어나간다. 초가집들이 모여 있는 동네에 불을 지르면 동네 하나가 사라지는 것은 순식간이다. 그때까지 이 땅에 존속하여 온 궁궐, 사찰, 탑 등 목조건축물들도 전화戰火 속에 거의 사라져 버렸다.

나라는 백성을 위하여 존재하는 것인데, 사람들의 삶을 귀하게 생각한다면 나라의 권력을 쥔 자들이 제일 먼저 해야 할 일은 국방을 튼튼히 하고 강한 군대를 만드는 것이다. 이런 기본적인 일을 게을리하고 권력놀음을 하다가 일본에게 당한 것이다. 의주까지 황망하게 피난을 간 선조宣祖(재위 1567-1608)가 서애西厓 유성룡柳成龍(1542-1607) 등 신하들의 만류에도 불구하고 압록강을 건너 명나라로 넘어가려고 하다가 명나라에서 들어오지 말라고 하는 바람에 나라와 백성을 버리는 군주는 면하게 되었다.

고려 말 수문하시중守門下侍中으로 국가권력을 손아귀에 쥔 이성계李成桂(재위 1392-1398)가 우왕禑王(재위 1374-1388)과 창왕昌王(재위 1388-1389)이 모두 편조遍照 화상 신돈辛旽(?-1371)이 낳은 아들이라고 하면서 죽인 다음에 공양왕恭讓王(재위 1389-1392)을 앞세우고 '가짜를 없애고 진짜를 세운다'는 '폐가입진廢假立眞'의 기치를 들고 군사쿠데타를 일으켜 고려왕조를 무너뜨리고 조선을 세웠다.
왕씨 성을 가진 사람들의 씨를 말리는 짓부터 한 조선왕조도 초기부터 왕자의 난이니 계유정난癸酉靖難이니 하며 왕실 내의 권력투쟁에 의한 살육과 충신들을 도륙하는 일을 일삼다가 그 역시 부패의 나락으로 빠져들었다.
이에 나라의 기틀을 바로 세우고 나라를 농단하는 세력들을 척결해야 한다면서 일어선 천하의 선비들을 이 땅에서 몰살시킨 이른바 사화士禍를 거듭하다가 결국에는 나라 일을 해야 할 자리에 앉은 인간들이 동인東人이니 서인西人이니 하면서 패를 갈라 권력다툼을 하는 사이에 나라는 피폐해졌고, 급기야 임진년에 와서는 일찍부터 조선 정벌의 야욕을 불태우던 왜적들이 쳐들어왔다. 임진년에 시작된 7년간의 전쟁으로 인한 참화는 너무나 컸기에 조선왕조가 일본제국주의에 의해 망할 때까지 원래의 수준으로 회복하기에도 어려울 정도였다.

지금은 아무런 일도 없었던 것처럼 봄·여름·가을·겨울 천변만화하는 풍광과 운치를 즐기며 새재로 관광을 다니지만, 조선시대 500년 동안 이 땅에 살다 간 평범한 백성들의 삶을 생각해 보면, 도대체 '국가는 누구의 것인가' 하는 것을 묻게 되며, '용비어천가龍飛御天歌'를 부르며 새 왕조를 만든 왕들과 통치 세력들은 그동안 무엇을 했는지 묻지 않을 수 없다.

군주정치(monarchy) 시대라고 하여 나라가 군주의 것은 아니다. 동서양을 막론하고 고대부터 국가사상, 정치사상, 경세론 어디에나 '천하는 언제나 백성의 것'이라는 이치가 국가 정당성의 원천이라고 천명되어 있다. 왕이 되고 권력을 차지하면 백성들을 마음대로 죽이거나 부리고 남의 재산이나 물건 등을 빼앗을 수 있다는 말은 어디에도 없다. 권력자들은 나라의 법도 마음대로 위반하고 법을 위반해도 처벌되지 않는다고 한 말도 없다.

권력은 백성의 것이기에 임금이든 권력자든 법의 적용에서 예

외가 될 수 없고, 법이 공평하고 엄정해야 나라가 산다고 한 전
국시대 진秦나라의 상앙商鞅(BCE 390-BCE 338)도 결국 폭군의 손에
죽기는 했지만, 상앙의 국가사상은 지금도 살아 있다. 나라가 군
주의 것이라고 한 것은 폭군들과 이에 아첨하는 자들이 내뱉은
궤변일 뿐이다. 어떤 책을 펼쳐도 성군聖君은 성스러운 인간이 아
니라 백성을 행복하게 한 군주를 말하고, 폭군暴君은 백성을 괴롭
히고 고통의 구렁텅이에 빠지게 한 군주를 말한다고 되어 있다.
맹자孟子(BCE 372?-BCE 289?)는 폭군은 아예 벌을 주어 쫓아내버려
야 한다고 했다.

　나라와 나라 사이에 있어서는 다른 나라를 쳐들어간 나라가
잘못을 저지른 것이 되지만, 전쟁에서 적을 물리치지 못하고 나
라와 백성들이 피해를 입게 되었다면 이는 나라를 통치한 사람들
에게 책임이 있는 것이다. 예나 지금이나 마찬가지다.

　세상에 선과 악은 없다고 하며, 옳고 그름을 판단하지 않는 것
이 불교의 이치라고 하는 사람들이 있는데, 개개인의 주관적 가치
에서는 선과 악이 정해져 있는 것은 아니지만, 모든 사람들이 같
이 모여 사는 사회나 국가에서는 그 무엇이든 다른 사람이 행복
하게 살 수 있도록 하는 데 기여하는 바가 있으면 선이고, 나의
이익을 위하여 타인을 희생시키거나 불행하게 만드는 행위라면
이는 크든 작든 악이 된다.

불교에서도 선행과 악행을 구별하는 것을 부정하지 않는다. 선행과 악행은 분명히 다르며 인과에 따라 선업을 지은 사람은 극락으로 갈 것이며 악업을 지은 사람은 10대 지옥으로 떨어져 육도윤회에서 벗어나지 못하게 될 것이다.

새재의 맑은 공기를 마시며 정다운 흙길을 즐겁게 걸으면 되는데, 여기에서도 국가니 인간의 행복이니 하는 생각들로 마음이 어지럽다.

봉암사鳳巖寺는 문경 희양산曦陽山의 남쪽에 자리 잡고 있다. 문경 시내에서 가은읍加恩邑으로 가서 다시 대야산大耶山 방향으로 들어가면 갑자기 눈부신 영봉 백악白岳의 바위산이 우뚝 솟아 눈 안에 가득 들어온다. 이 풍광을 보면 누구나 걸음을 멈추지 않을 수 없으리라. 높이가 998미터에 달하는 희양산은 백두대간의 단전에 해당한다고도 하는 산인데, 이 거대한 흰 바위산은 서쪽에서 동쪽으로 장장 30리로 뻗어있는 긴 계곡을 끼고 있어 일찍부터 천하의 길한 땅으로도 알려져 왔다. 이곳을 지날 때마다 차에서 내려 웅장한 산의 모습을 바라보며 감탄을 하곤 했다.

고운孤雲 최치원崔致遠(857-?) 선생도 봉암사 일대의 이런 풍광이 해인사 홍류동 계곡의 경치보다 빼어나다면서 찬사를 아끼지 않았다고 한다. 이러한 이야기와 함께 이 주위에는 최치원 선생이

백악의 희양산

曦陽山 鳳巖寺
庚子年 秋
居然

정종섭 그림, 봉암사

바위에 썼다고 하는 백운대白雲臺, 낙석대落石臺, 계암鷄岩, 고산유수高山流水, 청풍명월淸風明月, 백송담柏松潭, 야유암夜遊岩, 취적대取適臺, 기연용추妓淵龍湫 등과 같은 각자刻字가 많이 남아 있다.

우리의 야사野史에는 최치원 선생이 세상을 버린 후 해운대 바닷가, 해인사 산곡, 고운사 등 방방곡곡을 다니며 글씨를 남기고 신선이 되었다고 하는 이야기가 전해져 내려왔고, 하동 쌍계사 인근 등 곳곳에 최치원 선생의 글씨라고 하는 바위에 새긴 글씨들이 남아 있다. 그런데 바위에 새겨져 있는 글씨는 그 글씨만으로는 쓴 사람을 고증하기가 쉽지 않다.

봉암사는 신라 경문왕景文王(재위 861-875)의 큰아들인 헌강왕憲康王(재위 875-886) 5년 879년에 당나라에서 귀국한 지선智詵(824-882) 화상, 즉 지증智證 대사인 도헌국사道憲國師가 창건한 이래 현재까지 선종의 도량으로 줄곧 그 맥을 이어오고 있고, 현재는 조계종 종찰로 오로지 승려들만의 수행 공간으로 존재하는 국내 유일한 사찰이다.

창건 당시 신라의 귀족인 심충沈忠이 지증 대사를 높이 존경하여 희양산 중턱에 봉암鳳巖과 용곡龍谷의 형세를 가진 일대의 땅을 내놓고 선궁禪宮을 지을 것을 간절히 원하여 지증 대사가 여기에 절을 지었다고 한다. 선궁은 수행승들이 참선 수행하는 난야를 말한다. 봉암이라는 말은 바위산이 봉황을 닮았다고 하여 그렇게 불렀고, 용곡은 높은 바위산에서 아래로 길게 뻗은 계곡으로 물이 흘러 내렸기에 물을 상징하는 용이라는 말을 붙인 것이다. 계곡에 물이 떨어져 이루는 소沼를 용추龍湫라고 부르는 것도 용이 물을 상징하고 있기 때문이다. 봉황이든 용이든 실재하지 않고 인간의 상상 속에서 만들어진 것이니 더 얘기할 것이 없다.

봉암사의 이름은 절을 지을 때 백운계곡에 있는 계암鷄嵒이라는 바위 위에 날마다 닭이 올라가 울며 새벽을 알리는 일이 있었는데 이를 상서롭게 여겨 절의 이름을 봉암이라고 정하였다는 말도 있다.

시호가 지증인 지증 대사가 봉암사를 창건한 이후에 사찰은 후삼국간의 대립으로 인한 전쟁 속에서 폐허화되고 극락전極樂殿만 남아있는 상태에 이르렀는데, 고려 태조太祖(재위 918-943) 18년 정진 대사靜眞大師 긍양兢讓(878-956) 화상이 중창하고 많은 고승들을 배출하여 고려시대에는 불교의 중흥을 이룩하는 데 봉암사가 큰 역할을 하였다.

조선시대 초기에는 그 유명한 함허득통涵虛得通(1376-1433) 대사가 말년에 주석하였다. 세종의 특별한 존경을 받은 득통 대사는『

득통대사부도탑

금강경오가해설의金剛經五家解說誼』를 저술하고, 전국의 여러 곳을 다니며 수행을 하다가 말년인 1431년(세종 13)에 봉암사로 들어가서 그간 퇴락한 절을 다시 중수한 후 강론을 하며 불법을 펼치다가 이곳에서 입적하였다. 왕실에서의 불교 후원자이기도 했던 효령대군孝寧大君(1396-1486)이 임금에게 아뢰어 대사의 영롱한 사리를 봉암사 이외에 가평 현등사懸燈寺, 강화도 정수사, 황해도 연봉사烟峰寺 등 네 곳에 나누어 봉안하게 하였다. 대사가 입적하자 대사에게 귀의하려는 사람들이 많이 몰려들었다.

득통 대사는 양주 회암사檜巖寺의 무학자초無學自超(1327-1405) 대사에게서 법을 받은 후 젊은 시절에 특히 『금강경』에 정통하여 이를 설하였는데, 이 『금강경오가해설의』가 나온 후에 조선에서는 『금강경』이 본격적으로 시대를 풍미하게 되었다. 특히 득통 대사는 조선시대 초기에 강력한 유교이데올로기에 바탕을 두고 전개된 불교배척론에 맞서서 유불선儒佛仙의 삼교합일三敎合一을 주장하면서 정도전鄭道傳(1342-1398) 등과 같은 유학자들의 배불론의 오류를 조목조목 비판하고 불교의 진면목을 설파하였는데, 그것이 그 유명한 『현정론顯正論』이다.

득통 대사는 출가하기 전에 성균관에서 공부도 한 유학자였는데, 출가 후에도 많은 글을 남겼다. 득통 대사는 붓다가 평생 설한 내용은 『대승기신론大乘起信論』 한 권에 모두 응집되어 있다고 하면서 이를 중시하였는데, 그에 관하여 남긴 게송 또한 정문일침頂門一鍼으로 시원하고 통쾌하다. 일찍이 원효元曉(617-686) 대사가 증득한 그 법열의 경지를 대사도 맛보았으리라.

一葉落知天下秋　나뭇잎 하나 떨어짐에 가을이 왔음을 알고
일 엽 락 지 천 하 추
一枝花見十方春　한 줄기 꽃이 핌에 온 세상 봄이 왔음을 보도다.
일 지 화 견 시 방 춘

欲於法海恣優游 진리의 바다에서 자유자재로 놀고 싶으면
욕 어 법 해 자 우 유
當把斯文一破顏 응당 이 글 들고 한바탕 크게 웃어야 하리라.
당 파 사 문 일 파 안

득통 대사가 봉암사에 주석할 때 지은 〈의희양산거擬曦陽山居〉 시가 남아 있다.

山深木密合幽居 산 깊고 나무 울창하니 조용히 살기에 좋고
산 심 목 밀 합 유 거
境靜人稀興有餘 주위는 고요하고 인적 드물어 흥겹고 여유롭네.
경 정 인 희 흥 유 여
飽得箇中淸意味 이 속에서 맑은 이치와 진리의 맛 배불리 즐기니
포 득 개 중 청 의 미
頓忘身世自容與 홀연 나와 세상 다 사라지고 마음 절로 한가롭네.
돈 망 신 세 자 용 여

그 뒤 봉암사는 임진왜란을 거치면서 대부분의 당우들이 소실되었고, 그나마 새로 지은 당우들도 1674년(현종 15)에 다시 화재로 소실되었다. 1703년(숙종 29)에도 화재를 겪고 중건되기도 하였으나 점차 쇄락의 길을 걸었다.

1907년에 고종高宗(재위 1863-1907)을 퇴위시킨 일본의 조선병합의 야욕에 저항한 의병전쟁 때에 다시 화재를 당하여 극락전과 백련암白蓮庵만 남고 모두 잿더미가 되었고, 금색전金色殿 빈 터에는 철불 한 구가 방치되어 있다가 그나마 나중에 사라져 버렸다. 1955년에 금색전을 비롯한 몇 칸의 작은 건물이 들어섰으나 지금의 모습과 비교하면 절이라고 할 수 없을 정도로 초라하였다.

오늘날 침류교枕流橋, 대웅보전大雄寶殿, 태고선원太古禪院, 동암東庵, 적묵당寂黙堂 등 여러 당우들이 들어서고 대가람의 모습을 갖추게 된 것은 1990년 초 젊은 원행願行 화상이 주지를 연이어 맡아 수행도량으로 크게 중창하면서 이루어졌다.

「曦陽山鳳巖寺희양산봉암사」라고 쓴 현액이 걸려 있는 고색창연한 일주문一柱門을 지나면 사역寺域으로 들어간다. 그동안 얼마나 많은 납자衲子들이 속세와의 인연을 끊고 붓다의 진리를 얻으려고 이 문을 드나들었을까 하는 생각을 해 보니, 그 비장함이 길에 깔린 자갈마다 박혀 있는 것 같았다.

그 진리의 깨달음이라는 것이 해결되지 않은 수학 문제를 풀 수 있게 하는 것도 아니고 흉년을 풍년으로 만들어주는 것도 아니다. 새로운 물리학의 법칙을 발견하게 해 주는 것도 아니고, 경제를 살려주는 것도 아니다. 그것은 붓다가 일러준 바로 그 경지, 즉 '붓다에 이른 경지'를 말한다.

일주문을 통과하여 뒤를 돌아보면 「鳳凰門봉황문」이라는 현액이 걸려 있다. 여기서 절을 향하여 걸어가면 한자와 한글로 함께 '南無阿彌陀佛나무아미타불'이라고 새겨놓은 석문石門을 지나고 용추동천龍湫洞天의 백운계곡白雲溪谷을 흐르는 물소리를 듣는 사이에 어느덧 침류교에 이른다. 가을날 낙엽이 떨어져 쌓여 있는 이 길을 걸어 본 사람은 적막 속의 자기 발걸음 소리를 들었으리라. 겨

일주문 가는 길

울날 잔설殘雪이 아직 남아 있는 인적 없는 길을 밟을 때에도 발길이 가는 곳이 어디인지도 잊은 채 쾌설快雪 한풍寒風 속의 숨소리를 느꼈으리라. 걷고 있는 내가 지금 여기에 없다는 것을 느꼈을지도 모른다. 산, 그 안에 내가 들어가 버렸기에 허공도 감지되지 않는 시간이다.

옛날에는 징검다리를 밟아 개울을 건너다녔지만 육중한 통바위를 다리기둥으로 세워 석교를 놓으면서 이제는 바로 다리 위를

석문

침류교와 봉암사 전경

걸어 사역으로 들어선다. 사역으로 들어서면 방실이 양쪽으로 가
로로 길게 붙어 있는 「南薰樓남훈루」라고 쓴 현액이 걸려 있는 중
층의 문루가 서 있다. 현재 봉정사에는 천왕문이 없고, 이 문루가
불이문不二門의 역할을 하는 셈이다.

　이 문을 들어서면 넓은 앞마당을 품어 안은 석가모니불을 모
신 웅장한 대웅보전이 서 있다. 지금의 대웅보전 자리에는 원래
비로자나불을 모신 금색전이라는 작은 법당이 있었는데, 대웅보
전을 신축하면서 금색전을 지금의 삼층석탑三層石塔 뒤로 옮겼다.
삼층석탑이 원래의 자리에 그대로 있는 것이라면 1탑 1금당의 가
람배치의 방식에 따라 원래는 삼층석탑 뒤에 대웅전이 있었던 것

대웅보전

같다.

현재 금색전 건물의 뒤쪽에는 「大雄殿대웅전」의 현판이 걸려 있
는데, 대웅보전의 장대한 건물을 지으면서 현판을 새로 걸고 옛
날의 대웅전에 걸려 있던 작은 현판은 금색전 건물 뒤에 걸어 둔
것 같다. 지금에 와서 보면, 이 자리가 원래의 대웅전 자리임을 알
려주는 표지의 역할을 하고 있는 셈이다.

삼층석탑은 통일신라시대의 전형적인 석탑양식을 갖추고 있다.
단층 기단 위에 상륜부가 원형 그대로 완전하게 남아 있는데, 균
형미나 세련미도 뛰어나다. 구름 한 점 없는 푸른 하늘에 우뚝
솟은 백악을 배경하고 있는 삼층석탑의 모습은 붓다의 모습인

듯 눈이 시리도록 눈부시다.

 대웅보전이 있는 옆 공간에는 아름다우면서 당당하게 서 있는
고색창연한 극락전이 있다. 아미타불을 모시고 있는 극락전은 봉
암사에서 가장 오래되고 원형을 잘 보존하고 있는 목탑형 전각殿
閣이다. 그 형태나 위치로 보아 현재의 목조건물은 조선시대 중후
기에 세워진 왕실 원당願堂일 가능성이 있으며, 기단과 초석은 고

삼층석탑과 금색전

려시대의 것으로 추정한다. 단층 건물이지만 지붕이 겹으로 되어 중층 건물과 같은 외형을 갖추고 있고, 맨 꼭대기 부분은 목탑의 장식 요소를 갖추고 있다. 현재의 봉암사에 있는 건물 중에서 균형이나 구조에서 가장 아름답다.

극락전이라는 이름은 신라시대 봉암사가 창건되던 때부터 있었다. 그렇기에 지금의 극락전이 원래 극락전이 있었던 그 자리에

—
극락전

나중에 중건된 것인지, 아니면 고려시대에 있은 건물의 기단과 초석 위에 조선시대 중후기에 와서 다시 건물을 지으면서 이름을 극락전으로 붙인 것인지는 잘 모르겠다.

극락전 내부에는 「御筆閣어필각」이란 편액扁額이 걸려 있는데, 극락전이 어필을 보관하던 공간으로도 사용된 적이 있었는지 아니면 따로 어필각이 있었는데 후에 건물이 없어지고 편액만 여기로 옮겨 놓았는지는 알 길이 없다. 안동의 광흥사廣興寺와 같이 조선시대 사찰에는 어필을 보관하는 어필각이 있는 경우가 있다.

원래의 극락전은 신라 경순왕敬順王(재위 927-935)이 피난할 때 원당으로 사용한 것이라는 견해도 있다. 신라시대에 원당이 있었는지는 더 연구할 문제이지만, 조선시대에 임금의 어필이 내려졌고 이를 봉안하는 어필각이 있었기에 왕실의 지원과 보호는 당연히 있었다고 보인다. 동시에 이로 인하여 사찰은 지역 유생들의 횡포나 압력으로부터 다소 자유로운 처지가 되었으리라 짐작된다. 종이를 만들어 납품하지 않아도 되고 부역에 동원되지 않아도 되었다. 유생들이 사찰에 와서 먹고 자며 모임을 하거나 집안 사람들이 원족 삼아 올 때 뒤치다꺼리를 해야 하는 일까지 면할 수 있었는지는 잘 모르겠다.

지증 대사가 봉암사를 창건한 것에 대해서는 의문이 없지만, 과연 그가 선문禪門으로서 희양산문을 개창하였는지에 대해서는 학계에서 의견이 분분하다. 봉암사가 설립된 후 희양산문을 개창한 이는 봉암사에 들어가 선풍을 크게 일으킨 정진 대사라고 보는 견해가 우세한 편이다. 이는 봉암사 경내에 서 있는 〈지증대사탑비智證大師塔碑〉와 〈정진대사탑비靜眞大師塔碑〉의 내용에서 다소간의 차이가 있어 생겨난 문제이다.

신행선사비 현존 탁본

〈지증대사탑비〉에 의하면, 지증 대사는 어려서부터 부석산浮石山에 가서 교학敎學인 화엄학을 공부한 다음에 출가하여 17세에 경의瓊儀 율사에게서 구족계를 받고 혜은慧隱 화상에게 나아가 선禪을 배워 그 법을 이었다. 스승인 혜은 화상은 준범遵範 화상으로부터, 준범 화상은 신행愼行=神行=信行(704-779) 화상으로부터, 신행 화상은 호거산瑚琚山의 법랑法朗 화상으로부터 법을 이었으며, 신라의 법랑은 중국 선종의 4조 도신道信(580-651) 대사에게서 법을 받은 것으로 되어 있다. 즉 신라에 최초로 선종을 전한 것은 법랑 화상인데, 그 제자인 신행 화상은 다시 당나라로 들어가 북종선을 개창한 신수神秀(?-706) 선사의 맥을 이은 지공志空 화상으로부터 법을 받았다. 단속사의 〈신행선사비〉는 사라지고 없고 현재는 비를 탁본한 것만 전해온다.

중국의 선종 계보에 의하면, 도신 대사의 법을 이은 5조 홍인弘忍(601-674) 대사에게서 가사와 발우가 6조 혜능慧能(638-713) 대사에게로 전해지면서 같은 홍인 대사의 문하에서 공부한 신수 대사가 인가를 받지 못한 것으로 되는 바람에 혜능 대사를 정통이라고 주장하는 측에서는 혜능 대사의 선을 남종선이라고 하고 신수 대사의 선을 북종선이라고 하면서 구별하게 되었다. 물론 이는 막강한 영향력을 과시하던 하택신회荷澤神會(684-758) 대사가 만들어낸 차별성을 내포한 구별이기도 하지만.

〈지증대사탑비〉에 따라 지증 대사에게 이어진 법맥을 정리하자면, "당의 도신-신라의 법랑-신행(지공·신행)-준범-혜은慧隱-도헌(=지증)"으로 내려오는 것이 된다. 만일 신행 화상이 신수종의 법을 이었다고 한다면 지증 대사에게 이어진 것이 남종선이 아니라 북종선이라는 것으로 된다.

지증 대사는 당나라 남종선의 유명한 선장인 남전보원南泉普願(748-834) 선사에게서 법을 받고 귀국하여 쌍봉사雙峰寺에서 법을 펼친 도윤道允(798-868 도당유학: 825-847) 화상의 마지막 대를 이었고, 경문왕景文王(재위 861-875)의 여러 차례에 걸친 왕경으로의 초빙도 고사하면서 오늘날 계룡산鷄龍山이라고 부르는 계람산鷄籃山의 수석사水石寺에 주석하면서 구름같이 모여든 대중들에게 불법을 펼쳤다.

그후 864년에는 경문왕의 누이인 단의장옹주端儀長翁主가 남편을 여읜 후 지증 대사에게 귀의하고 옹주의 영지에 있는 현계산賢溪山=玄溪山 안락사安樂寺로 옮겨 주석할 것을 청함에 따라 지증 대사는 안락사로 가서 교화를 펼쳤다. 단의장옹주는 지증 대사에게 귀의한 단월檀越로서 토지와 노비 등을 많이 시주했고, 이에 응하여 지증 대사도 자신의 친족들이 죽자 적지 않은 그 재산을 절에 희사였다. 옹주는 남원 실상사實相寺의 수철秀澈(816-893) 화상의 단월로서도 큰 역할을 하였다.

이후 지증 대사가 희양산에 봉암사를 짓고 주석하게 되자 헌강

지증대사탑비 탁본

왕憲康王(재위 875-886)은 881년에 이르러 절의 경계를 정하고 '봉암鳳巖'이라는 이름을 내렸다고 한다. 헌강왕은 중국의 풍속으로 신라의 나쁜 풍속을 없애고 넓은 지혜로 나라를 올바로 다스렸다.

한편으로 지증 대사의 높은 도력을 경모하여 왕경으로 초빙하기도 했는데, 지증 대사도 이를 거절하지 못하고 왕경으로 가 월지궁月池宮에서 왕과 마주하고 흉금을 터놓고 문답을 주고받기도 했다. 그 시절 왕이 마음(心)에 관한 질문을 하게 되자 대사는 이에 대하여 "연못에 비친 달(水月)이 바로 마음일 뿐 달리 더 드릴 말씀은 없습니다."라고 답하였는데, 헌강왕도 이에 계합契合하는 바가 있어 "붓다가 연꽃을 들어 뜻을 전한 풍류가 실로 이에 합치하는 것이로다(金仙花目 所傳風流 固協於此)."라고 응답을 하였다. 이와 같이 대사와 왕이 서로 마음 속의 터득한 바를 주고받은 후 지증 대사는 왕의 정성스런 전송을 받으며 봉암사로 돌아왔다.

지증 대사는 882년에 병으로 인하여 다시 안락사로 돌아가 주석하다가 가부좌를 한 채로 입적하였다. 시호는 지증이고, 부도탑의 탑호는 적조寂照였다. 다비를 한 후 1년 뒤에 봉암사에서 장사를 지냈다.

신라의 대문호 최치원 선생은 왕의 명을 받아 대사의 문도인 성견性蠲, 민휴敏休, 양부楊孚, 계휘繼徽 화상 등이 정리해온 행장行狀을 바탕으로 893년경에 비문을 지었다. 최치원 선생은 비문에서 당나라에 유학하고 온 뛰어난 고승들을 열거하며 이들 도당유학 승들로 인하여 불법이 신라에 빛이 났다고 하면서 지증 대사는 당나라에 유학을 가지 않고 홀로 공부해서 이 경지에 이르렀다고 하면서 격찬을 아끼지 않는다.

비문의 끝에 있는 사詞에서 최치원 선생은 지증 대사의 가르침을 두고 세인들이 북종선이니 남종선이니 하며 논란을 벌이는 것은 어리석은 일이라고 해두었는데, 그간의 사정을 고려할 때 이 부분이 눈에 띤다.

莫把意樹誤栽植 막 파 의 수 오 재 식	상념의 나무를 심어 기르는 잘못을 하지 말고,
莫把情田枉稼穡 막 파 정 전 왕 가 색	욕망의 밭을 가는 헛수고도 하지 말 것이다.
莫把恒沙論億萬 막 파 항 사 논 억 만	갠지즈강 모래를 놓고 억이니 만이니 하지도 말고,
莫把孤雲定南北 막 파 고 운 정 남 북	홀로 뜬 구름(지증 대사)을 남선이니 북선이니 정하지도 말 것이다.

이 비는 30년 후인 경애왕景哀王(재위 924-927) 1년 924년에 분황사 芬皇寺 승려인 83세의 혜강慧江(842-?) 화상이 당나라 저수량褚遂良 (596-658) 풍의 해서楷書로 글씨를 쓰고 새겨 봉암사에 세웠다. 이 비를 세우기 위하여 돌을 남해에서 구하여 문경까지 옮겼으니 그 노역이나 비용으로 보건대, 이 비를 세운 주체들은 당시에 상당한 힘을 가지고 있었던 것으로 보인다.

비가 늦게 세워진 것은 신라 말 이 지역은 후백제와 고려가 서로 싸움을 하던 곳이라 고려가 이 지역을 장악하여 안정시키고 정진 대사로 하여금 봉암사에 머무를 수 있게 할 여건이 이루어진 다음에 비로소 이 비를 세울 수 있었기 때문이라고 보인다. 정진 대사는 이 비가 세워지고 10년 뒤에 봉암사로 오게 된다.

지증대사탑비 탁본(부분)

현재 비신에는 다소의 손상이 있지만, 귀부와 이수가 완전하게 남아 있어 2.73미터에 이르는 웅장한 비의 완전한 모습을 볼 수 있다.

이 비문에 의하여 중국에서 선禪을 우리나라에 들여와 처음 전한 사람은 법랑 화상이라는 사실이 밝혀졌고, 지증 대사가 봉암사에 주석한 것은 그의 생애에서 짧은 기간이었던 것도 알 수 있다. 북종선이 신라로 들어온 후에는 왕실과 상층 지배 세력들의 지원을 받아 활발하게 번창하였다. 사실 이 당시 선법禪法을 놓고 북종선이니 남종선이니 하는 것 자체가 문제가 있는 것이지만.

지증 대사의 부도탑은 탑비와 나란히 서 있다. 9세기 경에 팔각 원당형을 기본으로 하여 세운 것이다. 여러 장의 판석으로 짜여

지증대사부도탑

지증대사탑비

진 사각의 지대석 위에 세워진 부도탑은 3미터가 넘는 장중한 모습을 하고 있는데, 탑의 조각이 매우 섬세하고 아름답게 새겨져 있어 신라시대 부도탑의 대표적인 걸작으로 평가된다.

〈정진대사탑비靜眞大師塔碑〉에 의하면, 정진 대사는 그 족보상으로는 북종선을 이은 지증 대사의 법손이 되고 지증 대사의 법을 이은 전법제자인 서혈원西穴院의 양부陽孚=楊孚=揚孚(?-917) 화상에게서 공부를 하였지만, 효공왕孝恭王(재위 897-912) 3년인 900년에 당나라로 건너가서 곡산도연谷山道緣 화상에게서 법을 얻고 25년 동안 오대산五臺山, 운개산雲蓋山, 동산洞山, 조계산 등 여러 곳을 다니며 고승과 대덕을 찾아 불교를 공부한 후 경애왕 1년 924년에 귀국하였다.

귀국 후 정진 대사는 양부 화상이 주지로 주석했던 경남 초계의 백엄사伯嚴寺(현 대동사大同寺 또는 백암사지伯巖寺址)로 가서 절을 중창하고 여기에 머물며 불법을 크게 일으켰다. 대사를 찾아 배우려고 몰려드는 사람들이 넘치고 넘쳤다.

정진 대사는 935년에 희양산으로 들어가서 허물어진 봉암사를 더 넓게 중창하고 제자들을 모아 붓다의 가르침을 크게 선양하였는데, 그는 고려의 태조와 혜종·정종·광종의 4대에 걸친 임금으로부터 존경과 믿음을 받았으니 일찍이 없었던 일이었다. 대사는 이들 왕들의 부름에 적극 호응하여 큰 역할을 하였다.

형초逈超 화상 등 많은 제자를 배출하여 희양산문의 선풍을 확립시켰다. 956년에 형초 대사에게 선방을 지어 계속 불법을 전하라는 말을 남기고 입적하였다. 왕으로부터 받은 존호는 봉종 대사奉宗大師와 증공 대사證空大師로 둘이고, 시호가 정진이다.

정진대사탑비

〈정진대사탑비〉에는 법계가 밝혀져 있다. 중국 남종선의 6조 혜능慧能(638-713) 선사의 법손인 마조馬祖(709-788) 선사의 제자 신감神鑑 선사로부터 법을 받은 신라의 진감 선사 혜소慧昭(774-850) 화상이 귀국한 후에 오늘날의 지리산 쌍계사雙磎寺인 옥천사玉泉寺를 창건하고 그 이후에 지증 대사에게 법을 전하였으며, 여기서 양부 화상에게 전해지고 다시 양부 화상이 정진 대사에게 법을 전하였다는 것이다. 즉 "당의 혜능–마조–신감–신라의 혜소(=慧明)–도헌(=지증)–양부–긍양(=정진)"의 계보라는 것이다. 이것은 봉암사에 같이 서 있는 〈지증대사탑비〉에 나와 있는 "당의 도신–신라의 법랑–신행(지공·신행)–준범–혜은–도헌(=지증)"의 법맥과 다르다.

〈정진대사탑비〉의 내용을 평면적으로 보면, 지증 대사도 남종선의 법맥을 이은 것으로 되고, 봉암사는 북종선과는 아무런 인연이 없고 남종선의 선풍을 펼쳐간 도량이 되는 셈이다. 그런데 최치원 선생이 말했듯이, 지증 대사의 법을 놓고 남종선이니 북종선이니 하는 것이 부질없는 것이고 보면, 신행 화상 이후 남북선이 모두 융합되어 이어져 온 것으로 보이기도 한다.

정진 대사가 당나라로 건너가서 석상경저石霜慶諸(807-888) 선사의 제자인 곡산도연 화상을 찾아가 문답 중에 깨달음을 얻고(言下大悟) 25년 동안 중국 전역을 주유하며 선사들을 만나고 온 것을 생각해 보면, 정진 대사는 "혜능–청원행사靑原行思(?-740)–석두희천石頭希遷(700-790)–약산유엄(藥山惟儼)–도오원지(道吾圓智)–석상경저-곡산도연" 등으로 이어지는 법을 이은 것으로 볼 수도 있다. 하기야 혜능의 전법제자라고 하는 남악회양과 청원행사가 과연 혜능 선사의 법을 이은 것인가 하는 것에 대해서도 의문이 제기되는 상황이고 보면, 이런 계보를 엄격히 따지는 것도 부정확한 것을 붙잡고 논란을 하는 것일 수 있고, 붓다의 가르침은 한 길인데 남북 양종 어느 법을 따르더라도 역대 선사들이 이들의 말을 불변의 철칙으로 고수했을 리도 없지 않았을까 하는 생각도 해본다.

아무튼 이런 정황을 놓고 보면 정진 대사에 와서 남종선으로서의 색이 더 진해진 것 같다는 생각은 든다. 그래서 법계상으로 쌍계사에 6조 혜능 대사의 영당까지 세운 진감혜소 화상을 지증 대사 앞자리에 놓지 않았나 하는 생각도 든다.

이런 맥락에서 보면, 지증 대사가 봉암사에 짧은 기간 동안 주석하였지만, 법계상으로는 희양산문의 초조로 보고 양부 화상, 정진 대사를 각각 2조, 3조라고 보는 견해도 무리는 아니라고 보인다.

이런 계보에서 신라에 선법을 처음 들여온 도의道義(783-821) 선사가 거론되지 않는 것이 궁금하다. 도의 선사는 지증 대사가 태어나기 3년 전에 입적했기에 지증 대사가 배울 수 있는 인연이 없었고, 정진 대사로 보면 100년 전의 사람이다. 도의 선사는 선법을 펼칠 때 왕도에서는 배척을 받아 설악산 지역에 조용히 지내며 염거廉居(?-844) 선사를 키우고 있었고, 보조체징普照體澄(804-880) 화상이 장흥에 보림사寶林寺를 짓고 본격적으로 가지산문迦智山門을 확장시켜 나간 사실을 보건대, 보조 선사와 같은 시대를 살아간 지증 대사가 가지산문과는 인연은 맺지 않았기 때문이라고 보인다.

정진 대사의 뒤를 이은 형초 선사의 제자 중에 법을 전해 받은 이로 고려시대 원공 국사圓空國師 지종智宗(930-1018) 화상이 있다. 그는 8세에 마침 사나사舍那寺에 머물고 있던 인도 승려 홍범삼장弘梵三藏에게로 출가하였고, 광종 때 승과僧科에 합격하였다. 955년 중국 오월吳越로 가서 항주杭州 영명사永明寺의 연수延壽(904-975) 선사로부터 심인心印을 얻고, 961년에 천태산天台山 국청사國淸寺로 가서 정광淨光 대사로부터 천태교관天台敎觀을 배웠다.

970년에 귀국하여 삼중 대사를 지내며 광종의 비호를 받으며 남종선을 중심으로 선교일치를 주장하는 법안종法眼宗을 확산시켰다. 법안종은 고려 불교에 큰 영향을 주어 고려의 천태종이 개창되는 데 많은 역할을 하였다. 그러면서도 희양산인으로서의 선맥을 이은 것에 자부심을 가지고 봉암사 등지에서 불법을 널리 떨쳤다. 신라 말 고려 초 시기에 세워져 고려 초기 법안종의 중심 사찰이 된 원주 현계산 거돈사居頓寺에 주석하며 그곳에서 생을 마칠 때까지 불법을 펼쳐나갔다. 영명연수 선사의 스승인 법안종

의 2조 천태덕소天台德韶(891-972) 대사는 고려에서 건너온 혜거慧
炬(?-974) 화상과 함께 법안문익法眼文益(885-958)의 문하에서 수학
하였는데, 중국에서 전란으로 흩어진 불경들을 고려와 일본에서
구해오도록 한 스님으로도 잘 알려져 있다.

1025년(현종 16)에 세워진 그의 〈원공국사승묘탑비圓空國師勝妙塔
碑〉는 문하시중門下侍中을 지내고 해동공자海東孔子로도 불린 당대
대학자 최충崔沖(984-1068) 선생이 비문을 짓고, 예빈승禮賓丞 김거
웅金巨雄 선생이 비의 전액을 쓰고 당나라 구양순歐陽詢(557-641)의

원공국사탑비

원공국사탑비 탁본   원공국사부도탑

해서체楷書體로 비문도 썼다.

이수는 아홉 마리의 용을 화려하게 새겼고, 거북의 등에는 6각
형의 무늬 속에 '만卍'자를 새겨놓은 것이 독특하며 뒤쪽에는 '왕
王'자의 글씨도 새겨 왕사였음을 밝혀놓았다. 금석학으로 볼 때
이 비는 고려 중기의 비로 중요한 가치를 지닌 것이기도 한데, 지
금도 천 년의 느티나무가 지키고 있는 광활한 거돈사터에 높은
기단을 딛고 빼어난 자태를 하고 있는 삼층석탑과 함께 서 있다.

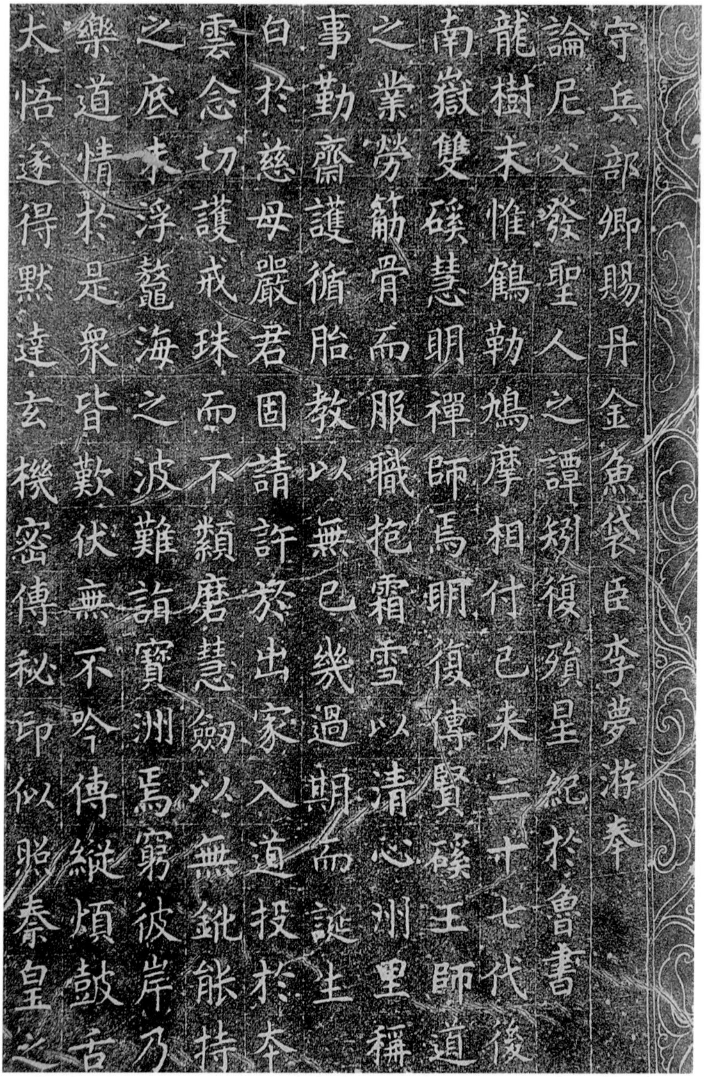

守兵部卿賜丹金魚袋臣李夢游奉

論尼父發聖人之譚翔復殂星紀於魯書
龍樹末惟鶴勒鳩摩相付已來二十七代後
南嶽雙磎慧明禪師抱霜雪以傳賢心磎川里道稱
之業勞筋骨而服職無已幾過期而誕生
事勤齋護循胎教以請許於出家以入道投於奉
白於慈母嚴君而固請許於出家以無道投於奉
雲念切護戒珠而不類磨慧劒無鉬䏺持
之底末浮鼇海之波難詰寶洲焉窮彼岸乃
樂道情於是衆皆歎伏無不吟傳縱煩皷古乃
大悟途得黙達玄機密傳秘印似貼泰皇之

정진대사탑비 탁본

창건 당시에 세워진 삼층석탑은 석조 불좌대佛座臺가 남아 있는 금당 터 앞에 서 있는데, 현재 우리나라에 남아 있는 신라 말의 삼층석탑 가운데 가장 아름답다고 생각한다. 원공 국사의 부도탑은 현재 국립중앙박물관에 옮겨져 있다.

훨씬 뒤에 선사로 이름을 떨치게 되는 보경사寶鏡寺의 원진 국사圓眞國師(1171-1221)도 봉암사에서 동순洞純 화상에게 공부하고 득도하였다. 이런 역사를 보건대, 봉암사는 정진 대사 이후 선풍을 한층 활발하게 선양해 왔으며, 조선시대에 와서 중후기에 유학의 힘으로 인하여 사세가 쇠락하여 갔지만 오늘날에는 다시 살아나 한국 선종의 원천으로 종풍을 날리고 있다. 앞으로도 봉암사에서 정진한 선장들이 한국 선종의 종풍을 이어갈 것이다.

〈정진대사탑비〉는 고려 광종光宗(재위 949-975) 16년 965년에 세워졌는데, 〈지증대사탑비〉와 크기가 똑같다. 고려 성종成宗(재위 981-997) 때 좌집정左執政을 지낸 당대 문장가인 한림학사翰林學士 수병부경守兵部卿 이몽유李夢游(?-?) 선생이 지었고, 글씨는 한림원翰林院 서박사書博士를 거친 고려의 명필 장단열張端說(?-?) 선생이 당 태종에게 서법을 가르친 당대의 시인이자 문신인 우세남虞世南(558-638)의 해서체로 썼다. 장단열 선생의 글씨는 당나라 해서楷書의 제1인자로 평가받는 우세남 서법의 정수를 얻은 것으로 미려하고 엄정하다.

〈정진대사탑비〉를 세울 때도 〈지증대사탑비〉를 세울 때와 같이 석재를 남해에서 구하여 문경으로 옮기려고 왕의 윤허를 얻으려고 했는데, 때마침 희양산 기슭에서 큰 돌을 찾을 수 있어서 석재를 준비하는 데 막대한 비용도 들지 않았고 원성도 크지 않았다.

탑비와는 떨어져 있는 〈정진대사원오탑〉은 고려시대에 세워진 것이지만 신라시대의 기본형인 팔각원당형을 취하고 있으며, 전체의 구조는 〈지증대사적조탑〉을 그대로 따랐으며 높이는 무려 5미터에 이르는 장중하고 위엄이 있는 부도탑이다.

—
정진대사부도탑

지증 대사의 승탑과 탑비를 보호하고 있는 비각碑閣을 지나 옆으로 들어서면 태고선원이 있다. 높은 기단 위에 위엄 있게 지은 목조 단층 건물이다. 좌선을 하다가 주기적으로 일어나 선방을 둘러싼 마루를 걸어서 돌 수 있도록 처마를 넉넉하게 뺀 것이 눈에 띈다. 수행승들은 사람의 발자국 소리가 드문 이 산중에서 화두를 잡고 치열하게 정진한다.

옛날 중국의 선원에서 지은 선방의 구조는 사방 벽을 따라 마루를 설치하고 수행자는 그 마루에 올라 벽을 보고 돌아앉아 참선을 하고, 주기적으로 마루에서 내려와 선방 가운데에 있는 통로를 따라 걷는 행선行禪을 하였다. 현재 우리나라에서는 면벽面壁하고 좌선을 하는 것이 아니라 방문 쪽으로 향하여 방석 위에 앉아 참선을 한다. 어느 경우든 수행자들 간에 마주 보는 일은 생기지 않는다.

〈정진대사탑비〉가 서 있는 곳은 본전이 있는 사역과는 따로 수행자들이 사는 공간인데 동암이라고 한다. 원래 작은 집 하나 정도가 있었는데 오늘날에는 넓은 사역에 규모 있는 당우들이 서 있다. 본전 사역과 동암 사역 사이에는 밭이 있어 수행자들이 직접 채소를 기르고 과일 농사도 짓는다.

백장회해百丈懷海(720-814) 선사가 청규에 '일일부작一日不作 일일불식一日不食' 즉 "하루도 일하지 않으면 먹지도 말라"라고 참선과 동시에 노동을 중시했듯이, 선방에서 참선 수행을 하지 않는 시간에는 모두 밭에서 노동을 한다.

밭 뒤쪽에 있는 휴휴암休休庵의 옆에는 당대 문장가 서당西堂 이덕수李德壽(1673-1744) 선생이 비문을 짓고, 조선의 명필 백하白下 윤순尹淳(1680-1741) 선생이 글씨를 쓴 〈상봉대사정원탑비霜峯大師 淨源塔碑〉가 홀로 서 있다.

윤순 선생은 1597년 정유재란丁酉再亂 때 영의정 류성룡柳成龍 (1542-1607) 선생과 함께 국난을 수습하고 후에 영의정에 오른 윤 두수尹斗壽(1533-1601) 선생의 후손으로 조선 양명학陽明學의 태두

윤순 글씨   이광사 글씨

인 하곡霞谷 정제두鄭齊斗(1649-1736) 선생의 문인인 동시에 하곡 선생의 아우인 정제태鄭齊泰(1652-?) 선생의 사위이기도 하다. 그는 숙종–영조 연간에 활동하며 예조판서와 평안도관찰사 등을 지냈고, 청나라에도 다녀온 개혁적인 인물이다. 시, 서, 화 모두에 뛰어났다.

정제두 선생 문하에서 양명학을 같이 공부한 원교圓嶠 이광사李匡師(1705-1777) 선생은 백하 선생에게서 서법을 익혔다. 이들의 글씨는 왕희지王羲之(303-361)의 글씨를 전범으로 하여 미불米芾(1051-1107), 동기창董其昌(1555-1636)과 같은 이른바 첩파帖派 명필들의 필법을 근본으로 삼아 자신의 개성을 추구하는 자세를 견지하고 있

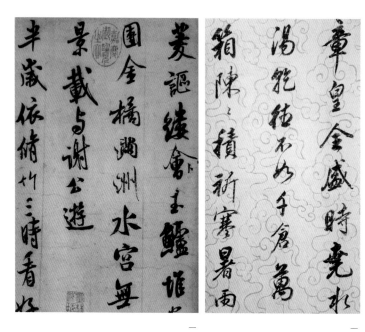

미불 글씨   동기창 글씨

상봉대사탑비

기 때문에 위비魏碑나 한비漢碑의 금석기金石氣는 희박하다. 이런 점에서 나중에 등장하는 추사秋史 김정희金正喜(1786-1856) 선생의 비파碑派 서법에 근본을 두는 글씨와는 많이 다르고, 추사 선생은 첩파의 글씨를 모범으로 삼아 쓰는 글씨에 대하여 비판적인 입장을 취하였다.

상봉 대사는 풍담의심楓潭義諶(1592-1665) 대사의 고족제자로서 편양언기鞭羊彦機(1581-1644) 파의 법계를 이었고, 박람강기博覽强記하여 법을 물으러 오는 사람들이 주위에 항상 가득하였다. 부도탑은 사리를 나누어 대구 동화사桐華寺, 청주 보살사菩薩寺 등에 세워졌다.

백운대 각석

봉암사 일주문을 지나 절 앞을 따라 뻗쳐 있는 백운계곡을 거슬러 올라가면 산속에 숨겨져 있는 옥석대玉石臺에 이른다. 백운대白雲臺라고도 하는 이곳에는 계곡을 가득 채운 너럭바위 위로 물이 콸콸 흐르고, 그 넓은 바위 바닥 위에 큰 바위들이 앉아 있다. 여기에 높이가 540cm에 이르는 거대한 마애미륵여래좌상磨崖彌勒如來坐像이 새겨져 있다.

—
마애미륵여래좌상

조선시대 서산 대사의 수제자 편양언기의 적자 풍담의심 대화상의 법을 이은 고승 풍계명찰楓溪明察(1640-1708) 화상의『풍계집楓溪集』에 실려 있는 그의 스승 〈환적당대사행장幻寂堂大師行狀〉에 의하면, 환적의천幻寂義天(1603-1690) 대사가 1662년에 봉암사에 들어와 수행할 때 발원을 한 바에 따라 1663년(현종 4)에 백운대에 이 미륵좌상을 조성하고 사적비도 세웠으며 환적암幻寂庵도 지었다고 한다.

풍계 대사는 환적 대사에게 가서 머리를 깎고 13세에 그를 따라 금강산으로 들어가 풍담 대사의 문하로 들어가 수행하였다.

이 미륵좌상은 위에는 깊고 아래로 내려오면서 얕아지는 부조浮彫양식으로 새긴 것인데, 길상좌吉祥坐를 하고 앉아 있으며, 이마에는 옥이 박혀 있어 햇빛을 받으면 백호白毫에서 사방으로 빛이 방사되고, 미륵불의 수인 가운데 하나인 용화수인龍華手印을 하고 있으며, 두 손으로 긴 꽃가지 다발을 쥐고 있다. 전체 모습에서 구례 화엄사華嚴寺의 영산회괘불탱(1653년)과 같은 17세기 괘불掛佛의 표현 요소를 찾아 볼 수 있어 불화와 연관성도 있다고 본다.

환적 대사는 해인사 백련암에서 입적하였는데, 해인사, 용연사龍淵寺, 각화사覺華寺 등 일곱 군데 세워진 부도탑 중의 하나가 이곳 봉암사에 있는 득통 대사의 부도탑 건너편에 있다. 시승으로도 이름을 떨친 풍계 대사도 해인사에서 입적하였다.

중국 선종의 계보를 보면, 복잡하고 정확히 무엇이 어떻게 이어졌는지도 알기가 쉽지 않지만, 혜능 대사와 신수 대사의 법맥이 갈라지고, 혜능 대사가 강남으로 도피하여 15년간 은둔한 후에 조계산에 보림사寶林寺를 짓고 비로소 입을 열어 선을 펼치기 시작한 때가 677년이며, 신라의 의상義湘(625-702) 대사가 661년 당나라로 건너간 때가 혜능 대사가 은둔을 시작한 때였다. 의상 대사는 신라로 귀국하여 671년에 관음도량인 낙산사를 창건하고『화엄경』에 바탕을 둔 관음신앙을 펼쳐나갔고, 676년에는 화엄도량인 부석사를 창건하여 미타신앙을 실천하면서 신라에서는 본격적으로 교학의 화엄종단을 기반으로 하여 정토신앙이 전국으로 퍼져나가기 시작하였다.

이 당시 신라의 천재 원효元曉(617-686) 대사는 그 많은 대승경전들을 재검토하여 정리하고 이에 대하여 연구·분석한 주석과 논문들을 폭포수처럼 쏟아내었다. 그리고는 그 누구도 정수를 터득하지 못한『금강경』을 황룡사에서 강론하고,『금강삼매경론金剛三昧經論』에서 일미관행一味觀行으로 그 실천론을 전개하였다. 의상 대사와는 달리『대승기신론大乘起信論』을 중시하여 일심一心사상을 확립하고 이를 실천하였으며, 미타신앙을 기초로 한 염불을 강조하면서 불교를 엘리트불교에서 민중불교로 확장하였다.

나중에 신라 유학儒學의 대석학이 되는 설총薛聰(655-?)을 낳고는 왕실불교를 벗어나 민중불교를 주창하고 저잣거리로 나와 온

몸으로 무애자재하게 실천해갔다. 중생구제衆生救濟는 고대광실高
臺廣室에서 잘 먹고 살게 하는 것이 아니라 인간으로 하여금 무명
無明에서 눈을 뜨게 하는 것이리라. 붓다가 아이를 낳지 말라고
하지는 않았다. 세속에 끌려 다니며 욕망의 늪에 빠져 헤매지(溺)
말라고 했을 뿐이다.

설총은 아버지를 따라 불교에 투신한 것이 아니라 유학에 전념
하여 이 땅에 새 지평을 열었다. 그의 아들 설중업薛仲業(?-?)은 일
본에 사신으로 가서 활동하였으며, 일본에 있으면서 할아버지 원
효 대사가 불교에서 이룩한 위대한 성과와 그에 관한 이야기를
들었다고 한다.

역사에서 전무후무하게 이런 일이 벌어졌다. 그후 많은 신라의
승려들이 앞다투어 도당유학의 길을 떠나 그 넓은 중국 땅을 다
니며 불법을 공부하였다. 일부는 목숨을 걸고 인도로 건너가고
일부는 귀국하여 명산마다 절을 짓고 법을 펼쳐나간 풍경이 200
여 년 동안 이 땅에 벌어졌다.

중국에서는 역경譯經에 근거한 교학敎學과 동시에 '선'의 황금시
대'를 맞이하여 조사선의 '방棒'과 '할喝'이 창천蒼天에 울렸고, 인간
이 '무엇이 진리인가' 하는 문제를 붙잡고 죽기 살기로 풀어보려고
한 시절이었다. 철학이 다시 만개하고, 분화구로 분출된 인간 정
신이 이후 지식과 종교로 나누어 장강長江을 이루게 되는 지점이

었다. 불교에서 철학과 지식의 부분과 종교의 부분이 있는 것은 여기에서 연유한다.

근래에 와서 봉암사가 본격적으로 출가 수행자들의 도량으로 된 것은 1947년 봉암사 결사에서 출발한다. 조선시대와 특히 일제식민지시기를 거치면서 선종으로서의 한국불교가 방향을 상실할 위기에까지 처하게 되자 옛날 보조 국사普照國師 지눌知訥 (1158-1210) 화상이 그랬듯이, 선가禪家의 종풍을 다시 살려 굳건히 하고자 청담青潭(1902-1971) 화상이 추천한 바에 따라 봉암사에 터를 잡고 성철性徹(1912-1993) 화상, 자운慈雲(1911-1992) 화상, 우봉愚鳳(1898-1953) 화상, 보문普門(1906-1956) 화상이 수행실천모임을 결행하고, 향곡香谷(1912-1979) 화상, 월산月山(1912-1997) 화상, 혜암慧庵(1879-1985) 화상, 법전法傳(1926-2014) 화상 등 기라성 같은 선장들이 합류하였다. 가히 한국불교의 르네상스라고 할 만한 일대사였다.

옛 총림叢林의 법도를 다시 정립하여 따르기로 하고 선원의 청규를 제정하고, 의례와 의식을 새로 정비하고, 선원의 일과를 규정에 따라 실천하였다. 불교와 맞지 않는 칠성각이니 하는 것들은 모두 없앴다. 이제 새로 독립된 주권국가에서 그간에 어지럽기 짝이 없었던 불교를 새로운 모습으로 다시 태어나게 한 실천이었다.

당시에도 6·25 전쟁을 거치면서 나라의 형편이 말이 아니라서 여전히 절 사정은 어려웠다. 그러나 그들은 죽음도 두렵지 않아 백척간두에서 한 발 내딛는 수행자의 본분으로 한국불교의 불꽃을 다시 살려내었다.

봉암사는 오늘날 청정수행도량의 모범이 되었지만, 1982년에 세인의 출입을 막고 종립선원宗立禪院인 수행도량으로 출발하기 전까지는 인근 탄광의 인부들과 세인들이 찾아들어 골짜기마다 텐트와 쓰레기가 난무하고 고기 굽는 냄새와 술 냄새가 진동하였다. 이런 상황에서 누군가 청정도량을 만들려는 결기로 목숨 걸

—
백운대 각자

고 산문을 걸어 잠그는 일을 결행했기에 오늘날과 같은 한국불교
의 수행 난야로 자리를 잡게 되었으리라. 오늘날 한국불교의 선
풍이 유지되고 있는 것도 그후 많은 선장들이 이곳에서 배출되고
활약하였기 때문이라고 생각된다.

태고선원

　백운계곡으로 난 산길을 걸으며 상념에 젖어 이렇게 온갖 생각들을 하였다. 붓다의 길을 가는 방법 중에 간화선看話禪의 수행만이 있는 것이 아니고 여러 방법이 있을 수 있다고 하지만, 그래도 나는 봉암사와 같이 문을 걸어 잠그고 속세와 단절된 세계에서 납자들이 수행에만 전념하는 도량이 전국에 더 많이 생겼으면 하는 생각이 들었다.

국내의 많은 주요한 사찰들이 관광 사찰로 빠르게 변해가고 소풍삼아 절을 찾는 사람들의 발걸음도 늘어나기는 하지만 사찰에 참된 수행자가 없다면 허망한 것일 뿐이리라.

고요한 사역을 조심스런 걸음으로 걸어 나오다가 홀연히 고개를 돌려보니 희양산의 눈부신 백악 아래에 태고선원이 장엄한 모습을 하고 앉아 있었다.

봉정사

경북 안동시 서후면 봉정사길 222

봉정사鳳停寺는 경북 안동군 서후면 태장리에 있는 천등산天燈山에 사뿐히 내려앉아 자리를 자리 잡고 있다. 인근 죽전리에는 신라 말에서 고려 초기에 조성된 것으로 보이는 삼층석탑이 남아 있고, 1525년『불설아미타경佛說阿彌陀經』을 간행한 이래 16세기에 불서의 대대적인 간행으로 유명한 학가산鶴駕山=下柯山=鶴佳山 광흥사廣興寺도 있다.

광흥사는 신라시대에 의상義湘(625-702) 대사가 창건한 것으로 전하는 사찰로 조선 왕실에서 세조의 어첩御帖을 내렸거나 영조의 어필御筆과 족자簇子를 보관하게 하는 등으로 세 번이나 원당願堂으로 하였고, 순조 27년(1827)에 발생한 대화재로 일주문一柱門과 시왕전十王殿만 빼고 470여 칸의 가람이 소실되기 전까지는 안동 지역에서 최대 규모를 자랑하는 대사찰이었다. 현존하는『훈민정음언해본』도 이 광흥사에서 간행한 것이라는 견해가 유력하다. 학가산성이 있는 학가산은 학처럼 고결한 선비의 기운을 가지고 있다고 하여 특히 퇴계학파에 속하는 많은 문인들이 유람을 하고 시와 글을 많이 남겼다.

이러한 사실로 미루어보면, 아마도 그 옛날에는 이 일대에 사찰이 많이 있었던 것으로 생각된다. 이러한 지역에 천년 세월이 지난 봉정사가 인근에 있는 구미의 도리사桃
李寺, 영주의 부석사浮石寺, 문경의 봉암사
鳳巖寺 등과 함께 불교의 상징적 사찰로 당
당한 모습을 하고 있다.

조선시대에는 유교를 새 왕조의 창건 이
념과 정치 철학으로 내세워 고려시대 때
많은 폐단을 초래하였던 불교를 억제하였
기 때문에 도시에 있는 사찰은 대부분 폐
사되거나 그 자리에 서원이나 서당 등이
대신 들어서게 되었고, 그 와중에 산중에
있는 사찰은 그나마 멸실되는 것을 피할
수 있어 불교의 도량으로 그 명맥을 유지
하여 왔다.

이곳 경상북도 북부 지역은 순흥의 문
성공文成公 안향安珦(1243-1306), 선산의 야
은冶隱 길재吉再(1353-1419), 영주의 신재慎齋 주세붕周世鵬(1495-
1554), 예안의 농암聾巖 이현보李賢輔(1467-1555), 퇴계退溪 이황李滉
(1502-1571) 등을 중심으로 고려시대부터 내려온 유학의 꽃이 만
개한 곳이자 유학자들의 지식 공동체인 사림士林의 중심적인 지역
이어서 태백산의 줄기가 흘러내리며 만들어낸 수려한 산수 풍광

봉화 한수정

가운데 서원書院과 학당學堂, 누정樓亭과 종택宗宅, 고택古宅 등 조
선시대의 유교문화의 유산이 가득 차 있는 공간이다.

골짜기마다 인물의 역사가 없는 곳이 없고, 오랜 세월 거창한
인물들이 남겨놓고 간 발자취는 이루 셀 수조차 없을 정도로 많
다. 수많은 전란과 재난 속에서도 남아 있는 집들과 자연을 벗으

—
안동 만휴정

로 하여 만들어진 정원과 누정 건축물들은 우리 문화유산의 목
록을 가득 채우고 있다. 아예 자연 그 자체를 삶과 문화 공간으
로 끌어들여 자연과 인간이 어울려 만들어낸 풍광은 풍광이라기
보다 물아일체物我一體의 세계이다.

보백당寶白堂 김계행金係行(1431-1517) 선생이 경영한 안동의 만휴
정晚休亭, 우재愚齋 손중돈孫仲墩(1463-1529) 선생이 기거하던 양동
의 관가정觀稼亭, 충재冲齋 권벌權橃(1478-1548) 선생을 기려 아들 청
암靑巖 권동보權東輔(1518-1592) 선생이 경영한 봉화의 청암정靑巖亭,

그의 손자인 석천石泉 권래權來(1562-1617) 선생이 경영한 봉화의 한수정寒水亭, 낙포洛浦 이종문李宗文(1566-1638) 선생이 경영한 달성의 하목정霞鶩亭, 석문石門 정영방鄭榮邦(1577-1650) 선생이 경영한 영양의 서석지瑞石池, 옥천玉川 조덕린趙德鄰(1658-1737) 선생이 경영한 봉화의 사미정四未亭, 만포晩圃 이민적李敏迪(1702-1763) 선생이 경영한 안동의 체화정棣華亭, 훈수塤叟 정만양鄭萬楊(1664-1730) 선생이 경영한 영천의 옥간정玉磵亭, 침류재枕流齋 손성을孫星乙(1724-1796) 선생이 경영한 영덕의 침수정枕漱亭, 금계錦溪 황준량黃俊良(1517-1563) 선생을 기린 영주의 금선정錦仙亭, 한주寒洲 이진상李震相(1818-1886) 선생이 경영한 성주의 조운헌도재祖雲憲陶齋, 성재惺齋 금난수琴蘭秀(1530-1604) 선생이 경영한 안동의 고산정孤山亭, 이황 선생의 도산구곡陶山九曲, 정구鄭逑 선생의 무흘구곡武屹九曲, 쌍봉雙峰 정극후鄭克後(1577-1658) 선생을 기린 경주의 수재정水哉亭, 돈옹遯翁 김계영金啓榮(1660-1729) 선생을 기린 포항의 분옥정噴玉亭, 응와凝窩 이원조李源祚(1792-1871) 선생이 경영한 성주의 만귀정晩歸亭 등 이를 열거하기에는 장안의 지권紙卷을 모두 모아도 모자랄 형편이다.

1895년 민비시해사건과 일제의 단발령斷髮令에 반발하여 봉정사에서 의병義兵을 창의한 안동의진安東義陳의 의병장이자 당대의 거유 성대星臺 권세연權世淵(1836-1899) 선생은 충재 선생의 후손이

이상규 사진, 경주 수재정

다. 사람은 사라져가도 정신은 면면히 이어져갔다. 이 의병 창의로 1896년 불의에 항거한 영남 유림 의병들의 항전은 요원의 불꽃처럼 번져갔다. 이 이야기를 다 쓰려면 또 종이를 가득 모아야 한다. 우리 역사에서 나라에 변고가 있을 때마다 의병장으로 나선 인물은 칼싸움을 잘하는 전사가 아니라 당대 최고의 지식인이었던 대유학자들이었다.

우리나라에는 서양과 달리 '노블레스 오블리주noblesse oblige'가 희박하다고 말하는 사람들도 있지만, 임진왜란이나 병자호란 그리고 독립운동과 국가적인 큰 사건에서 당대의 명망가들이 국가와 백성을 위하여 앞장 선 일들은 부지기수不知其數로 많다.

그 지역에서 존경받던 대학자가 의병장으로 나서면 그 일가 친척은 물론이고 인척관계에 있는 집안들 그리고 그 제자들의 집안들과 친인척들이 의병투쟁에 나서야 할 뿐 아니라, 그에 필요한 물자와 비용, 공간 등을 모두 제공해야 했다. 의병투쟁이 장기화하면 그에 참여한 집안의 인명 손실은 물론이고 재산까지 모두 바닥이 났다. 나라의 관군이 나라와 백성을 잘 지켜주지 못하는 것을 아는 일반 백성들은 식구들을 데리고 깊은 산 속이나 먼 곳으로 피난을 가기에 바빴지만 의병이나 의승義僧들은 이렇게 목숨을 내놓고 나라를 구하는 데 한 몸 바쳤다. 그들이 그렇게 살

이상규 사진, 봉화 청암정

다 간 자리에 우리는 이렇게 살고 있다.

　임진왜란 때 대학자인 학봉鶴峰 김성일金誠一(1538-1593) 선생은
초유사招諭使로 명을 받아 경상도 좌도관찰사와 우도관찰사를 번
갈아 가며 맡아 불철주야로 활약하다가 진주성 전투에서 세상을
떠났는데, 그때 모두의 존경을 받는 대학자가 초유사로 나서야
각 지방의 유학자들과 유림을 설득하여 의병 참전이나 관군 지원
에 나서도록 독려할 수 있었고, 겁을 먹고 도망가거나 숨어 있는
사람들을 설득하여 항전의 대열에 나서서 나라를 같이 지키자고
호소할 수 있었기 때문이었다.

봉정사는 종래 682년 신라 신문왕神文王(재위 681-692) 2년에 의상 대사가 창건한 절로 알려져 왔으나, 1972년 극락전에서 발견된 상량문에 의하면, 그의 아버지인 문무왕文武王(재위 661-681) 12년 즉 672년에 의상 대사의 10대 제자 중의 한 사람인 능인能仁 대사가 창건한 것으로 되어 있다. 능인 대사는 670년 의상 대사의 같은 문도인 신림神琳 대사, 표훈表訓 대사와 함께 금강산 만폭동萬瀑洞 골짜기에 신림사神琳寺를 창건한 인물이기도 한데, 이 신림사가 나중에 개명되어 표훈사表訓寺가 되었다. 이 표훈사에는 원나라 말기의 선사인 몽산덕이蒙山德異(1231-1308?) 화상의 가사와 고려의 나옹혜근懶翁慧勤(1320-1376) 선사의 사리가 있었다고 한다.

몽산 화상은 강소성江蘇省 서양瑞陽 고안현高安縣 출신의 남송南宋 사람으로 임제종臨濟宗 양기파楊岐派의 선장으로 원 세조 시기에 활동하였다. 세계사에서 초유의 대제국을 이룩한 몽골제국, 즉 원나라가 모든 사상, 지식, 문화, 학문 등에서 개방적인 자세를 취하며 발전하고 있는 상황에서 원나라의 지배층은 티베트 불교로 경도되었음에도 주자학과 선종 또한 송대의 것을 계승하여 번창하였고, 강남 지방의 활발한 출판 활동에 힘입어 불교 전적 등이 대대적으로 간행·유포되었으며, 선에 대한 사대부들의 관심도 날로 증대하고 있었다.

중국과 일본에서는 무문혜개無門慧開(1183-1260) 화상이 절강성 용상사龍翔寺에서 참선수행을 지도하며 편찬한『무문관無門關』을 공안公案수행의 최고의 책으로 삼았음에도 이와 달리 고려에서는 몽산 화상의 저서들이 풍미하였다. 유교와 도교에도 깊이 탐구한 몽산 화상은 선종에서는 간화선看話禪이 핵심이라고 하고, 그 수행법을 명료하게 체계화하여 제시하였다. 원 간섭기인 1295년(충렬왕 21)에 수선사修禪社의 요암원명了庵圓明, 가지산문의 보감혼구寶鑑混丘(1250-1322) 국사, 태고보우太古普愚(1301-1382), 나옹혜근 등 고려의 많은 고승들과 충렬왕忠烈王의 공주들, 이제현李齊賢(1287-1367), 김방경金方慶(1212-1300), 이승휴李承休(1224-1300) 등 사대부들이 몽산 화상이 주석하고 있던 중오中吳의 휴휴암休休庵을 직접 방문하여 배우거나 적극적인 교류를 하기에 이르렀으며, 이후 고려의 지배층이 강남의 임제종을 수용 확산하는 데 중요한 역할을 하였다.

몽산 화상의 간화선 수행법은「무無자 화두를 들 것–큰 의심을 낼 것–돈오견성–깨달은 후에는 반드시 선지식의 인가를 받을 것–보임을 할 것–중생교화를 할 것」으로 간단 명료하게 체계화된 것이었다. 태고보우 선사도 무無자 화두를 포함하여 몽산 화상의 간화선 수행법을 그대로 따랐다(태고의 간화선). 보조지눌普照知訥(1158-1210) 국사는 수행자들의 수행을 강조하였지만 간화선을 수행법의 중심에는 놓지 않았는데, 태고화상에 와서 비로소 간화선 수행법이 선종의 중심으로 확고히 자리를 잡게 되었다. 화두를 들고 대의단을 일으키고 깨달음을 얻으면 선지식에게 인가를 받고 그 후에는 보임을 하고(성철 선사는 이것이 필요없다고 본다) 중생교화에 나서는 것은 지금까지도 한국 선불교가 유지하는 것이 되었다.

조계산 수선사修禪社의 혜감만항慧鑑萬恒(1249-1319) 국사가 1300년에 덕이본『육조단경』을 강화도 선원사禪源社에서 간행하면서 몽산 화상의 저술이 고려에 전파되기 시작했고, 조선시대에 오면 특히 16세기에 각 사찰에서 덕이본『육조단경』, 『몽산법어蒙山法語』, 『수심결修心訣』, 『몽산화상법어약록蒙山和尙法語略錄』, 『반야심경집해般若心經集解』, 『사설四說』, 『직주도덕경直註道德經』 등이 간행되었고, 광홍사에서는『육도보설六道普說』을 간행하기도 했다. 그간에 한국불교에는 중국과 일본과 달리 몽산 화상의 간화선이 상대적으로 큰 영향을 주었다.

표훈사는 금강산의 4대 사찰로 조선시대까지 번성한 사찰이었는데, 유점사楡岾寺, 장안사長安寺, 신계사神溪寺는 6·25 전쟁 당시에 모두 불타 없어지고 현재는 표훈사만 남아 있다. 2000년대 들어 한국 조계종曹溪宗이 남북교류사업으로 지원하여 통일신라시대의 삼층석탑만 남아 있던 신계사의 터에 대웅보전 등 16개 당우를 복원하여 소실되기 전의 신계사 모습을 되찾아 놓았다.

봉정사가 자리하고 있는 이 산은 원래 대망산大望山이었는데, 능인 대사가 어릴 때 깜깜한 바위굴 속에 들어가 용맹정진을 하는 모습에 감동한 선녀가 나타나 옥황상제玉皇上帝가 내려준 등불을 가지고 불을 환하게 밝혀 주었다고 하여 '천등天燈'이라는 이름을 산에 붙여 천등산으로 불렀다고 하고, 바위굴에서 수행하던 대사가 어느 날 도력道力으로 만들어 날린 봉황이 내려앉은 곳에 절을 짓게 되어 '봉황이 머문 절'이라는 의미로 봉정사라고 명명했다는 설화가 전해 온다.

하늘에서 등불이 내려올 리도 없고 봉황이라는 새는 존재하지도 않는 새이므로 이는 신비로운 이야기로 잘 만들어진 설화일 뿐이리라. 설화라는 것은 전달되면서 필요에 따라 계속 각색되어 이런저런 이야기로 남는다. 옥황상제라는 것도 도교道敎에서 만들어낸 존재이고, 이것이 동아시아 나라로 전파되고 민간신앙이나 무속으로까지 변전하여 하늘에서 모든 것을 주재하는 존재로 수용되기도 했으니 불교이야기에 도교이야기가 뒤섞여 있기도 하다. 기독교에서 말하는 하느님과 같은 존재라고 하는 이도 있으니 더 이상 거론할 필요가 없으리라.

봉정사를 창건한 후 능인 대사는 화엄강당華嚴講堂을 짓고 제자들에게 붓다의 가르침을 전했다고 한다. 창건 이후의 뚜렷한 역사는 전하지 않으나, 후대에 참선도량으로 이름을 떨쳤을 때에는 부속 암자가 아홉 개나 있었다고 한다. 그러나 6·25 전쟁 때는 북한 공산군이 이 절을 탈취하여 패악질을 하다가 급기야 절에 있던 경전들과 사지寺誌 등을 모두 불태워 버려 이제는 봉정사

봉정사 전경

의 역사조차 알기 어렵게 되었다.

  서애西厓 유성룡柳成龍(1542-1607) 선생의 제자인 용만龍彎 권기權
紀(1546-1624) 선생이 저술하여 1608년에 간행한 안동의 읍지『영
가지永嘉志』에는 "안동부의 서쪽으로 30리 되는 곳에 있는 천등
산 아래에 신라시대에 이름난 봉정사가 있다."라고 서술되어 있다.
조선시대에도 이 지역의 선비들과 유생들이 공부하거나 강회를
가지거나 모임을 가진 고찰이었음을 알 수 있다.

  2000년 2월 대웅전 지붕 보수공사 때 발견된 묵서명을 통해 봉
정사는 조선시대 초에 팔만대장경을 보유하였고, 500여 결結의 논

밭도 지녔으며, 당우도 전체 75칸이나 되었던 큰 사찰임이 확인되었다. 해인사에 있는 팔만대장경을 인출한 책을 봉정사에서 가지고 있었을 것이다.

그리고 조선시대에는 봉정사 인근에 있는 산에서 품질이 좋은 잣이 많이 나 매년 임금에게 진상하거나 나라의 제사를 담당한 관청인 봉상시奉常寺에 올려 보냈다고 한다. 그러다보니 관아에서는 이런 고품질의 잣을 많이 채취하려고 했고 반면에 절에서는 널리 푯말을 세워 자기 구역에 들어오지 말라고 하며 서로 충돌하기에 이르렀다. 그리하여 급기야 관아에서는 절집의 승려들이 자기 이익을 우선시하고 나라와 백성은 생각하지 않는다고 하며 명종 임금에게 보고를 올려 임금이 이 문제에 대하여 판단을 하게 되었다. 그 결과 절에서 매우 가까운 곳에는 들어가지 말되 잣은 전과 같이 채취하는 것으로 결론이 났다. 1559년에 있었던 일이다.

그런데 안동 지역의 유생들과 절과의 관계는 그렇게 원만하지 않았던 것 같다. 향교 유생의 강습회인 도회의 유생들이 절에 와서 이런 저런 모임을 하게 되면 식사 등을 제공하는 것이 문제가 되었다. 봉정사는 '내원당內願堂은 잡역雜役에서 면제되기 때문에 할 필요가 없다.'라고 하고, 유생들은 '왜 하지 않느냐?' 하면서 대립과 갈등이 심화되어 급기야 봉정사와 광흥사의 두 승려가 유생 장흡蔣洽 등을 폭행하여 상해를 입히는 사건이 발생하기에 이르렀다. 이 사건은 비화되어 조정에까지 올라가게 되었는데, 조정에서는 범죄 행위에 대해서는 승려에게 책임을 묻되 절에 온 유생들에게 절에서 음식을 제공하게 하는 것은 잡역에 해당하기 때문에 이를 하지 말도록 했다. 1565년 명종 20년 때의 일로『명종실록明宗實錄』에 기록되어 있다.

조선시대 승려는 천민으로 격하되어 유생들의 온갖 잡역에 동원되기도 하여 전국적으로 그 폐단이 심한 곳이 한둘이 아니었다. 유림의 세력이 강했던 이 지역에서도 봉정사나 광흥사의 승려들과 유생들 간에 마찰이 적지 않았다.

이런 일이 있은 그 다음해인 1566년에 퇴계 선생은 여행 중에 봉정사에 들른 일이 있었는데, 사찰 골짜기 입구에 기이한 바위가 층층으로 쌓인 낙수대落水臺에 들러서 50여 년 전 사촌동생과 같이 여기에 여러 차례 와서 책을 읽고 노닐던 때를 회상하며 낙수대를 명옥대로 이름을 고쳐 짓고, 〈명옥대鳴玉臺〉라는 시를 남겼다. 이름을 이렇게 고쳐 지은 것은 오吳나라 육기陸機(261-303)의 〈초은시招隱詩〉에 바탕을 둔 것이라고 하였다.

此地經遊五十年　이곳에서 노닌 때가 어언 오십년
차 지 경 유 오 십 년

韶顔春醉百花前　젊은 시절엔 만발한 봄꽃들에 취했었지.
소 안 춘 취 백 화 전

只今攜手人何處　손잡고 놀던 사람들, 지금은 어디 갔나
지 금 휴 수 인 하 처

依舊蒼巖白水懸　푸른 바위에 하얀 폭포수만 예와 같이 걸려있네.
의 구 창 암 백 수 현

그 시절 봉정사에는 퇴계 선생의 집안 사람들뿐만 아니라 이 일대 선비들이 머물며 공부를 했다. 낙수대는 이런 일이 있은 후 명옥대鳴玉臺로 바뀐 이름으로 지금까지 그대로 내려오고 있다. 1566년 퇴계 선생은 조정의 부름을 받았으나 사직하고 이곳 명옥대에서 후학들에게 강론을 하기도 하였다. 현종顯宗(재위 1659-1674) 때인 1665년에 후학들이 이를 기념하여 명옥대에 정자를 짓고 퇴계 선생의 시에서 글자를 따와 「蒼巖精舍창암정사」라고 현판을 걸었다.

퇴계 선생은 젊었을 때 독서를 할 때에도 용수사龍壽寺, 광흥

명옥대와 창암정사

사, 봉정사 등에서 지냈으며, 관로에 나가 힘들었을 때에는 조정의 부름에도 불구하고 제수된 자리를 사양하기를 반복하며 절에 들어와 머물기도 했다. 건강이 나빠졌을 때에도 봉정사에 와서 지내고는 했다. 광흥사나 봉정사에 들렀을 때에 지은 시가 여러 수 남아 있지만, 노년에 다시 봉정사를 찾았을 때 지은 〈봉정사서루鳳停寺西樓〉라는 시에는 마음 깊숙이 담아 두었던 심사가 나타나 있기도 하다.

梵宮西畔一樓橫   절집 서쪽 편에 누각 하나 옆으로 서 있는데
범 궁 서 반 일 루 횡

創自新羅幾毀成   신라 때 창건되어 몇 번이나 헐리고 세워졌던가.
창 자 신 라 기 훼 성

佛降天燈眞是幻   붓다가 천등산에 내렸다는 것은 실로 허황되고,
불 강 천 등 진 시 환

胎興王氣定非情   왕의 태가 왕실 기운 일으켰다는 것도 물정에 맞지 않네.
태 흥 왕 기 정 비 정

山含欲雨濃陰色   산은 내리려는 비를 머금고 어둠은 짙어 가는데
산 함 욕 우 농 음 색

鳥送芳春款喚聲 새 소리만 꽃피던 봄을 보내며 탄식을 하네.
조 송 방 춘 관 환 성
漂到弱齡栖息處 세상 떠돌다 어릴 때 깃들던 곳에 다시 와보니
표 도 약 령 서 식 처
白頭堪歎坐虛名 흰머리 흩날리며 헛된 이름에 탄식만 나오네.
백 두 감 탄 좌 허 명

　오늘날에는 봉정사로 갈 때 골짜기 계곡을 따라가는 것이 아니
라 계곡 위로 난 도로를 따라가기 때문에 명옥대가 길에서 떨어
져 있어 보이지만, 옛날에는 골짜기를 따라 사찰로 들어갔기 때문
에 골짜기로 난 길을 걸어가다 보면 위로 큰 바위들이 층층이 놓
여 있고, 정자 건너편 명옥대라고 새겨 놓은 바위에서 수직으로
떨어지는 하얀 폭포수는 하늘에서 늘어뜨린 백옥白玉의 능라비단
綾羅緋緞처럼 보였으리라.

　당나라 시인 이백李白(701-762)이 이 풍경을 보았더라면 '비류직
하삼천척飛流直下三千尺'은 아니더라도 '비류직하삼백척飛流直下三百
尺'이라고는 했을 터인데 그는 아쉽게도 해동의 풍광을 보지 못하
였다.

　그러나 바위에서 떨어지는 물소리는 예나 지금이나 마찬가지
다. 퇴계 선생의 시에는 이백과 같이 과장법을 사용하여 자연을
읊은 장쾌한 시는 없다. 문이재도文以載道를 추구하며 인간 완성
의 길을 걸어갔기 때문이리라.

　퇴계 선생의 제자인 송암松巖 권호문權好文(1532-1587) 선생은 이
곳을 방문하여 이름이 바뀐 사연과 퇴계 선생을 생각하면서 이렇

—
김대원 그림, 명옥대

게 시를 지었다.

萬古雲門第一奇 _{만 고 운 문 제 일 기}	오랜 세월 해묵은 봉정사에 최고로 빼어난 곳
飛泉嗚咽似含悲 _{비 천 오 인 사 함 비}	떨어지는 물소리는 구슬피 우는 듯하네.
退翁去後空鳴玉 _{퇴 옹 거 후 공 명 옥}	퇴계 선생 떠난 뒤에 명옥대만 남았으니
再遇知音問幾時 _{재 우 지 음 문 기 시}	그 언제나 지음을 다시 만날 수 있으리.

문집이나 각종 문헌에 남아 있는 기록을 보면, 조선시대 유생들이 절에 와서 묵으며 독서하고 공부한 경우도 많았고, 시를 지은 적도 있었지만, 유가의 사람들이 때로는 절에서 문중 모임도 하고 술도 마시며 즐긴 일도 적지 않았던 것 같다.

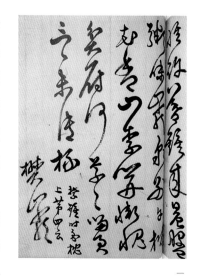

채제공 글씨

노론 세력이 국가권력을 전횡할 때 안동김씨(연원만 그러할 뿐 서울의 장동壯洞에 터를 잡고 산 장동김씨이다)의 대표 주자인 농암農巖 김창협金昌協(1651-1708) 선생의 문집인 『농암집農巖集』의 중간본을 간행한 적이 있는데, 책을 간행한 다음 그 책판을 봉정사에 보관케 하기도 했다. 사도세자思悼世子(1735-1762)의 스승이자 남인의 영수였던 번암樊巖 채제공蔡濟恭(1720-1799) 선생의 문집인 『번암집樊巖集』을 1824년 영남 남인들 전체 프로젝트로 간행한 책판도 여기에 보관되어 있었다.

봉정사는 광흥사와 더불어 이 지역에서 불경 간행이 활발하여 간역소刊役所의 설치, 판목의 준비와 판각 등에서 많은 경험을 보유했던 사찰이었다. 18세기 이후에는 유가에서 여기에 간역소를 두고 유학자들의 문집들을 다량 출간하기도 했고 책판을 보관하기도 했다. 안동에서 처음으로 서울로 올라가 관직을 지내며 장차 이른바 '장동김씨'라는 가문을 열게 되는 김계권金係權(1410-1458) 선생의 손자인 김영金瑛(1475-1528)의 『삼당집三塘集』(1830), 그의 동생 김번金璠(1479-1544)의 아들들인 김상용金尙容(1561-1637)의 『선원유고仙源遺稿』(1767)와 김상헌金尙憲(1570-1652)의 『청음선생문집淸陰先生文集』(1861) 그리고 후대의 김수증金壽增(1624-1701)의 『곡운집谷雲集』(1711), 김창협의 『농암집』(1754) 등 집권 노론 세력이던 안동김씨(=장동김씨)의 대표 주자들의 문집을 위시하여 홍귀달洪貴達(1438-1504)의 『허백정집虛白亭集』(18세기), 이황의 『퇴계선생문집退溪先生文集』(19세기), 김성일金誠一(1538-1593)의 『학봉선생속집鶴峰先生續集』(1781) 등도 채제공의 『번암집』과 함께 여기서 간행되었다.

봉정사에는 불교 경판을 보관하던 장판각藏板閣이 사찰구역의 뒤편인 적연당寂然堂의 뒤쪽에 있었는데, 이와 달리 안동김씨들의 문집과 서책을 간행하기 위해 새긴 목판은 김씨장판각金氏藏板閣을 따로 지어 이에 보관하기도 했다.

김씨장판각은 만세루에서 담장을 경계로 하여 절 밖으로 난 계단을 내려오면 만나는 평평한 중단 공간에 있었는데, 지금은 철거되고 없다. 이 장판각 내에 있었던 목판은 나중에 김씨 집안에서 다시 가져갔고, 그 일부는 현재 한국국학진흥원에 보관되어 있다. 『퇴계선생문집』의 중간 작업은 명옥대에 설치한 간역소에서 행해졌다.

불경의 간행은 봉정사에서도 많이 했지만, 더 많은 불서를 판각하고 간행한 곳은 최대 사찰인 광흥사였다. 그래서 18세기 이후 오랜 기간 동안 판각의 노하우를 많이 축적한 광흥사에서 유학자들의 문집도 많이 판각하고 간행하기에 이르렀으며, 그 책판을 광흥사에 보관하게 되었다. 그 당시 각수刻手는 승려와 일반인이 담당하였다.

정조正祖(재위 1776-1800)가 그리도 아꼈던 채제공 선생에 대한 이야기를 안동과 관련하여 더 보면, 정조가 죽자 1801년 바로 사도세자思悼世子(1735-1762)를 죽음으로 몰고 간 정순왕후貞純王后(1745-1805)가 12살의 순조純祖(재위 1800-1834)를 대신하여 수렴청정垂簾聽政을 하면서 서인들이 국정의 중심에 다시 등장하였고, 황사영黃嗣永(1775-1801)의 백서사건帛書事件으로 발단이 된 천주교 박해사건(신유박해)이 발생하였다. 이때 초계문신 출신으로 승승장구하던 다산茶山 정약용丁若鏞(1762-1836) 선생의 형제들인 정약현丁若鉉(1751-1821), 정약전丁若銓(1758-1816), 정약종丁若鍾(1760-1801) 선생 등이 죽거나 귀양을 가는 등 참변을 당하였다. 이와 동시에 천주교에 호의적이던 남인 세력이 몰락하였고, 남인의 중심이었던 채제공 선생의 관작도 본인이 이미 사망했음에도 불구하고 박탈되는 일이 벌어졌다.

1802년에는 새해 벽두부터 현재의 소수서원紹修書院인 백운동서원白雲洞書院에서는 채제공 선생의 진영을 철거해 버렸다. 시류에 따른 참으로 발빠른 행동이었다. 예안禮安에서는 현감이 수하 아전衙前들을 도산서원으로 보내 강 건너편에 있는 시사단試士壇의 비를 도끼로 산산조각을 내고 비각도 완전히 부수어 버렸다. 당시 예안현감은 김직행이었는데, 그 일로 후에 출세를 했는지는 잘 모르겠다.

정조는 1792년 퇴계 선생의 학덕을 기리며 그간 권력에서 배제되었던 영남의 인재들을 특별히 선발하기 위하여 도산서원에서 강 건너에 있는 들판에서 도산별과陶山別科를 실시하여 급제及第 2인, 진사進士 2인, 초시初試 7인, 상격賞格 14인의 인재들을 선발하

—
이상규 사진, 도산서원과 시사단

였는데, 1796년에 이 일을 기념하기 위해 별과시험을 실시했던 들판의 송림에 〈도산시사단비명陶山試士壇碑銘〉이라는 기념비를 제작하여 세우고 비각도 건립하였다. 이때 기념비의 비문을 영의정을 지낸 채제공 선생이 짓고 글씨도 직접 썼다.

현재 우리가 보는 시사단은 비각이 있던 원래의 자리에 1975년 10m 높이의 축대를 쌓아 2층의 단을 조성하고 1824년에 복원한 비와 비각을 옮겨 놓은 것이다. 시사단 파괴사건의 전말은 다른 자료에서는 찾아보기 어려운데, 류의목柳懿睦(1785-1833) 선생이 쓴 일기인 『하와일록河窩日錄』에 기록되어 있다.

이런 참혹한 일이 자행되고 있던 시절, 1804년에는 노론 시파時派의 대표 김조순金祖淳(1765-1832)이 그의 딸을 순조의 비로 보내고 왕의 장인이 되면서 안동김씨 세도정치(1800-1863)의 문을 열었다. 서인·노론 세력들이 딸을 왕비로 들여보내 대대손손 국가 권력을 놓치지 말자고 한 것은 1623년 인조반정으로 권력을 장악한 서인 세력들이 '물실국혼勿失國婚'이라는 말로 서로 굳게 맹약한 것에서 시작되었다. 이들은 벽파辟派 세력을 제거하고 권력을 장악해가고 있었고, 유림의 상소가 있어도 죽은 채제공 선생의 신원伸冤은 받아들여지지 않았다.

1823년(순조 23)에 가서야 채제공 선생의 무죄를 주장하다가 유배를 갔다 온 홍시제洪時濟(1758-?) 선생이 평소의 소신을 꺾지 않고 다시 상소하여 겨우 채제공 선생의 관작이 회복되었다. 그해에 파괴되어 버린 시사단비試士壇碑의 중건을 위한 유림의 회의가 도산서원에서 열렸고, 『번암집』의 간행도 논의되어 그 다음 해에 간행되었다.

이 시절 추사秋史 김정희金正喜(1786-1856) 선생은 경주김씨 노론 가문의 촉망받는 30대 후반의 다크호스로 떠올랐다. 아버지 김노경金魯敬(1766-1837) 선생이 대사헌과 판서를 지냈고 본인은 순조 임금의 사랑을 받아 규장각奎章閣 대교待敎, 세자시강원世子侍講院 사서司書에 제수되는 등 한참 잘 나가고 있을 때였다. 그에게 불어닥치는 불운은 아버지 순조의 명에 따라 대리청정을 하던 효명세자孝明世子(1809-1830)가 1830년에 아깝게 죽으면서 노론 세력 내부에서 안동김씨 세력과 풍양조씨 세력 사이에 세도정치의 권력투쟁이 격화되면서 시작된다. 아직은 나중의 일이지만.

아무튼 이런 저런 역사가 겹쳐져 있는 봉정사를 찾아들어간다. 봉정사는 2018년에 유네스코 세계유산으로 지정되면서 찾아오는 사람들이 많아서 그런지 절로 들어가는 길 주변에는 멋있는 갤러리, 레스토랑, 커피숍들이 있다. 넓은 주차장에 차를 세우고 절 입구로 들어서면 숲속으로 오르막길이 나 있다. 소나무들이 뿜어내는 솔향기를 맡으며 상쾌한 길을 오르다 보면 다소 평평한 곳에 이르러 일주문一柱門을 만난다.

양쪽으로 기둥이 하나씩 받치고 있는 문에는 「天燈山鳳停寺천

일주문

등산봉정사」라고 쓴 현액이 걸려 있다. 현액은 은초隱樵 정명수鄭命壽(1909-2001) 선생이 썼다. 은초 선생은 추사체를 구사한 성파星坡 하동주河東洲(1869-1943) 선생의 문하에서 청남菁南 오제봉吳濟峰(1908-1991) 선생과 같이 서예를 공부하고 경남 지역에서 서예가로 활동하였다.

여기서 다시 수목이 우거진 완만한 오르막길을 따라 오르면, 오른쪽으로는 대웅전大雄殿과 극락전極樂殿, 영산암靈山庵으로 가는 방향과 왼쪽으로는 지조암知照菴과 근래 지은 설법전說法殿 등 건물이 있는 방향으로 나뉜다. 원래의 봉정사가 있는 구역으로 방향을 잡아 오른쪽 길로 걸어 올라가면 왼쪽 높은 곳에 훤칠한 만세루萬歲樓가 날개를 활짝 편 봉황처럼 날아 갈듯이 서 있다.

여러 개의 돌계단을 밟아 올라가면 옛날 김씨장판각이 있었던 곳을 지나 만세루와 마주하게 된다. 이 누각을 지나면 바로 붓다

—
만세루

가 있는 극락정토인 대웅전의 공간으로 들어서게 되므로, 이는 부석사의 안양루와 같이 극락정토로 들어가는 해탈문의 역할도 한다. 그러나 원래는 만세루를 지나 들어가면 진여문眞如門이 정문으로 서 있었다. 이 진여문을 지나야 대웅전의 앞마당에 들어서는 것이다. 일제식민지시대에도 이 진여문이 서 있었고 그 양옆으로는 대웅전 앞마당으로 오르는 계단이 있었다.

현재는 만세루를 지나면 바로 대웅전 앞마당으로 오르는 돌계단이 세 곳에 놓여 있을 뿐 극락정토로 들어가는 정문은 사라지고 없다. 공간이 많은 당우로 인하여 대웅전 앞 공간이 답답하게 보여서 철거해 버린 것인지는 모르겠으나, 불교적 공간구성에서는 오히려 경박하게 되어 버렸다는 생각이 든다. 어쩌면 그 옛날에 만세루 바깥쪽 돌계단이 시작되는 아래쪽 어디쯤에 천왕문天王門이 있었는지도 모르겠다.

요즘은 오래된 고찰에서도 자동차가 다니기 편하게 대웅전 앞마당까지 이르도록 길을 내고, 당우들의 원래 배치를 변경하거나 불편한 건축물들을 헐어버리는 일을 종종 볼 수 있는데 이는 실로 실망스러운 일이다. 봉정사도 보다 높은 품격이 있도록 당우들의 배치가 바로 잡히는 날이 올 것을 기대해 보며, 어쩌면 우리 세대 다음에 보다 높은 안목과 실력을 가진 세대들이 해낼 것이라는 희망도 가져본다.

조선 숙종肅宗(재위 1674-1720) 때인 1680년에 세운 것으로 보이는 만세루는 법회를 하거나 고승들과 대덕들이 강론을 하던 곳이다. 어느 때인가 무식한 유생들이 이 누대에 올라 술판을 벌이고 놀았을지 모르겠고, 일꾼들이 여름에 퇴락한 누대에 드러누워 낮잠을 잤을지도 모르겠으나 그런 생각은 하지 않는 것이 정신건강에 좋을 것 같다. 실제 조선시대에 일부 사찰에서는 그런 일들이 있었다는 기록이 있어서 이런 생각이 떠올랐다.

만세루에는 동농東農 김가진金嘉鎭(1846-1922) 선생이 「天燈山鳳停寺천등산봉정사」라고 쓴 현판이 높이 걸려 있다. 조선시대 안동김씨들이 60년간 권력을 쥐고 흔든 이른바 안동김씨 세도정치勢道

政治의 시절에 김상용 선생의 후손인 동농 선생 역시 서울에서 태어나 개항기에 주요 관직을 두루 거치고 1891년 안동대도호부安東

김가진 글씨, 천등산봉정사 현판

大都護府의 부사府使로 내려와 지방관으로 지냈다.

동농 선생은 막강한 집안의 후광을 바탕으로 하여 일본 동경에서 주일본판사대신駐日本辦事大臣 등 외교관 생활도 하는 등 여러 관직을 거쳤지만, 외세에 밀려 점점 기울어져 가는 조선을 보면서 박영효朴泳孝(1861-1939) 선생이 주도한 1895년의 을미개혁정부에 대신大臣으로 참여하고 독립협회獨立協會의 창설을 주도하기도 했다. 일진회一進會 등 친일 세력들을 규탄하기도 하고 1905년의 을사조약을 민영환閔泳煥(1861-1905) 선생과 함께 반대하기도 하는 등 우국충정憂國衷情에 몸부림을 치다가 일본이 조선을 강제 병합한 이후에는 비밀결사인 대동단大同團의 총재로 추대되어 중국 상하이上海로 건너가 본격적으로 독립운동에 나섰다. 대동단이 해체된 후에는 대한민국임시정부의 요인으로 활동하였다.

만세루 안에는 「萬歲樓만세루」와 「德輝樓덕휘루」라고 쓴 두 개의 현액이 걸려 있다. 만세루의 현액은 석능石能 김두한金斗漢이 쓴 것인데, 「華嚴講堂화엄강당」과 「無量海會무량해회」의 편액도 그가 썼다.

—
만세루

덕휘루의 현판은 계축년(1913) 여름에 김가진 선생이 썼다. 김가
진 선생은 조정의 핵심관료로 활동하였기 때문에 1903년 창덕궁

—
김두한 글씨, 만세루 현판

—
김가진 글씨, 덕휘루 현판

후원 조성의 감독도 맡았는데, 그때 후
원의 여러 건물의 현판을 썼다. 만세루
는 다른 사찰에서도 흔히 볼 수 있는
불교적인 이름이지만, 덕휘루는 불교적
인 이름이 아니다. 불교 사찰에서 유교
적 문구의 현액이 걸려 있는 것을 드물
지 않게 볼 수 있는데, 이 덕휘루도 그
러한 경우이다. 여기서의 '덕휘'라는 말

은 덕이 빛난다는 의미인데, 중국 전한前漢 시대 가의賈誼(BCE 200-BCE 168)가 굴원屈原(BCE 343-BCE 278)의 죽음을 슬퍼하며 지은 〈조굴원부弔屈原賦〉 가운데 "봉황새가 천 길 높이로 날개를 치며 날아오르니 덕이 빛나는 곳을 보면 내리고, 덕이 없고 험한 징조를 보면 날개를 치며 멀리 날아가 버리는구나[鳳凰翔于千兮 覽德輝而下之 見細德之險微兮 遙增擊而去之]."라고 읊은 구절에서 따온 것이다.

천하가 태평하면 봉황새가 날아온다는 전설이 전해오기에 봉황새가 날아오기를 염원하는 것은 나라가 태평하고 백성이 평안하기를 기원하는 의미를 가지는 것이다. 일본에게 나라를 빼앗긴 비극적인 상황에서 다시 나라를 되찾고 백성들이 행복해지는 태평시대를 염원하면서 봉황이 다시 내려와 머물 수 있도록 이렇게 이름 지어 걸었는지도 모른다. 그의 고향 동네에.

망해 버린 왕조의 슬픈 신하로 독립운동에 투신해간 동농 선생의 삶을 보면, 젊은 시절부터 망해 가는 왕조의 개혁을 요구하고 을사오적의 처단을 상소했다가 투옥되고, 다시 국채보상운동國債報償運動을 주도하며 동분서주하다가 연해주 블라디보스토크로 망명하여 북만주, 서간도 등지에서 해외 독립운동을 전개한 대계大溪 이승희李承熙(1847-1916) 선생이 생각난다. 박학독행博學篤行하는 지사의 삶을 치열하게 살다가 이국 땅에서 생을 마쳤다.

나라가 망하자 향산響山 이만도李晩燾(1842-1910) 선생을 위시한

—
성주 조운헌도재

17인의 영남 지사들은 자진 순국하였고, 백하白下 김대락金大洛
(1845-1914) 선생, 석주石洲 이상룡李相龍(1858-1932)과 이봉희李鳳羲
(1868-1937) 선생 형제들, 일송一松 김동삼金東三(1878-1937) 선생 등
과 같은 대유학자를 위시하여 수만 명의 경북 사람들은 가산을
처분하고 허허벌판 황무지인 만주로 집단 망명하여 구국항쟁에
들어갔다. 이 시절에 있었던 비장한 역사이다.

　대계 선생의 제자 심산心山 김창숙金昌淑(1879-1962) 선생은 스승

의 뜻을 이어 평생 독립운동의 전선에 나섰다. 해방 후 인재의 결
핍을 겪었을 만큼 우리는 이렇게 조선의 뛰어난 인재들을 독립전
선에서 많이 잃었다. 성주의 한개 마을에 있는 조운헌도재는 대
계 선생의 선조부터 대대로 살아온 집이다.

우리가 지금 살고 있는 이 땅에 살다간 위대한 선조들의 삶은
이렇게 비장하고 고결했다. 만세루에 걸려 있는 동농 선생이 쓴
현판들을 한참이나 바라보고 있는 중에 처절했던 역사의 장면들

이 파노라마처럼 지나갔다.

해묵은 기둥이 누각을 받치고 있는 만세루 아래를 지나 작은 돌 계단을 올라서면 바로 대웅전의 앞마당에 발을 내딛게 된다. 좌측에는 화엄강당이 있고, 우측에는 「무량해회」라는 현판이 걸려 있는 건물과 이 건물에 연이어 세워진 공덕당功德堂이 늠름하게 서 있다. 현재의 공덕당은 뒤로 원래의 적연당과 연결되어 있는데, 디귿(ㄷ)자로 되어 있던 공간이 니은(ㄴ)자로 변형되어 있다.

대웅전은 1435년 세종世宗(재위 1397-1450) 17년에 중창한 기록으

대웅전

로 볼 때, 조선 초기에 정면과 측면이 모두 3칸인 단층으로 지은 건물이다. 화려한 다포양식으로는 현재 가장 오래된 건물이다. 안에는 석가모니불을 본존불로 하고 좌우에는 어려서 아라한과를 얻었다는 두타제일頭陀第一 마하가섭摩訶迦葉(Mahākāśyapa) 존자와 싯다르타의 사촌동생인 다문제일多聞第一 아난阿難(Ananda) 존자의 상을 모시고 있다. 소박하고 고졸하다.

대웅전 마루

이 대웅전에는 다른 법당에서는 보기 어려운 마루와 난간이 바깥에 설치되어 있다. 이런 마루는 영산암의 응진전應眞殿에서도 볼 수 있다. 마루와 난간이 설치된 것은 사대부 집에서 볼 수 있는 것이기에 불교가 이 지역의 유교적 생활 양식과 타협한 결과로 나타난 것이 아닌가 생각된다.

영산암의 건물들에도 조선시대 민간의 목조 기와집에서 볼 수 있는 마루들이 모두 설치되어 있다. 조선시대에는 거주하는 집들이 좁고 복잡하여 유생들이 절에서 독서도 하고 공부도 하였으므로 유가의 사람들이 절에 많이 오가면서 일상의 집처럼 편리하게 바꾸는 과정에서 이런 마루와 난간이 만들어졌을 수도 있다고 보인다. 지금은 모두 새로 들어선 건물들이 있지만, 안동 용두산龍頭山에 있는 용수사龍壽寺도 농암 이현보 선생이나 퇴계 선생의 형제들과 그 집안 사람들, 그리고 인근 선비들이 와서 공부하며 지내던 곳이었다.

조선 중기에 세운 화엄강당은 품격도 있고 그 구조도 아름답기 그지없는데, 장대석長臺石 댓돌 위에 두꺼운 널판을 쪽마루처럼 깔았고, 두 부분으로 나누어 사분합四分閤의 띠살문을 설치했다. 공간의 구분이 빼어나다. 이 공간은 능인 대사가 봉정사를 창건할 때 지은 당우의 이름을 그대로 이어 온 것으로 보이는데, 여기서 승려들은 경을 논하고 고승대덕들이 설법을 하기도 했다.

화엄강당을 사이에 두고 한쪽 공간에 대웅전이 있다면 다른 쪽 공간에는 그 유명한 극락전이 있다. 원래는 불경과 경판을 보관하던 대장전大藏殿으로 사용되었는데, 그후 극락전으로 바뀌었다고 한다. 봉정사는 인근 학가산의 광흥사와 함께 불경의 간행이 활발했는데, 조선시대 중종, 명종, 선조 기간 동안에 광흥사에서

는 간행소를 설치하여 『불설아미타불佛說阿彌陀佛』, 『묘법연화경妙
法蓮華經』, 『금강반야바라밀경金剛般若波羅蜜經』 등 경판을 제작하
여 불서를 다량 출간하였다. 봉정사에서는 대장전에 여러 불경을
보관하고 있으면서 동시에 영조 25년 1769년에 『상교정본자비도
량참법詳校正本慈悲道場懺法』, 『범망경梵網經』 등 15종의 불경을 다
량 간행하기도 하였다.

극락전은 부석사의 무량수전無量壽殿과 함께 우리나라에서 가

—
극락전

장 오래된 목조건물로 1200년대에 지어진 것으로 추정된다. 국보인 문화유산이다. 고려시대 때 통일신라시대의 건축양식을 이어받아 단층으로 지은 건물이다. 배흘림기둥으로 된 정면 3칸, 측면 4칸으로 시옷(ㅅ)자 모양의 맞배지붕과 처마를 앞으로 나오도록 받침 역할을 하는 공포栱包를 기둥 위에만 놓는 주심포柱心包 양식의 대표적인 불교건축물이다. 공포를 주심포로 올리면 기둥은 엔타시스양식으로 해야 균형도 맞고 모양도 어울린다. 이는 누가 보아도 쉽게 수긍이 가리라 생각된다.

중앙에는 판문板門을 달고 양쪽에는 살창을 내었다. 그 전에는 사분합의 나무 판문들이 달려 있었는데, 1972년 고증에 따라 원래의 모습으로 복원한 것이다. 이는 부석사의 조사당祖師堂과 같은 모양을 하고 있다. 어떤 치장이나 화려한 장식도 전혀 없는 고졸하고 담백한 모습이다. 이 모습이 실로 아름답다. 붓다가 인간에게 제시한 진리도 이렇게 간단하고 담백하며 명징한 것이리라. 건물도 간단하고 명료하기 때문에 힘이 더 있다.

극락전의 내부에는 가운데에서 뒤쪽으로 두 개의 기둥을 세우고 벽을 만든 다음 그 안에 불단을 만들고 불상을 안치하였다. 영국의 엘리자베스 2세 여왕이 이곳을 방문했을 때 극락전 내부의 천 년 가까이 남아 있는 기둥을 보고는 기둥에 손을 가져다대고는 한참이나 서 있었다고 한다. 어쩌면 천 년의 숨결을 느끼며 영겁의 시간이 주는 의미를 깨달았을지도 모른다. 인간의 삶에서 시간이라는 것이 무엇을 의미하는가 하는 문제 말이다. 바닥에는 흙으로 구운 검은 와전瓦塼들이 원래의 모습을 간직하며 깔려 있다.

높은 돌 기단 위에 세워진 극락전에서 계단을 밟고 내려오면 앞마당의 가운데에 높이 3.18 미터인 삼층석탑이 서 있다. 고려 중기의 석탑 양식을 지닌 것으로 극락전을 조성할 때 같이 조성된 것으로 추정된다.

극락전 삼층석탑

우리나라 탑의 양식 변화를 보면, 삼국시대 나무로 지은 목조탑으로 시작되어 7세기경부터 돌로 만든 석탑으로 바뀌는데, 삼층석탑은 원래 통일신라시대 감은사지感恩寺址의 삼층석탑에서 시작되어 불국사佛國寺의 삼층석탑, 즉 석가탑釋迦塔에서 양식상 미적으로 완성 단계에 이른다. 그 이후 고려시대와 조선시대에 이르기까지 우리나라 사찰의 탑은 이를 기본 양식으로 하여 다양한 변화를 추구하면서 3층, 5층, 9층석탑으로 세워졌다.

극락전의 중정을 사이에 두고 화엄강당과 마주보고 서 있는 맞배지붕의 고금당古金堂은 스님들이 참선 수행한 공간으로 사용되었다고 하는데, 현액의 글씨가 고졸하고 소박하다. 옛 금당으로 붓다를 봉안했을 것인데, 여기서 참선 수행하였다는 것은 이상하다. 아마도 사찰의 형편이 어렵고 당우들이 쇄락한 시절에 따로 마땅한 공간이 없었던 상황에서 금당에서도 수행자들이 참선 수행을 한 것이 아닌가 하는 생각이 든다. 화엄강당과 고금당은 조선시대 중기의 건축양식을 지니고 있는 것으로 같은 시기에 같은 목수가 지은 것이 아닌가 할 만큼 양식에서나 격조에서 차이가 없어 보인다.

지금의 극락전 건물도 용도가 경판고經板庫로 사용되기도 하고 아미타불을 봉안한 공간으로 사용하기도 하는 등 여러 차례 바뀌었는데, 고려시대에는 어떠했는지 자료가 없으니 알 수가 없다.

극락전 건물을 경판과 경전을 넣어두던 공간으로 사용했을 때 고금당은 붓다를 봉안한 금당이었을까? 전문가들의 연구를 기다려 볼 수밖에 없다.

극락전에서 앞으로 내다보면 전망이 확 트여 있어 저 멀리 있는 산들이 구름 속에서 얼굴을 내밀었다 숨었다 한다. 인간의 마음이 늘 변하고 욕심이 하루에도 몇 번씩 생겼다가 없어지기를 반복하는데, 붓다의 가르침도 그에 따라 보였다 사라졌다 하는 것이리라.

아무튼 극락전에서 앞으로 바라보면 산하가 호호탕탕浩浩蕩蕩하게 펼쳐져 있다. 그런데 원래는 앞마당을 가운데 두고 우화루雨花樓가 고금당과 지붕을 연하여 극락전과 마주보고 서 있었다. 일제식민지시대에도 그렇게 서 있었는데, 봉정사를 중창하면서 우화루는 현재 영산암으로 옮겨져 응진전으로 들어가는 문루 역할을 하고 있다. 원래는 극락전이 있는 공간으로 들어가는 문루로 세워져 있던 것이다.

봉정사에는 주요한 유물들이 있다. 계곡을 메워 습기로 둘러싸인 성보박물관에는 대웅전의 흙벽에서 떼어낸 여러 점의 벽화 조각들과 후불벽화가 있다. 후불벽화는 높이 307cm 너비 351cm의 크기에 그려진 영산회상도靈山會上圖로 조선 전기의 불화양식을 가지고 있는 현존하는 가장 오래된 벽화이다.

—
대웅전 후불벽화

　이런 소중한 유물을 급조한 유리방 안에 놓아두거나 임시로 만든 서랍이나 거치대 위에 그냥 방치하고 있고, 경판고에 있었던 대장경 경판도 철제 책장에 모아 놓고 있는 형편이다. 유네스코 세계유산으로 지정된 사찰에서 유물을 보존하고 있는 형편이 이러하다. 도대체 20여 년 동안 이런 상태가 계속되고 있는데, 국가는 무엇을 하고 있는지 알 수 없다. 그냥 영국 여왕이 여기에 다녀갔다고 떠벌리고 관광버스나 많이 오면 된다고 생각할지 모르겠으나, 문화유산에 대한 인식은 아직 수준 이하이다. 부끄러운 모습이다.

서랍속 대웅전 벽화

경판 보관 상태

벽화조각 보관 상태

봉정사에는 부속 암자로 동암인 영산암과 서암인 지조암이 있
다. 영산암은 대웅전과 극락전이 있는 본당에서 계곡을 지나 올
라가는 자리에 있다. 지금은 그 계곡을 메워 본당에서 바로 걸어
갈 수 있게 만들어 놓았으나 그 대신 풍광과 사찰의 격조를 망쳐
버렸다. 그나마 영산암으로 오르는 계단과 좌우로 높이 서 있는
수목들이 진리의 공간으
로 인도하는 경건한 분
위기를 만들어 준다.

19세기 말 건물로 보이
는 영산암에는 석가모니
불과 나한들을 모신 응
진전과 함께 부속 건물
들이 있는데, 이 영산암
으로 들어가는 문루는
옛 극락전 앞에 있었던
우화루를 이리로 옮긴
것이다. 우화루의 문을
지나 작은 돌계단으로
올라가면 격조에서는 이
와 비교할 바가 없는 천
하제일의 중정中庭이 나

영산암으로 오르는 돌계단

중정

응진전

우화루

온다. 마당을 가운데 놓고 맞은편에 응진전이 있고 왼쪽으로 송
암당松岩堂이 우화루와 연결되어 있고, 송암당 앞 바위 사이로 솟
아난 늘푸른 소나무는 홀로 지조를 지키고 있다. 오른쪽으로는
관심당觀心堂이 우화루와 붙어 있다.

　응진전 마루에서 내려와 계단으로 내려오면 조그만 석등 하나
가 서 있다. 영산암의 안뜰은 작지도 크지도 않으면서 전체 건물
들의 크기와도 잘 조화를 이루고 있다. 우화루를 이곳으로 이건
한 바람에 중정이 우화루, 관심당, 응진전, 송암당의 건물로 미음
㈜자 모양으로 둘러싸인 모습이 되어 아늑하고 고요하다. 흙과
나무와 돌과 건축물과 풀들이 작은 공간에서 화엄세계를 이루고
있다.

우화루 마루

　이 겸허하고 경건한 뜰에 비가 내리면 비가 내리는 대로 눈이
오면 눈이 오는 대로 사방의 어느 마루에 앉아 보아도 내 마음의
거울을 들여다보는 것 같고, 소나무와 백일홍의 그림자가 흙마당
에 엷게 깔리는 밤에 우화루 마루에 앉아 있으면 그야말로 독좌
영산獨坐靈山의 고요 속에서 자신을 보게 된다. 어쩌면 그래서 이
곳에 자주 오게 된 것 같다.

　우화루의 우화라는 말은 하늘에서 내리는 꽃비를 말하는데, 붓
다가 영취산에서 설법을 할 때 꽃비가 내린 설화에 바탕을 두고
붓다의 가피가 꽃비 내리듯이 내린다는 의미이다. 최고의 격조를
갖춘 아름다움 그 자체다. 그래서인지
모르겠으나 여러 산사가 유네스코 세계
유산에 등재될 때 본사에 딸린 암자로
등록된 것은 이 영산암뿐이었다.

우화루 현판

—
영산암 응진전 벽화

　응진전은 석가모니불을 주불로 하고 붓다의 제자 가운데 바른
앎을 증득하여 번뇌를 완전히 벗어난 소승의 최고 상태인 아라한
과를 얻은 16인의 아라한阿羅漢(arhat, arahant), 즉 나한들을 봉안
한 공간이다. 뛰어난 성인(saint)을 모신 집이다. 이 응진전에는 유
교의 영향을 받은 듯한 그림들도 있고 아침 해가 떠오르는 때에
봉황이 우는 〈봉명조양도鳳鳴朝陽圖〉가 벽에 그려져 있다.

　나한전 중에는 16아라한을 모시는 응진전이 있고, 500인의 아
라한을 모시는 오백나한전五百羅漢殿이 있는데, 영산암의 응진전에
는 16나한을 모시고 있다. 지금은 사라진 안동의 오백사五百寺는
바로 500나한들을 모신 절이었다.

　아라한이란 용어는 불교 이전에는 브라만교에서 훌륭한 출가

수행자를 지칭하였고, 존경받는 고위 관리에 대한 존칭으로도 사용되었는데, 불교에서도 깨달은 성인은 이처럼 존경을 받는 높은 지위에 있는 존재라고 하여 그에 대한 존칭으로 사용되었다. 보리살타菩提薩埵(Bodhisattva), 즉 보살菩薩이 대승불교大乘佛敎에서 깨달은 성인을 말한다면 부파불교部派佛敎에서는 이를 아라한이라고 불렀다. 그래서 대웅大雄(mahāvīra)인 붓다에 대해서도 보리살타라고 하거나 아라한이라고 부르기도 했다.

나중에 붓다의 많은 제자들도 이러한 경지에 오르면서 붓다에 대해서는 아라한이라는 말을 가급적 사용하지 않고 그 제자들에 대해 사용하는 것으로 되었다. 나한전은 붓

—
응진전 마루

다의 제자들을 봉안하기 때문에 주불을 모시는 법당에서 떨어진 곳에 위치하고, 내부도 장엄하거나 화려하게 장식하지 않고 건물도 조촐한 모습을 하고 있다.

우리나라나 중국, 일본에서는 이 오백나한은 중생에게 복덕을 주고 소원을 성취하게 해 주는 특별한 공력이 있다고 하여 오백나한에 대한 숭배가 성행하여 사찰에 따로 나한전을 짓는 일이 생겼다. 유럽의 가톨릭 성당 건물에서 볼 수 있듯이, 지붕이나 벽에 성자들의 상을 세우는 것과 유사하고, 수호성인을 정하는 것

과도 비슷하다. 성인들이 복을 비는 대상으로 되면 그 본래의 의미는 변질되기 마련이다. 응진전이 의미를 가지는 것은 여기서 기도하고 복을 비는 것이 아니라 아라한과 같이 무명에서 깨어나 밝은 진리를 체득하는 상태에 도달하도록 분발해야겠다는 다짐을 하는 데 있으리라.

지조암은 오늘날 스님들이 참선 수행하는 선원이다. 이곳은 대웅전이 있는 공간과는 따로 떨어져 있어 산 속으로 더 들어가야 한다. 지조암에는 천등선원, 관음전, 칠성전, 승방과 부속 건물이 있다. 1753년(영조 29)에 쓴 설봉사욱雪峰思旭 화상의 「대웅전관음개금大雄殿觀音改金」에 의하면, 봉정사 법당에는 아미타불상, 관음보살상, 세지보살상이 봉안되고 있고, 관음보살상이 1199년(신종 2)에 목조로 조성된 것으로 확인되어 국내에 현존하는 목조 불상 중에 가장 오래된 것으로 판명되었다. 이는 1466년(세조 12)에 조성된 오대산 상원사上院寺의 목조 문수보살상보다 오래된 것이다.

결제가 끝난 기간이라 봉정사에서 수행하고 싶은 스님들의 발걸음이 잦은 계절이다. 이 시대 불교가 어떤 역할을 하는가는 수행승들에 달려 있는 만큼 이런 수행 공간이야말로 불교의 생명이 아닌가 한다.

한때 찬란했던 대가람에 조그만 부도 세 개만이 남아 있다. 전란 중에 없어졌거나 유가들이 없애 버렸거나 아니면 다른 용처로 갔을지도 모른다. 그러나 보이지 않는 부도들은 내 마음에 있기에 구도의 길을 가는 사람에게는 언제나 보일 것이다. 영산암이 아무리 아름답다고 한들 붓다가 걸어간 길만큼 아름다울 수는 없을 것 같다.

실상사

전북 남원시 산내면 입석길 94-129

지리산을 감돌아 전라북도 남원으로 접어들어 산내면 입석리로 가면 신라시대에 창건된 실상사實相寺를 만난다. 한동안 비가 내리다가 그치고 지리산智異山의 산허리를 감싸고 있던 구름이 서서히 위로 올라가 저 너머 천왕봉天王峯을 올려다보는 풍광 속에 빠져있으면 평지에 있는 절에 있어도 속세에서 멀리 떠나 깊은 산중에 들어온 느낌이 든다.

통일신라시대 때 홍척洪陟 화상이 당나라에 들어가 선법禪法을 깨우친 뒤 귀국해서 흥덕왕興德王(김수종金秀宗=수승秀升=경휘景徽, 재위 826-836) 3년인 828년에 구산선문九山禪門의 하나인 실상산문實相山門을 개산開山하면서 창건한 절이 실상사이다. 원래는 그 이름이 지실사知實寺였는데 고려 초기에 실상사로 바뀌었다. 그는 헌덕왕憲德王(김언승金彦昇, 재위 809-826) 때 당나라에 가서 중국의 남종 6조 혜능慧能(638-713) 선사의 법맥을 계승한 마조도일馬祖道一(709-788) 선사의 고제자인 서당지장西堂智藏(735-814) 선사로부터 마조선馬祖禪, 즉 홍주종洪州宗의 선법을 익히고 그 법통을 받아 826년에 귀국하여 남악인 지리산으로 내려와 실상사에 주석하며 전법傳法을 하였다.

봉암사 동암에서 오랫동안 수행한 정광淨光 화상에 의하면, 남종선의 해동海東 전래 시기의 선후에 있어서는 도의 화상이 홍척 화상보다 먼저 당나라로 들어가 공부하고 821년 홍척 화상보다 5년 먼저 신라에 들어와 진전사陳田寺에 은거하면서 지장 선사에게서 체득한 심인법心印法을 설하였는데, 이를 듣고자 모여든 사람들이 산을 가득 메웠다고 전한다. 이로써 가지산문迦智山門이 실상산문보다 먼저 형성되었으니, 남종선의 신라로의 전래에 있어서는 도의 화상이 홍척 화상에 앞선다.

그런데 홍척 화상이 어떤 선법을 설하였는지는 이에 대한 기록이나 자료가 없어 알 수 없는 형편이다. 당시에 많은 유학승들이 당나라에 가서 조사祖師들 문하에서 몇 년간 유학하고 오면 이미 '깨달음'을 얻고 법을 얻은 것인지 의문이 들고, 또 그때 말하는 '깨달음'이 과연 무엇을 의미하는지도 분명하게 밝혀놓은 바가 없다. 당시 교법敎法과 선법과의 차이를 이해하고, 자신이 배운 선사의 주장하는 바가 무엇인지를 이해하고 들어와 그런 내용을 신라에서 전파한 것인지, 아니면 그 무엇의 '깨달음'을 터득한 것인지, 이에 관하여 상세하게 전하는 자료는 찾기 어렵다.

구전口傳으로 깨달은 사람으로부터 깨달은 사람에게로만 비전祕傳되었다고 하더라도 그 깨달음이 무엇인지는 기록으로 남아 있어야 후세의 사람들이 알 수 있을 텐데 아쉽게도 이에 관해서는 분명한 것이 없다. 교학을 핵심으로는 하는 법상종法相宗에서는 이에 관해 어떻게 보았는지 치열한 논쟁도 찾기가 쉽지 않다.

"한국불교사에서 논란이 있는 '구산선문'이라는 명칭은 신라 말기에 생겨
난 것은 아니고 고려시대에 와서 만들어진 분류 내지 용어이며, 그것도
개산조開山祖의 교화를 기준으로 하는 것이 아니라 그 제자 대代에 와서
해당 문파의 성쇠에 따라 붙여진 것이다. 그리하여 처음에는 스승만 있는
상태로 있다가 제자 대에 내려와 개산조의 산문을 중흥시켜 선문을 형성
하면서 실상산문實相山門, 동리산문桐裏山門, 사굴산문闍崛山門, 성주
산문聖住山門, 희양산문曦陽山門, 수미산문須彌山門의 이름을 붙인 6산
문과 제자 대에 와서 비로소 새로 산문을 형성한 가지산문迦智山門, 봉
림산문鳳林山門, 사자산문獅子山門의 3산문으로 나눌 수 있다고 본다."

아무튼 홍덕왕은 홍척 대사의 감화를 받아 당시 상대등上大等
이던 그의 아우 선강태자宣康太子 김충공金忠恭(?-835)과 함께 이
절에 귀의하기도 하였다. 그래서 승려 이외에 홍척 대사의 법을
이은 사람으로 홍덕왕과 선강태자가 이야기되기도 한다. 홍덕왕
에게는 아들이 없어 동생이 태자가 되었는데, 선강태자는 홍덕왕
시절에 정치의 최고 실권자로 활약하며 당나라에 사신으로 갔다
가 귀국하던 길에 바다에 빠져 형보다 먼저 세상을 떠났다.

홍덕왕은 친형과 함께 정변을 일으켜 13세에 즉위한 조카인 애
장왕哀莊王(김청명金淸明=김중희金重熙, 재위 800-809)을 죽이고 형이 먼
저 헌덕왕憲德王(재위 809-826)으로 왕이 되고 그가 죽고 그를 이을
후사가 없자 형의 뒤를 이어 왕이 되었다. 『삼국유사三國遺事』에 나

오는 심지心地 왕사가 기록대로 헌덕왕의 아들이라고 보면 아들이 출가하는 바람에 뒤를 이을 자식이 없는 사태가 생긴 것이 된다.

애장왕은 어린 나이에 임금이 되어 작은아버지인 김언승의 섭정을 받았지만 6년 후에 친정을 행하면서, 흔들리는 신라 왕실의 현실을 인식하고 왕권을 강화하기 위하여 당시 귀족들이 방만하게 사찰을 건립하고 비단과 금으로 치장을 하고 기물을 헌정하는 행위 등을 강력히 통제하였다. 당연히 귀족들은 이러한 조치에 대하여 반발하였다. 이런 상황 속에서도 그의 재위기간 중인 802년에는 순응順應과 이정利貞 두 화상에 의해 해인사海印寺가 창건되었는데, 이 해인사는 화엄도량으로 왕실에서 경영하였다.

이 무렵 일본에서는 히에이산比叡山에서 천태교학을 공부하던 사이초最澄(767-822) 대사와 진언종眞言宗의 개조인 구카이空海(774-835) 대사가 802년 1년 단기 유학승으로 선정되어 조정의 허락을 받아 804년 견당환학생遣唐還學生으로 당나라 유학의 길을 떠났다. 그해 사이초는 명주明州에 도착하고 구카이는 복주福州에 도착하였다. 사이초는 월주越州, 태주台州, 천태산天台山을 순례하고 태주 용흥사龍興寺에서 천태종 7조 수선사修禪寺의 도수道邃 화상에게서 대승보살계大乘菩薩戒를 전수받고, 도수 화상과 천태산 불롱사佛隴寺의 행만行滿 화상에게서 천태법화天台法華의 원종圓宗을 배웠다. 태악泰岳의 순효順曉 화상에게서는 진언밀교眞言密敎의 법을 배우고 대안사大安寺의 행표行表 화상과 천태산의 소연

�然 화상에게서 달마선達磨禪을 전수받았다. 이리하여 사이초는 원종, 밀종, 선종, 계율종의 4종을 배우고 경전 등을 수집하여 805년에 귀국한 다음, 이듬해 이를 종합한 천태법화종天台法華宗이 조정으로부터 정식으로 인정되어 일본 천태종이 본격적으로 개창하기에 이르렀다. 806년에는 장안長安에서 혜과惠果 화상으로부터 금강계金剛界와 태장계胎藏界의 양부兩部 대법大法을 전수받은 구카이 대사가 귀국하였다.

흥덕왕은 즉위한 지 두 달 만에 장화부인章和夫人이 세상을 떠나는 가슴아픈 슬픔을 겪었다. 그는 그후 평생 동안 혼자 지내며 후비를 두지 않는 삶을 살았다. 형과 정변을 일으켜 어린 조카를 죽이고 형에 이어 왕 자리에 올랐지만, 아들도 없고 사실상 정사의 중심이던 동생도 바다에 빠져 죽고 부인도 먼저 저 세상으로 갔으니 삶과 죽음의 허망함을 깨달았을지도 모르겠다.

『삼국사기三國史記』에는 흥덕왕 재위 6년에 왕자 김능유金能儒가 아홉 명의 승려와 함께 당나라로 가 조회한 것으로 나오고, 사망하는 해에 왕자 김의종金義琮을 당나라에 보내 은혜에 감사하고 숙위하게 한 것으로 되어 있다.

『조당집祖堂集』에는 김의종은 그해 굴산사崛山寺 범일梵日(810-889) 화상을 데리고 입당하여 1년 정도 당나라에 숙위하며 머물다가 희강왕僖康王(재위 836-838) 2년에 현욱玄昱(788-869) 화상과 함께 귀국한 것으로 되어 있다. 아들이 없는데 왕자라는 이가 두

명이나 등장하니 문제가 아닐 수 없다. 그래서 김능유는 그 연유
는 알 수 없으나 가짜로 왕자로 칭한 사람으로 보고, 김의종은
후에 헌안왕憲安王(재위 857-861)이 된 김의정金誼靖과 동일 인물로
보기도 한다. 당시에는 왕실의 사람들을 왕자라고 부르기도 했다
고 한다.

그리고 장보고를 청해진대사로 삼아 청해진淸海鎭을 지키게 한
것이라든지, 김대렴金大廉(?-?)이 당나라에 사신으로 갔다가 귀국
할 때 차나무 종자를 가지고 와 지리산에 심었던 일도 흥덕왕 시
대에 있었다. 물론 차나무는 김대렴이 심은 후부터 우리나라에
서식하기 시작한 것이 아니라 그 이전에도 신라에 있었다.

『삼국유사』에 의하면, 경덕왕景德王(재위 742-765) 24년 3월 3일에
경덕왕이 귀정문歸正門 누대에 올라 신하들에게 누가 영복승榮服
僧을 데려 오겠느냐고 한 일이 있었는데, 그때 누더기 옷을 입고
앵통櫻筒을 지고 걸어오는 승려가 그 사람이라고 하고 확인하여
보니 바로 〈찬기파랑가讚耆婆郎歌〉를 지은 충담忠談 화상이었다.
왕은 이에 기쁜 마음으로 그를 맞이했는데, 그때 충담 화상은 남
산 삼화령三花嶺의 미륵세존불상에게 차를 바치고 오는 길이라고
하였다. 그리하여 왕도 그 차를 청하였더니 그 차의 맛이 특별하
고 그릇에서 향기가 풍기었다고 한다.

이 일이 있고 난후 왕의 청에 따라 지어 올린 향가가 〈안민가安
民歌〉이다. 흥덕왕 시절보다 약 100년 전에 있었던 일이다. 요즘도

삼화령 차 봉헌

전국의 뜻있는 차인들이 3월 삼짓날에 미륵불상이 있었던 남산
의 삼화령 미륵불상좌대가 있는 곳에 모여 차를 봉헌하고 충담사
의 뜻을 기리는 행사를 한다.

홍덕왕은 죽어서 유언에 따라 장화부인과 같이 합장되었다. 나
는 유년시절에 학교에서 홍덕왕릉으로 소풍을 가기도 했고, 소나
무가 우거진 왕릉의 숲에서 친구들과 어울려 놀기도 했다. 그때
는 바닷가 아니면 달리 놀러갈 만한 장소가 없었기에 숲이 있는
넓은 왕릉이 아이들이 놀기에는 좋은 장소였던 것 같다. 홍덕왕
릉의 봉분을 둘러싸고 있는 호석에는 12지신상이 새겨져 온전하

흥덕왕릉 12지신상 탁본

게 남아 있으며, 전방에는 좌우로 석인상과 호인상 그리고 화표석이 마주보고 서 있고, 왕릉의 네 모퉁이에는 이를 수호하는 사자석상이 온전한 모습으로 그대로 있다. 신라능원의 양식이 완전하게 보존되어 있어 문화재로서도 중요한 가치를 가진다.

요즘은 이 왕릉의 소나무 숲이 자연 그대로의 모습을 하고 있어 많은 이들이 사진을 찍으러 오기도 한다. 경주 소나무는 울진의 금강송같이 곧게 뻗은 건실한 수종이 아니고 가늘면서 나무들이 모두 비틀어져 있어 목재로는 사용하기 어렵지만 제멋대로 생겨 미적으로 특이하게 보이는 모양이다.

흥덕왕릉에는 〈흥덕왕릉비〉가 있었는데, 지금은 거대한 귀부만 남아 있고, 나머지는 모두 사라졌다. 제액에 '흥덕興德'이라고 쓴 조각이 남아 있어 무덤의 주인공이 누구인지 확인할 수 있는 경우이다. 거북의 머리도 조각한 것을 볼 수 없을 정도로 파괴되어 있고, 귀갑에는 조각한 무늬들이 심하게 마모되어 있다. 비신은 구양순歐陽詢(557-641)체로 쓴 글씨가 남아 있는 여러 조각으로 파

괴되어 버렸는데, 이 비가 이렇게 심하게 파괴된 것에는 무슨 곡
절이 있을 것 같다. 이 〈흥덕왕릉비〉의 비편은 현재 국립중앙박물
관에 전시되어 있다.

흥덕왕도 후사가 없이 죽자 사촌동생인 상대등 김균정金均貞(?-
836)과 그의 조카이자 원성왕元聖王(재위 785-798)의 아들인 김제륭
金悌隆이 왕위를 두고 궁궐에서 격전을 벌인 결과 김균정이 살해
되고, 김균정과 그의 아들 김우징金祐徵(?-839)을 타도한 김제륭이

흥덕왕릉비 조각, 국립중앙박물관 소재

흥덕왕릉비 조각

제43대 희강왕僖康王(재위 836-838)이 되었다. 아들이 없는 흥덕왕에게는 동생이 있어 그가 선강태자로 되었지만 형보다 먼저 세상을 떠나는 바람에 흥덕왕이 죽은 다음에는 그 후계문제가 생겨날 수밖에 없었다.

아무튼 희강왕도 왕위쟁탈전에서 패를 갈라 싸운 끝에 삼촌을 죽이고 왕이 되었기에 정당성도 취약하였거니와 자력으로 왕위를 차지한 것이 아니어서 그 자리는 늘 불안정하였다. 그리하여 그를 옹립한 세력들이 다시 임금 자리를 넘보다가 급기야 왕의 측근들을 살해하고 반란을 일으켰다. 연약한 희강왕은 왕 자리를 포기하고 목을 매고 자살하였다.

희강왕이 자살한 다음에 왕위에 오른 이가 민애왕閔哀王(재위 838-839)인데, 선강태자의 아들이다. 민애왕도 즉위하자마자 장보고 세력에 의지한 김우징의 세력으로부터 공격을 받고 결국 살해되었다. 이 김우징이 즉위한 후 4개월 만에 죽게 되는 신무왕神武王(재위 839-839)이다. 임금 자리를 놓고 법도에 따라 승계를 하는 것이 아니라 서로 죽이는 싸움으로 이기는 자가 왕이 되는 형국이 되어 버렸다. 그것도 왕이 된 자가 리더로서 힘을 가진 인물이 아니고 서로 다른 패거리들끼리 모여 패싸움을 한 결과 이긴 세력들에서 왕을 옹립한 것이니 승리한 패거리들 중에서도 항상 모반을 도모할 가능성은 존재하였다. 정통성이 무너졌으니 누구나 기회를 보다가 무력으로 왕 자리를 차지하면 되는 것이었다.

찬란한 문화를 꽃피웠던 신라는 하대로 오면서 이렇게 왕위쟁탈전으로 혼란을 거듭하며 나락那落으로 끝 모를 추락을 계속하고 있었다.

이 시기에는 이미 신라의 왕실은 중심을 잃었고 신라의 수도 경주에서 멀리 떨어진 각 변방에서는 그 지역의 중심 세력들이 힘을 가지기 시작하였다. 이러한 중앙권력의 와해와 지방 호족 세력들의 난립으로 통일신라는 쇠망의 길을 걷게 된다. 이런 상황에서 불교는 왕실을 중심으로 한 교종 중심의 불교와 각 지방의 호족들과 결탁한 선종 중심의 불교로 나타났고, 특히 각 지방에서는 새로운 불교가 선종이라는 이름하에 '누구나 부처가 될 수 있다'고 하며 백성들 속으로 확산되어 갔다.

이들은 각자 자기들만의 특색을 강조하는 사찰을 중심으로 자기의 법맥을 중시하면서 집단을 형성하였는데, 수백에서 천을 넘는 승려들이 모여 각자의 산문을 열어 활동하였다. 이는 중국에서 선종이 분화하여 각자 자기들의 파를 형성하고 집단화되면서 자기들만의 특색을 강조하고 법맥상의 정통성을 강조한 것과 유사한 현상이다.

이렇게 법맥의 정통성을 강조하며 서로 경쟁하다 보니 속세의 족보와 같이 법맥상의 족보를 만들었고, 이런 가운데 계보를 창작하여 끼워 맞추는 일까지 발생하였다. 말하자면 없는 족보를 만들어내는 셈이다. 선종에서는 조사가 곧 깨달음을 얻은 붓다라고 하기 때문에 각 산문마다 그들의 조사들은 이미 붓다였던 것이다. 각자 자기 산문의 조사가 붓다라고 하기 때문에 경전을 별로 중시하지 않았다. 문자를 모르는 일반 백성들은 경전을 읽지도 못하거니와 불경을 접하기도 어려웠다. 그냥 '나무아미타불'을 외고 붓다인 조사의 말에 따라 행하면 되는 것이었다.

홍척 대사가 머문 실상사는 왕실의 관심을 받은 절이라 이후

홍척대사탑비

선종이 크게 일어나면서 실상산파를 이룰 정도로 세력이 번창하
였다. 홍척 대사를 이은 수철秀澈(817-893) 화상에 와서 선문인 실
상산문을 형성하기에 이르렀고, 3대 편운片雲 화상을 거치면서 절
을 크게 중창하고 선풍을 본격적으로 떨치게 되었다.

최치원崔致遠(857-?) 선생이 쓴 〈봉암사지증대사적조탑비鳳巖寺智
證大師寂照塔碑〉에 의하면, 신라 진덕여왕眞德女王(재위 647-653) 때 법

수철화상부도탑

랑法郎 화상이 당나라로 가서 4조 도신道信(580-651) 선사의 법을
도입해 오면서 우리나라에 처음으로 북종선이 전해지고 당나라
와 같이 북종선이 강한 시기가 있었지만, 서당지장 선사에게서 공
부한 도당유학승인 도의, 홍척, 혜철惠哲(785-861) 화상 등이 중국
에서 돌아와 각 지방에 선문을 열고 남종선을 전파하면서 선종

은 점차 남종선으로 통일되어 갔다. 물론 이 당시에도 교종은 있었다.

홍척 대사의 제자로는 스승의 법을 이어 실상산문을 형성한 수철 화상과 3조인 편운 화상 그리고 음광飮光 화상 등이 있었다. 실상사에서 300여 미터 떨어져 있는 조계암曹溪庵터 부근에 있는 뚜껑이 덮힌 향완香盌 모양의 〈편운화상부도탑〉에는 정개正開 10년에 건립한 것이라는 명문이 있다. 이 정개라는 연호는 신라 상주 출신인 견훤甄萱(867-936)이 나주를 비롯한 서남해 일대에서 반란을 일으킨 후 무주에서 건국하고 다시 영토를 확장하기 위하여 900년에 전주로 천도하면서 '백제百濟'라는 국호와 연호를 정할 때 사용한 것인데, 이로써 부도탑의 건립연대가 910년임을 알 수 있다.

이 당시는 견훤이 대야성大耶城을 중심으로 하여 세력을 모아 신라와 군사적으로 대치하고 있던 때였음을 고려하면, 이런 명문의 기록은 견훤이 편운 화상의 부도를 건립하여 주면서 실상산파를 자기 세력권 내로 포섭하고자 한 것이 아니었을까 하는 생각이 들게 만들기도 한다.

편운화상부도탑 명문

그렇다면 전후 사정으로 보건대, 수철 화상의 세력이 신라의 왕실 편에 섰던 것에 반하여 편운 화상의 세력은 견훤의 편에 섰던 것이 아닌가 하는 생각도 해 볼 수 있다. 음광 화상은 〈수철화상탑비〉를 세울 때 비석에 글자를 새긴 사람이다. 절에서 비를 세울 때 승려들이 글자를 새기는 일이 드문 일은 아니었다. 후대에 불경 목판을 새길 때에도 승려들이 글자를 새긴 경우가 많았고, 조선시대에는 유학자들의 문집을 간행할 때 절에서 한지를 만들거나 목판을 새기는 일이 흔하였다. 목판 한 장을 제작하는 비용이 오늘날 가격으로 4백만 원 정도였으니 절의 재정에도 도움이 되는 일이었다.

번창하던 실상사는 조선시대에 들어와 1468년 세조世祖(재위 1455-1468) 14년에 화재로 모두 불타 버린 후 200여 년 동안 폐사가 된 채로 거의 방치되어 있었다. 승려들은 중국의 백장회해百丈懷海(749-814) 조사의 이름을 딴 백장암百丈庵에 겨우 기거하면서 그 명맥을 간신히 유지해왔다. 백장암도 원래는 백장사百丈寺로 그에 소속된 당우들이 많았다고 한다. 실상사는 쇠락의 길을 걷다가 숙종肅宗(재위 1674-1720) 때에 와서 전각들이 다수 세워지고 현재의 극락전極樂殿으로 되어 있는 부도전浮屠殿을 지었다.

그러나 1882년(고종 19)에 함양 출신 양재묵楊載默과 산청 출신 민동혁閔東赫이 절터를 빼앗으려고 절에 불을 질러 절이 소실되는 수난을 겪기도 했다. 자료들을 보면 조선시대에는 절터에 서원이나 건물들을 지은 경우가 많은데, 이 경우 적법하게 그 절터를 확보한 경우는 문제가 없지만 어떤 경우에는 집안의 힘을 배경으로 인근 사찰을 빼앗거나 사찰 건물을 헐어 그 목재를 자기 건물을 짓는 데 사용하기도 한 흔적들을 발견할 수 있다. 사찰을 뺏는 경우에 대표적인 방법이 불을 질러 절의 건물을 태워버리는 수법이었다. 조선시대에는 유교가 통치이데올로기로 강력하게 지배하고 있었고 백성들에게도 수용되어 있었기 때문에 실상사와 같이 역사적으로 유서 깊은 사찰도 이런 식으로 불을 질러 그 땅을 빼앗으려고 한 모양이다.

일본제국주의의 식민지지배를 받던 시기에는 불상에 보물들이 많이 들어 있다는 소문이 나 도굴꾼들이 절집을 드나들며 유물을 많이 훼손하였다. 유물을 훔쳐간 인간들도 나쁜 인간들이지만 돈을 주고 이런 불교 유산들을 사들이는 인간들이 있기 때문에 그런 일이 생기는 것을 생각해 보면, 무엇부터 먼저 없애야 이런 일이 사라질지 생각해 볼 일이다. 이런 인간들이야 돈 욕심이 극에 달하여 이런 범죄를 저질렀다고 하더라도 절에서 이런 유물들을 판 행위는 부디 없기만을 기대해 본다.

근래에 와서 조계종에서는 각 사찰의 재물을 조사하고 목록을 작성하여 체계적인 관리와 감찰을 하는 시스템을 구축하였다. 실상사에 있는 불상의 복장腹藏에는 효령대군孝寧大君(1396-1486)의 원문願文과 수백 권의 사경寫經과 인경印經 그리고 고려판화엄경소 高麗板華嚴經疏 등 희귀한 문적文籍도 있었는데, 일부는 도난당하고 나머지는 건물과 함께 불타 버렸다고 한다. 아무튼 실상사는 역사로 보면 신라 고찰이지만 목조 건물들은 화제로 소실되는 일을 다반사로 겪었기 때문에 현재의 건물들은 조선시대에 다시 지었거나 근래에 지은 것들이다.

실상사는 지리산 중턱에 있는 산지 사찰이지만 요즘은 자동차 도로가 주위를 지나고 상가나 집들도 많이 세워지면서 산지 사찰의 원래의 멋과 운치는 사라져가고 있고, 주차장과 사역이 같은 평지에 있어 마치 평지에 있는 사찰처럼 보이기도 한다.

—
천왕문

사방이 담장으로 둘러쳐진 절의 영역으로 들어서면 먼저 천왕문天王門을 지나게 된다. 이 천왕문의 편액은 교육자이자 서예가인 여산如山 권갑석權甲石(1924-2008) 선생이 썼다.

천왕문을 지나 바로 앞으로 보이는 영역에는 동서 양옆으로 삼층석탑이 서 있고 그 뒤로 석등이 서 있으며, 그 석등 뒤에는 보광전普光殿이 있다. 쌍탑 1금당의 전형적인 가람 배치이다. 보광전 앞에 있는 석등은 계단이 남아 있는 석등으로는 국내에서 유일하다. 1884년에 원래의 웅장한 금당 터 기단 위에 기단을 다시 만들고 자그마하게 지은 보광전에는 조선시대에 조성된 아미타불좌상을 중심으로 좌우에 관세음보살과 대세지보살을 건칠乾漆로 조

계단이 남아 있는 국내 유일 석등

보광전

보광전 건칠 보살입상

성한 입상이 서 있고, 1694년(숙종 20)에 만든 동종이 있다.

보광전 앞마당에 서 있는 동서의 삼층석탑은 상륜부가 원형 그대로 남아 있는 통일신라시대의 걸작품으로 평가받는데, 상륜부가 없어진 불국사의 석가탑을 복원할 때 이곳 실상사 삼층석탑의 상륜부를 본떠 복원하기도 하였다.

상륜부를 보면, 맨 꼭대기에서부터 모든 장식을 끼우기 위한 쇠로 된 기둥인 찰주刹柱가 세워져 있고, 이에 돌로 조각한 구슬인 보주寶珠,

동종

전륜성왕의 자리를 상징하는 용의 수레인 용거龍車, 사바세계에 두루 불법을 비추는 것을 상징하는 불꽃 모양의 수연水煙, 아래의 보륜을 덮고 있는 덮개 모양의 보개寶蓋, 전륜성왕을 의미하는 보배 장식을 한 바퀴 모양의 보륜寶輪, 귀하고 깨끗함을 상징하는 위로 보고 있는 꽃잎 모양의 앙화仰花, 발우를 엎어 놓은 반구형의 복발覆鉢의 순서로 이슬받이 그릇이라는 신성함을 상징하는 노반露盤 위에 세워진 찰주에 차례로 끼워진 채 완전한 모습을 그대로 유지하고 있다. 진전사의 삼층석탑에는 상륜부가 없지만 사

보광전과 쌍탑

극락전 건칠 아미타여래좌상

면의 부조가 있어 여기의 삼층
석탑보다는 아름답다.

정면 3칸, 측면 2칸의 맞배지
붕의 극락전極樂殿은 1832년에
의암 화상이 중건하면서 이름
을 부도전에서 극락전으로 바
꾸었다고 한다. 홍척 대사의 부
도가 있어 부도전이 아닌가 하
는데, 어쨌든 극락전으로 바꾸

었다고 한다. 내부에는 종이로 만든 지불紙佛인 아미타여래좌상
과 1985년에 조성된 아미타후불탱이 봉안되어 있다. 실상사에는
아미타불상을 봉안하고 있는 곳이 두 곳이 되는데, 아마도 원래
의 그대로인 것은 아닌 것 같다. 다른 곳의 절이 폐사되면서 불상
이 이리로 왔을 수도 있을 것이다.

　약사전에 봉안되어 있는 2.69미터에 이르는 철조여래좌상(보물
제41호)은 수철 화상이 4,000근의 철을 들여 주조한 것으로 국내
에 남아 있는 철불 중에 가장 큰 철불인 동시에 통일신라시대에
주조된 빼어난 작품이다. 하기야 경배 대상인 철불을 놓고 작품
이라고 하니 그것도 이상하기는 하다. 통일신라시대 말에는 여러

약사전

선종 사찰에서 철을 녹여 불상을 많이 주조하였는데, 이 철조여
래좌상은 이런 철불 가운데 가장 오래된 것으로 평가되고 있다.

전국에 있는 우리 사찰 가운데는 약사불을 봉안한 약사전이
있는 곳이 많다. 붓다의 진리를 찾아가는데 약사불이 왜 등장하
는가 하는 의문이 제기될 수밖에 없을 것이다. 아프면 의술을 행

하는 사람을 찾아가 치료를 받아야지 왜 약사불에게 낫게 해달라고 기도하는가? 그러면 약사불이 낫게 해 주는가? 그럴 리가 없다.

그런데 일신교를 믿는 종교에서는 그 신이 모든 것을 다 해결해 준다고 하니 사람들이 솔깃하여 그 종교로 모두 달려가는 것이다. 어떻게 할 것인가? 생사에 집착하지 말라. 삶은 죽음의 일부이고 죽음도 삶의 일부인데 죽는 것을 두려워하는 것이 이미 잘못된 것이다. 더 나아가 생이니 사니 하는 것을 생각하는 너의 존재가 누구인지 먼저 깨달아야지 아픈 병을 낫게 해달라고 매달리는 것은 붓다의 가르침이 아니다. 이렇게 말하면 과연 사람들이 불교를 믿을까?

이 문제에서 약사신앙이 형성된다. 모든 사람들의 병을 예방하고 치료하는 능력을 가진 붓다가 약사여래藥師如來(Bhaiṣajyaguru)인데, 약사여래는 동쪽의 정토에 살며 일광보살과 월광보살을 대동하고 있다. 아미타불의 극락신앙을 비슷하게 모방한 것이다. 무한한 능력을 가진 해와 달을 보살로 대동하고 중생들의 신체적 병이나 정신적 병이나 모두 예방하고 치료하는 능력을 가진다고 설정한다. 사람이 죽으면 일광보살과 월광보살이 약사여래에게로 데리고 가 다시 낫게 해 준다. 황당한 이야기같이 보이지만, 이것이 허구가 아닌 것은 경에 그렇게 쓰여 있는데, 그 경이 『약사여래경『藥師如來經』이나 『칠불경七佛經』이다. 따라서 경전의 말을 믿고 기도하라. 그러면 치유되리라. 기도할 때는 지극히 정성을 다하여 참회를 하고 붓다의 가르침을 따르겠다고 서원을 하고 지극히 겸허하라. 그러면 너의 병이 나으리라.

이런 두 경전은 티베트어로 남아 있는데, 산스크리트어로 된 경전도 있다. 그렇다고 하여 이런 경전이 인도에서 생산된 것이라는 근거는 없다. 이 『약사여래경』이 중국에 전해져 한역된 것은 4세기경인데, 이 당시 이미 중앙아시아지역에서는 약사여래가 중요한 존재로 숭배되고 있었다. 중국에 전파되기 전에 약사여래상과 같은 것은 인도에는 존재하지 않았다. 이러한 것을 근거로 불교의 약사신앙은 중앙아시아에서 만들어져 인도와 중국으로 전파된 것으로 추론하기도 한다.

아무튼 중국에서 본격적으로 관심의 대상이 된 것은 현장 법사가 7세기에 『약사여래경』을 번역하면서부터였다. 일본에서는 약사신앙이 매우 중요한 신앙으로 확산되었다.

전쟁이 끊이지 않고 질병이 심하여 사람들이 내일을 기약할 수 없는 상황에서는 약사신앙은 무엇보다 강력한 힘을 가지고 받아들여졌다. 우리나라에서도 임진왜란이나 병자호란을 겪은 후에 약사전이 많이 건립된 것도 이런 상황을 잘 말해 준다. 의료와 약, 치료에 대한 지식과 기술 수준이 낮았을 때는 사람들은 질병의 예방과 치유에 관해서는 타력에 의존할 수밖에 없었으리라. 지금도 현대의 의학지식과 의술로 치료하기 어려운 병에 걸렸을 때는 사람은 이를 치유해 줄 약사여래든 신이든 타력적 존재에 의존하게 된다. 나을 가능성은 거의 없어도 위로를 받고 희망을 가지고 싶은 것이 인간이다.

지극히 세속적이기는 하지만, 어쩌면 이것이 종교일지도 모른다. 종교를 전도할 때도 병을 낫게 해 준다고 하면 가장 효과가 있는 것이 무엇을 의미하는가를 생각해 보면 그 심리구조를 알 수 있으리라. 그래서 모든 종교에서 전파하는 이야기를 보면 대부분 병을 고쳐주는 사건이 발생하고 이로 인하여 해당 종교가 받아들여졌다는 줄거리가 많다. 이는 고대부터 세계 어느 곳에서나 있었던 이야기이다. 신라에 불교를 최초로 전한 도리사桃李寺의 이야기도 아도阿道 화상이 공주의 병을 치료해 준 것으로 시작된다.

약사여래는 탱화에서는 결가부좌를 하고 있는 모습으로 묘사되고, 왼손에는 약사발이나 약병을 들고 있기도 하고 약초 줄기를 들고 있기도 한다. 사람의 힘으로는 사람들의 나쁜 마음을 고치기 어려우니 부디 약사여래가 사람들의 나쁜 마음을 모두 없애버리고 참된 마음을 가지고 살 수 있게 해 주십사 하고 기도를 해 보았다. 결국 나도 이렇게 머리를 숙이고 절을 올리게 된다. 인간을 질병에서 해방시킨 것은 종교가 아니라 지식과 의술임에도 나쁜 마음을 가지는 병은 지식이 치료해 줄 수 있을 것 같지 않아서다.

불상 이야기가 나온 김에 생각해 볼만한 문제가 불상의 해외 전시에 관한 논란이다. 미술이나 문화의 면에서 보면, 불상은 경배의 대상이라기보다는 불교미술에서의 조각으로 볼 수 있다. 그래서 우리나라 불상을 해외에 소개하고 우리 문화를 알리고자 하는 면에서는 예술적으로 뛰어난 불상을 해외로 가져가 전시를 하여 전 세계의 많은 사람들이 실물을 직접 볼 수 있게 하자는 견해를 가질 수도 있다. 그런데 불교의 관점에서 보면, 불상은 어디에 있든 경배의 대상이기 때문에 이를 구경거리로 내놓는 것은 옳지 않다고 할 수도 있다.

이집트의 파라오나 일반인들의 미라mummy를 해외에서 전시하는 것이 과연 옳은 것인가 하는 문제와 유사하다. 자기 부모의 시신이 관에서 부패하지 않고 나왔을 때 이를 보존처리하여 전시장에 진열하고 해외로 나가 순회 전시도 하고자 했을 때 동서양을 막론하고 과연 이를 선뜻 수용할 수 있을까 하는 문제이다.

나는 이집트 박물관에서 파라오의 미라를 봤을 때나 외국의 여러 미술관이나 박물관에서 이집트의 미라(아기의 미라까지)를 봤을 때 궁금증으로 인하여 실물을 직접 보기는 했지만 죽은 자에 대한 예의가 아니라는 생각이 들어 늘 마음이 불편하였다. 문화유산적 가치가 있는 것이라서 대중에 공개할 것이라면 보존 처리하여 정중하게 안장하고 영상자료를 통하여 보게 하는 것도 하나의 방법일 것이다.

이와는 다른 이야기이지만, 오늘날 문화유산은 복제기술의 발달에 힘입어 중요한 문화재의 경우에는 실물은 가능한 보존 장소에서 이동하지 못하게 하고 해외 전시나 다른 장소에서의 전시에는 복제품을 전시하는 것이 일반적인 경향이다. 이는 문화유산의 보존 차원에서 그렇게 한다. 과학과 기술이 인간의 야만을 해결해 주는 것 같다.

실상사는 문화재를 많이 보유하고 있는 것으로 유명하다. 백장암의 삼층석탑(국보 제10호)을 비롯하여, 〈실상사수철화상능가보월탑實相寺秀澈和尙楞伽寶月塔〉(보물 제33호), 〈실상사수철화상능가보월탑비〉(보물 제34호), 실상사의 석등(보물 제35호), 실상사 부도(보물 제36호), 2기의 삼층석탑(보물 제37호)이 있다. 홍척 대사의 부도탑과 비를 말하는 〈실상사증각대사응료탑實相寺證覺大師凝寥塔〉(보물 제38호), 〈실상사증각대사응료탑비〉(보물 제39호), 백장암의 석등(보물 제40호), 실상사 철조여래좌상(보물 제41호), 백장암의 청동은입사향로(百丈庵靑銅銀入絲香爐, 보물 제420호), 약수암의 목조탱화(實相寺藥水庵木彫幀畵, 보물 제421호) 등이 있다. 기록된 자료는 아직 발견되지 않았지만 실상사에서 거대한 목탑지가 발견되었다. 가로 세로 20.5미터가 되는 정방형의 넓이에 정면과 측면 모두 7칸으로 된 구조가 발견되어 대략 그 규모를 9층목탑으로 추정한다.

〈증각대사탑證覺大師塔〉은 홍척洪陟 대사의 사리를 모신 부도탑이다. 이는 극락전을 바라보고 왼쪽에 서 있으며, 그의 제자인 수철 화상의 승탑은 그 반대편인 오른쪽에 서 있다. 홍척 대사의 부

—
홍척대사부도탑

도탑은 신라 승탑의 전형적 양식인 팔각원당형八角圓堂形의 모습이다. 8각 2단의 아래 받침돌 위에 올려져 있는 가운데 받침돌의 각 면에는 공양비천상供養飛天像과 보살좌상이 조각되어 있다. 탑신은 단면이 8각으로 모서리마다 기둥이 있고, 앞뒷면에는 문비門扉가 새겨져 있으며, 문비의 좌우에는 사천왕상이 새겨져 있다. 아름답고 고졸한 맛이 역사의 깊이를 느끼게 해 준다. 이 승탑은 홍척 대사가 입적한 9세기 후반에 세워진 것으로 보인다.

실상사에는 담장 밖에 있는 편운화상탑을 비롯하여 곳곳에 부도탑이 많은데, 이는 실상사의 비중과 찬란했던 시기를 우리에게 말해 주고 있다.

수철 화상에 대해서는 역사 문헌이나 기록에는 보이지 않고 오로지 실상사에 서 있는 〈수철화상탑비〉에 의해 그의 행적을 알 수 있다. 수철 화상은 815년 진골가문에서 태어나 어려서 일찍 부모를 여의고 15세에 연허緣虛 율사에게 출가하고 실상사의 홍척 대사 아래에서 공부를 하였다. 수철 화상은 신라 왕실과 밀접한 관계를 맺고 있었는데, 그는 경문왕景文王(재위 861-874) 때 왕의 부름을 받아 왕경으로 가 왕으로부터 교와 선의 차이에 대해 물음을 받고 설하기도 하였다. 그뿐만 아니라 헌강왕과 서신도 주고받았으며, 진성여왕의 청에 따라 다시 왕경을 방문하였고, 단의장옹주端儀長翁主의 청에 따라 심원사深源寺 즉 실상사에 주석하였다.

수철 화상과 신라 왕실의 이러한 빈번한 왕래를 보면, 당시 신라 왕실이 선승들을 적극 지원하여 자기편으로 끌어들이고자 하는 면이 있었음을 알 수 있고, 어지럽고 불안한 당시의 정치 상황에 비추어 선종의 승려들도 선종을 확대하는 한편 자신의 안위를 보장받으려고 한 면도 있었음을 짐작할 수 있다. 당시 지방의 여러 선승들이 여러 호족 세력들을 거치면서 안정적인 여건을 찾아다닌 것과 유사한 모습이다.

아무튼 그는 이러한 정치상황 속에서 여러 곳의 사찰을 옮겨 다녔으며, 양주의 영원사瑩原寺에 주석하다가 제자인 수인粹忍, 의광義光, 음광 등 문도들과 함께 지리산으로 돌아와 893년에 입적하였다. 진성여왕은 시호를 '수철', 탑호를 '능가보월楞伽寶月'로 내렸다.

〈수철화상탑비〉는 905년에 세워진 것으로 신라시대 대부분의 비석이 거북 모양의 귀부龜趺를 갖추고 있는 것과는 달리 이것은 사각 모양의 받침대, 즉 방부方趺를 만들어 그 위에 비신碑身을 세웠다. 비의 제액題額에는 '능가보월탑기楞伽寶月塔記'라고 새겨져 있다.

이 비는 원래의 완전한 모습으로 있는 것이 아니다. 남원에 살던 양대박梁大樸(1543-1592)이 1586년에 지리산을 여행하면서 이 비를 보았을 때는 비의 일부가 깨진 채로 길거리에 넘어져 있었다고 기록하여 놓았다. 1690년 이 절을 중창하고 1714년에 이 비를 다시 세울 때 깨진 비판을 바로 세우기가 쉽지 않았다. 그러자 절의

수철화상탑비 앞면

수철화상탑비 뒷면

승려들은 깨진 비석이 바로 서지 않으니까 파손된 부분을 보완하
여 완성된 모양을 만든 것이 아니라 도리어 세우기 쉽도록 하기
위하여 파손된 부분을 더 깨어 편편하게 만든 다음에 받침대 위
에 세웠다. 그래서 지금과 같이 가로 세로의 균형이 맞지 않는 이

상한 모습이 되었고, 비의 내용도 일부 멸실되어 버렸다.

이 비문은 오랫동안 잘 알려지지 않은 상태로 있었는데, 1919년에 조선총독부에서 간행한 『조선금석총람朝鮮金石總覽』에 실리면서 세간에 널리 알려지게 되었다. 그후 지금까지 이 비문의 해석과 번역을 놓고 없어진 부분을 추론 보완하거나 있는 그대로를 번역하거나 하는 등 전문가들의 노력이 이어져왔다.

이 비문을 누가 짓고 썼느냐에 대해 그간에 의견이 분분하였지만, 최치원의 글에 관하여 많은 연구를 한 최영성 교수에 의하면, 이 비문은 신라 효공왕 8년인 904년 이후에 지어진 것이고, 이 비문을 지은 사람은 최치원이 아니라 역시 당나라에서 빈공과에 합격하고 귀국 후 수금성군태수守錦城郡太守를 지내는 등 활약을 하며 왕명을 받아 장흥의 「보림사보조선사창성탑비명寶林寺普照禪師彰聖塔碑銘」의 비문과 제천의 「월광사원랑선사대보선광탑비명月光寺圓郎禪師大寶禪光塔碑銘」의 비문을 짓기도 한 김영金穎일 가능성이 크다고 본다.

실상사는 장엄한 지리산 자락에 있어서도 그렇거니와 절 곳곳에 이끼 낀 고승들의 부도탑들이 있어 사역을 돌아보면 그야말로 수행자들이 붓다의 가르침을 따라 살다가 간 공간임을 강하게 느낀다.

그들이 터득한 깨달음은 과연 무엇일까? 모든 것이 공空한 것을 깨달은 것인가? 인간의 문제는 인간으로 말미암아 생겨나는 것이기에 이를 해결하는 길도 인간에게서 찾아야 하며, 그것은 모두 연기緣起에 의해 모였다가 흩어지는 공한 것임을 깨달을 때 비로소 가능하다는 것을 말하는 것인가? 만물이 공한 것이기에 이러한 이치를 깨우치게 되면 인간의 욕망도 사라지고, 욕망이 사라지면 고통이나 두려움도 없어지고 싸움도 하지 않고 겸허하고 자비로운 마음을 가지게 되어 온 생명체가 다함께 평화롭고 자유로이 살아가게 된다는 것인가? 그리고 그들은 이를 실천하여 보임으로써 그 진리를 증명한 것인가?

그런데 왜 불교를 수용한 인간들도 여전히 권력투쟁을 하고 죽고 죽이는 싸움을 계속했으며, 권력을 쥔 자들은 백성들을 죽이고 쥐어짜면서 그들만의 호의호식을 추구하였는가? 그때 구도의 길을 간다고 한 수행자들은 어떤 역할을 했으며 무슨 영향을 끼쳤는가? 화엄세계니 대동大同사회니 미륵세상이니 하는 것은 과연 유토피아를 제시한 것인가? 이것이 유토피아라면 한편에서는 인간을 교화하고 희망을 가지게 만드는 역할을 하지만 다른 한편에서는 현실의 모순과 악과 불의를 은폐시키고 눈가림을 하는 것이 될 수도 있다.

모든 인간이 행복하게 살 수 있는 길은 과연 어디에 있는 것이며, 지식이 이 길을 제시할 것인지 종교가 이 길을 제시할 것인지 하는 문제에 대해서는 예나 지금이나 여전히 의문이 가시지를 않는다. 나는 지식으로 이 문제를 해결할 수 있다는 입장에 더 많은 무게를 두고 있다.

도미니코회Ordo Fratrum Praedicatorum 수사신부이면서 당대 최고의 신학자이기도 한 토마스 아퀴나스Thomas Aquinas(1225-1274)는 이 문제에 대하여 깊은 탐구를 하면서『신학대전神學大全』(Summa Theologiae)을 써 나갔는데, 마지막에 아리스토텔레스의 철학(지식체계)과 기독교의 신앙체계를 결합시켜 보려는 시도를 하다가 그 결론을 내리지 못하고『신학대전』을 미완성의 상태로 두고 세상을 떠났다.

단테Dante Alighieri(1265-1321)는 이 문제에 대하여, 인간을 해방시켜 줄 수 있는 것은 기독교가 아니라 철학이라는 것을 깨닫고『새로운 삶』(La Vita nuova)을 저술하여 세상에 내놓았다.『신곡神曲』(La Divina Commedia)에서도 그 메시지를 세상에 던지기도 했는데, 이런 점에서 단테를 중세에서 근대로의 문을 연 사상가로 높이 평가하고 있는 것이다. 이후 인간의 역사를 보면, 철학과 지식이 인간을 바로 보게 하고, 인간 세상을 발전시켜 엄청난 근대 문명을 창조하였다.

불교에도 타력신앙의 요소가 있는 부분이 있지만 기본적으로 자력신앙인 점에서는 종교로서 탁월한 우수성을 가지고 있다. 물론 그 종교라는 것을 영어의 religion이라는 의미라면, 불교는 이에 해당하지 않는다. '무조건 믿어라. 그러면 알게 된다.'라는 것을 바탕으로 믿는 것이 아니라 '무명을 걷어내고 스스로 깨우쳐라. 그 다음에 자기 자신을 믿고 안 것을 행하라. 그러면 인간은 행복한 삶을 살 수 있다.'라고 하는 것이 불교인만큼 절대적인 신을 전제로 하는 종교와는 본질적으로 다르다.

붓다가 수행 끝에 진리를 체득하고 인간에게 내보인 것은, 먼저 신과 같은 초월적이고 절대적인 어떤 외적 존재(타력을 가진 존재)는 없다는 것과 신비주의적인 어떤 언설과 행위도 배제하고 오로지 현상과 현실을 직시하여 그에 존재하는 원리와 법칙이 분명히 있다는 것과 그 원리나 법칙을 체득하고 이에 따라 살면 인간은 온갖 고苦(duḥkha-satya)에서 벗어나 행복하게 살게 되고 궁극에 니르바나涅槃(Nirvana)의 열락에 들어가게 된다는 것이다.

이러한 것을 우주 자연이나 인간의 삶에 적용하여 모든 경우를 설명한 것이 경經이고 수행자나 듣는 자가 그 이치를 보다 알기 쉽게 풀이하고 체계화한 것이 논論이다. 붓다 사후에 인간이 정리하여 만든 경과 이를 연구한 논의 양은 2천 년을 넘게 축적되어 실로 방대하다.

그런데 오늘날과 같이 각자 자기 생각대로 '불교가 이런 것'이라고 떠드는 바람에 불교의 진정한 모습을 찾기는 더 어려워지는 것 같다. 여기서 나에게는 봉암사 태고선원장을 지낸 정광 화상의 말이 눈을 번쩍 뜨게 해 준다.

"요즈음 참선하는 이들이 불립문자不立文字 교외별전教外別傳을 맹목
하여 무조건 전적典籍을 문외門外하니, 옛 선지식들은 반드시 경론經論
을 수학하고 율장律藏을 획득한 연후에 사교입선捨教入禪했던 지취旨
趣를 읽고 배워 명심해야 할 것이다. 부처님의 제자로 삼장三藏을 봉행
치 않고, 조사의 가풍을 금과옥조로 여기면서도 어록을 읽는 이가 드물
다. 병이 골수에 들어도 자각하지 못하니 이것이 오늘의 선가풍토禪家
風土다."

붓다가 인간에게 가르침을 보여준 바가 무엇인지 분명히 알아
야 길을 나서는 발걸음을 뗄 수 있을 것 같다는 생각이 든다. 그
렇지 못하면, 유럽 등지에서 보듯이 수도원의 방이 비어가고 수도
원의 건물이 레스토랑으로 팔리거나 숙박시설로 전용되는 모습
이 남의 일 같지 않다는 생각이 든다. 성경 주석서가 늘어나고 성
직자들의 대중적 잡문들이 때론 장안의 지가를 올리는 일이 생
긴다고 해도 그것이 곧 기독교의 영성을 고양시키는 것은 아니듯
이 말이다.

젊은 승려가 비즈니스 수단으로 유튜브 방송을 하며 돈을 벌
어 빌딩을 사고 호의호식하다가 위선이 드러나서 망친 일이 생겨
났는가 하면, 승복이 무슨 패션인 듯 걸치고 현란한 말솜씨로 대
중을 현혹하다가 자식이 있다는 것이 드러나 대중을 속인 죄값

을 치르는 일도 생겼다는 뉴스가 전해온다. 예나 지금이나 인간
들이 하던 짓들이다. 나무관세음보살.

쌍계사

경남 하동군 화개면 쌍계사길 59

쌍계사는 경상남도 하동군 화개면 운수리 삼신산三神山에 자리 잡고 있다. 지리산智異山에 있는데 삼신산으로 되어 있다. 지리산이나 방장산方丈山이라고 하지 않고 이렇게 부르는 것은 중국의 전설에 의한 것이다. 발해만 동쪽에 선인들이 살고 불로불사不老不死의 과일나무가 사는 금강산인 봉래산蓬萊山, 지리산인 방장산, 한라산인 영주산瀛洲山이 있는데, 진시황秦始皇(BCE 259-BCE 210)과 한무제漢武帝(재위 BCE 141-BCE 87)가 불로장생약不老長生藥을 구하러 이곳으로 동남동녀童男童女 수천 명을 보냈다는 전설이다. 지리산도 이 삼신산에 해당하여 이렇게 불렀다. 산은 태고적부터 지금까지 가만히 있는데 인간들이 온갖 이름을 갖다 붙였다.

쌍계사는 723년 신라 성덕왕聖德王(재위 702-737) 23년에 의상義相(625-702) 대사의 제자인 삼법三法(?-739) 화상이 6조 혜능慧能(638-713) 대사의 두골을 중국에서 모셔와 지금의 쌍계사 금당金堂이 있는 곳에 묻고 당우를 세운 후 이를 옥천사玉泉寺라고 하였다. 그런 후 세월이 지나 진감真鑑(774-850) 선사가 당나라에서 유학을 하고 돌아온 후 지리산으로 들어와 이 절 터에 가람을 짓고 주위에 중국에서 가져온 차를 심고 주석하면서 그 절 이름이 쌍계사

雙磎寺로 되었다.

그후 임진왜란 때 소실된 것을 벽암각성碧巖覺性(1575-1660) 화상이 1632년(인조 10)에 중건하였고, 근래에 와서 여러 당우들이 추가되어 대가람으로 되었다. 벽암 화상은 부휴선수浮休善修(1543-1615) 대사의 제자로 백곡처능白谷處能(1619-1680) 대사의 은사가 된다. 사명四溟(1544-1610) 대사를 이어 팔방도총섭국일도대선사八方都摠攝國一都大禪師에 오른 인물로 선교양종에 통달하고 제자백가에도 두루 밝았으며 초서와 예서에도 능하여 글씨가 아름답고 힘찬 글씨를 썼다. 참선 수행에도 깊어 선풍을 크게 진작시켰다.

벽암대사 진영

쌍계사를 중수한 것은 임진왜란 기간 동안에 부휴 대사와 함께 승군의 지휘 역할을 다하고 전쟁이 끝난 후 지리산으로 들어왔을 때였다. 벽암 대사의 부도와 진영은 해인사 국일암國一庵에 있다.

오늘날에는 원래의 옥천사 사역寺域과 〈진감선사비〉가 서 있는 대웅전 앞쪽으로의 사역이 합쳐져 지금의 대가람인 쌍계사를 이루고 있다.

쌍계사의 사역으로 들어가는 소나무 숲은 일품이다. 겨울철에 사위가 고요하고 눈이 쌓이면 사람들의 발걸음이 드물어 적막한 가운데 바람 소리만 들린다. 봄에는 따뜻한 남국의 햇살을 느끼며 송림 숲속 길을 걷는 맛이 제일이다. 나는 여러 차례 쌍계사를 찾아오면서 아침 햇살이 소나무 사이로 비추어 오는 시간이나 사람들의 발자국 소리가 조용해지고 서쪽 하늘에 낙조가 물들기 시작하는 저녁 시간에 걸어본 기억이 뇌리에 가장 남는다. 하동으로 발걸음하는 기회가 있을 때마다 나는 또 쌍계사를 찾아올 것이다. 일찍이 최치원崔致遠(857-?) 선생은 감칠맛 나는 글솜씨로 쌍계사의 풍광을 이렇게 묘사하였다.

"기묘한 절경을 두루 둘러보고 나서 남쪽 고개의 한 기슭을 좋아 택하니, 앞이 확 트여 시원하기가 최고였다. 절집을 지음에 있어, 뒤쪽으로는 저녁 노을에 잠긴 산봉우리에 의지하였고, 앞으로는 구름이 비치는 개울물이 내려다보였다. 눈앞에 펼쳐지는 시야를 맑게 하는 것은 강 건너 보이는 먼 산이요, 귀를 시원하게 해 주는 것은 돌에 부딪치며 솟구쳐 흐르는 계곡물 소리였다. 더욱이 봄에는 시냇가에 온갖 꽃들이 만발하였고, 여름이면 길가에 소나무가 그늘을 드리웠으며, 가을에는 산 사이의 우묵한 산골짜기에서 밝은 달이 떠올랐고, 겨울이 오면 흰 눈이 산마루에 가득 덮혔다. 사시사철의 모습은 수도 없이 변하였고, 온갖 사물들은 서로 빛을 발하며 반짝거리고는 했다. 여러 소리들은 서로 어울려 읊조리곤 했으며, 수많은 바위들은 서로 자기가 제일 빼어나다고 다투었다. 그래서 일찍이 중국에 유학했던 사람이 찾아와 여기에 머물게 되면 모두 깜짝 놀라며 말하기를, '혜원慧遠(335-416) 선사가 머물던 동림사東林寺를 바다 건너 여기에 옮겨 놓았구나.'라고 탄성을 지르곤 했는데, 이는 실로 믿을 만하다."

지금도 하동 지리산 자락으로 들어가는 쌍계사 가는 길은 이런 풍광을 그대로 지니고 있다. 천 년이 넘는 세월이 흘렀어도 산은 산이고 물은 물이로되, 인간만 잠시 왔다가 갔을 뿐이다.

벽암대사부도탑

쌍계사 일주문—柱門에 이른다. 이제부터 사역으로 들어간다. 여기서부터 일주문-금강문-천왕문-9층석탑-팔영루-진감선사탑비-대웅전-금강계단까지 당우들이 일직선을 이루고 있다. 붓다가 있는 공간으로까지 계단을 밟아 오르게 된다. 이 일직선상으로 이루어진 대웅전 영역은 원래의 옥천사 영역과는 구별되는 것으로 조선시대에 와서 벽암 대사에 의

하여 조성된 것이다. 작은 개울에 놓여진 외청교外淸橋의 돌다리를 건너면 이제 속세와 인연을 끊고 피안의 세계로 들어간다.

일주문은 여러 개의 공포를 높이 올려놓아 다포계 건축물의 화려함을 잔뜩 뽐내고 있으면서도 드나드는 통로는 작지도 크지도 않아 전체 가람에 잘 어울린다. 일주문에는 해강海岡 김규진金圭鎭(1868-1933) 선생이 전서의 획으로 예서풍으로 쓴 「三神山雙磎寺삼신산쌍계사」라는 겸손한 현판이 걸려 있다. 작고 크고 작고 크고를 리듬있게 반복하면서 글자의 크기를 바꾸어가며 썼다.

김규진 선생이 큰 붓으로 힘차게 쓰지 않은 것은 아마도 금당에 걸려 있는 추사 선생이 쓴 현판을 의식한 것이 아닐까 하는 생각이 들었다. 추사 선생의 글씨가 걸려 있는 곳에서 기분을 낼 수는 없지 않았을까. 더구나 추사의 금석학 연구의 맥을 이어온 위창葦滄 오세창吳世昌(1864-1953) 선생이 그 시절 해강 선생의 글씨를 주시하고 있던 형편이었기에 이 절에 현판을 쓰면서 이러저러한 상황을 의식하지 않을 수 없었을지도 모른다. 일주문 뒤쪽에도 해강 선생이 「禪宗大伽藍선종대가람」이라고 쓴 현액이 걸려 있다.

해강 선생은 일찍이 중국에서 서화를 익히고 일본에서 사진까지 배워 그림·글씨·사진 등에서 기예를 날렸는데, 그가 쓴 현판 가운데 최고의 뛰어난 작품으로는 단연 「象王山開心寺상왕산개심사」의 장대한 현판 글씨를 꼽고 싶다.

외청교와 일주문

　일주문을 지나 돌로 포장된 길을 지나면 여러 돌계단이 위로
난 축대 위에 금강문金剛門이 서 있다. 금강문은 일주문 다음에 통
과하는 문으로 불법을 수호하고, 속세의 진애를 떨쳐버리는 공간
이다. 이곳에는 불법을 수호하고 악을 벌하는 천신인 금강역사金
剛力士를 안치하고 있는데, 왼쪽에는 붓다를 늘 모시는 밀적금강密
迹金剛이 있고, 오른쪽에는 엄청난 힘을 가지고 있는 나라연금강那
羅延金剛이 있다. 이 금강문은 신라시대 진감 국사가 지었고, 인조
19년 즉 1641년에 벽암 대사가 다시 짓고 현판의 글씨를 직접 썼
다. 출입하는 통로문은 홍살문으로 되어 있다. 적지 않은 사찰에

—
금강문

는 일주문이 있고 그 다음에 천왕문이 있는 경우가 많은데, 사실 그 사이에 금강문을 세우는 것이 가람 배치의 법에 맞다. 쌍계사에는 이러한 배치법에 따라 온전하게 금강문이 배치되어 있다.

금강문을 지나면 또 돌계단으로 쌓은 높은 곳에 천왕문天王門이 서 있는데, 문 앞에는 양 옆으로 석등이 있다. 천왕문은 숙종肅宗 30년(1704)에 박봉 화상이 건립하여 그후 수리하면서 지금까지 유지되고 있다.

사천왕은 수미산須彌山 중턱에서 살면서 각각 동서남북의 네 방위를 맡아 불법에 의지하여 수행하는 승려와 착한 사람들을 도와주는 네 명의 수호신을 말한다. 자력신앙이 중심이지만 타력신앙의 요소도 가지고 있기에 불교에도 이런 존재를 설정한다. 방편적인 방법이란다. 사천왕은 동쪽을 다스리는 지국천왕持國天王, 서쪽의 광목천왕廣目天王, 남쪽의 증장천왕增長天王, 북쪽을 다스리는 다문천왕多聞天王을 말한다.

간다라의 조각에서는 사천왕은 머리에 터번을 두르고 주름이 있는 옷을 입고 붓다에게 발우를 봉헌하는 모습을 하고 있는데, 나중에 중국이나 한국, 일본과 같은 동아시아로 오면 갑옷을 입고 무서운 얼굴을 하고 있는 무장武將의 모습으로 나타난다. 그래서 우리나라에서는 이런 무서운 모습을 한 사천왕을 자주 보게된다.

천왕문을 지나면 바로 돌계단이 또 앞을 막아서는데, 이 계단을 올라가면 9층석탑이 서 있는 팔영루八詠樓의 앞마당에 들어선다. 여기서 왼쪽으로 방향을 바꾸어 범종루梵鍾樓를 옆으로 지나 옥천교玉泉橋를 지나면 지금부터 까마득히 위로 펼쳐진 돌계단을 밟아 그 옛날 삼법 화상이 창건했다는 옥천사의 사역으로 올라가게 된다. 금당으로 올라가는 길이다. 더운 여름날에는 이 계단을 오르는 일도 힘들다. 이곳은 스님들이 수행하는 공간이라서 평소에는 들어가기 힘들고 안거安居가 해제된 기간 동안에만 들어갈 수 있는 기회를 얻을 수 있다.

천왕문

금당 구역에 들어서면, 청학루靑鶴樓가 있는데, 높이 걸려 있는 현판의 글씨는 경제인이면서 독립운동을 하기도 한 회산晦山 박기돈朴基敦(1873-1947) 선생의 글씨다. 이 청학루 안에는 침명한성枕溟翰醒(1801-1876) 화상이 1857년에 쓴 〈쌍계사사적기〉를 새긴 서판이 걸려 있다. 이에 의하면, 쌍계사의 옛 구역은 금당, 팔상전, 영주각, 방장실, 봉래전, 청학루가 있으며, 금당이 처음에는 육조 영당이었고 팔상전이 옛 대웅전이었음을 밝혀 놓고, 새 구역에는 벽암 대사가 새로 조성한 대웅전, 응진당, 명왕전, 화엄각, 관음전, 팔영루 및 몇몇 당우들이 있다고 서술하고 있다. 이로써 오늘날의 쌍계사 구역이 구영역과 신영역으로 조성되어 있음을 알 수 있다.

—
청학루

청학루를 돌아서면 석가모니의 생애를 그린 팔상도를 모신 팔
상전八相殿이 있다. 팔상전은 고려 충렬왕忠烈王(재위 1274-1308) 16년
인 1290년에 진정眞靜 국사가 처음 지었고, 조선시대 이래 근래까
지 여러 차례 수리를 하면서 유지되어 오고 있다. 내부에는 팔상
도와 보물로 지정된 영산회상도가 모셔져 있다. 팔상전 옆으로는
영모당永慕堂이 있고 봉래당蓬萊堂은 팔상전과 청학루와 함께 가
운데를 디귿(ㄷ)자로 하여 처마가 이어져 마당을 형성하고 있다.

팔상전에서 옆으로 난 높은 계단 길을 올라가면 드디어 금당
에 이른다. 금당이라면 본존불을 모시는 곳인데, 여기에는 붓다
의 상이 없고 바로 그 육조정상六祖頂相을 모시고 있다는 7층석탑

팔상전

이 있다. 아무리 선종에서 조사
를 높이 받들고 또 남종선의 시
조가 되는 혜능 대사라고 하더
라도 그 두골을 봉안한 공간을
금당이라고 한 것은 맞지 않은
것 같다. 금당의 건물은 육조정
상탑을 세운 다음에 후대 사람
들이 이를 보호하기 위해 지은
것 같기도 하다. 하기야 선종에
서는 조사가 곧 붓다이니 조사
가 있는 집을 금당이라고 해도
크게 문제가 될 것은 아니라고
도 본다. 금당을 법당法堂으로
보면 되기 때문에.

정말 혜능 대사의 두골을 봉
안하고 탑을 세운 것이라면 또
어느 누군가 이를 훔쳐갈지도
모르고, 조선시대에는 불교를
적대적으로 대하는 인간들이
탑을 무너뜨리고 사리를 없애

육조정상탑으로 가는 계단

버릴 수도 있었으니 집을 지어 보호하고 밤에는 문을 닫아 놓을 필요가 있었을지도 모를 일이다. 예나 지금이나 광신적인 이상한 인간들은 있기 마련이고 또 조선시대에 유자들이 절을 빼앗는 방법으로 주로 한 짓이 사람을 시켜 절에 불을 질러 태워버리는 것이었으니 탑을 아예 무너뜨려 없애 버릴 위험성은 언제나 있었을 것이다. 아무튼 이런 전각을 금당이라고 이름을 지었다. 금당 앞마당 좌우로는 동방장東方丈과 서방장西方丈이라는 현판이 걸린 작은 당우가 있다. 방장실을 동서로 나누어 각각 세웠다. 다른 절에서는 보기 드문 일이다. 지금의 팔상전이 옥천사의 대웅전이었기 때문에 이곳에는 석가모니불이 주불로 모셔져 있다.

금당과 동서 방장실

이런 것보다 사람들이 궁금해하는 것은 진짜 그 유명한 육조 대사의 두골이 여기에 봉안되어 있을까? 아니면 그 진영을 봉안하고 있는 것일까 하는 점이다. 고려시대 각훈覺訓(?-1230경) 화상이 쓴 것으로 전하는 〈육조혜능대사정상동래연기六祖慧能大師頂相東來緣起〉에 의하면 이렇게 되어 있다.

신라 성덕왕 때 오늘날 전남 영암군 지역인 낭주군朗州郡에 있는 운암사雲巖寺 승려인 삼법 화상이 육조 대사가 입적한 이후 그 사실을 전해 듣고 평생 소원인 육조 대사를 친견하지 못한 것을 통탄했다. 그런데 당시 오늘날 익산益山인 금마국金馬國 미륵사彌勒寺의 승려 규정圭晶 화상이 도당유학 후 가져온 『법보단경法寶壇經』의 초본을 한 권 얻어 읽다가 육조 대사가 자신이 죽은 후 5-6년이 지나면 누가 와서 내 머리를 가지고 갈 것이라고 했다는 예언적인 구절을 읽고, '드디어 내가 이를 가져와 공덕을 지어야겠다'고 결심하고 영묘사靈妙寺에서 비구니스님으로 수도하고 있는 김유신金庾信(595-673) 장군의 부인 법정法淨 비구니스님에게 말하니 법정 스님이 쾌히 동의하고 집안 재산을 털어 2만금을 주었다. 그래서 삼법 화상은 성덕왕 20년(당 현종 10) 5월에 장삿배를 타고 당나라로 들어가 육조 대사가 주석했던 소주韶州 보림사寶林寺에 도착하였다.

그는 그곳에 머물며 온갖 방안을 궁리하던 중 인근 홍주洪州

개원사開元寺 보현원普賢院에 머물고 있는 신라 백률사栢栗寺의 승려 대비大悲 화상을 만나 이 문제를 상의하니 그도 생각이 같다고 하며 개원사에 머물고 있는 당나라 여주 출신 장정만張淨滿이라는 사람이 담력이 있고 믿을 만하다고 하며 이 사람을 통해 보림사의 육조탑에 봉안된 육조 대사의 두골을 빼오게 하는 방법에 의기투합이 되었다.

마침 그때 장정만이 부모상을 당하였는데, 이에 1만금을 보내 먼저 위로하며 마음을 사고 상을 치르고 온 그에게 계획을 말하니 고마운 은혜를 갚겠다며 기꺼이 8월 1일 밤중에 보림사로 들어가 육조 대사의 두골을 빼내어 개원사로 돌아와 대비 화상에게 전하였다. 이에 삼법 화상과 대비 화상은 이를 가지고 그곳을 빠져나와 낮에는 숨고 밤에는 걸어 드디어 11월에 항주杭州에 와서 신라로 떠나는 배에 올랐다.

서해를 건너 남양만 부근의 당포唐浦에 내려 운암사로 돌아온 두 화상은 비밀리에 법정 스님에게 가서 알리니 모두 기뻐하며 영묘사에 마련한 단 위에 이를 봉안하고 배례를 올렸다. 그때 삼법 화상의 꿈에 어떤 노스님이 나타나 강주康州의 지리산智異山 아래 눈 속에 핀 칡꽃을 찬미하며 유택을 점지하는 계시가 있었다.

꿈을 깬 후 이를 대비 화상과 법정 스님에게 말하니 모두 기이하게 생각하여 강주 지리산으로 내려가 보았다. 12월인데 지리산의 동굴 석문을 발견하고 이에 들어가니 과연 물이 솟아나고 칡

꽃이 피어 있었다.

　모두 환희에 차 장차 탑을 세우기로 하고 육조 대사의 두골을 임시로 묻어놓았다. 그러자 그날 밤 꿈에 다시 그 노스님이 나타나 "탑을 세워 드러내지 말고 비석을 세워 기록하지 말라. 명名도 없고 상相도 없음이 제일의第一義이니라. 남들에게 말하지 말고, 남들이 알지 못하도록 하라."고 하였다. 그리하여 삼법 화상은 돌로 함을 만들어 두골을 안치하고 그 아래에 암자를 세웠다. 대비 화상은 백률사로 돌아간 후에 입적하였다.

　그로부터 17년이 지난 후 효성왕孝成王(재위 737-742) 3년인 739년 7월 12일에 삼법 화상은 내가 죽으면 운암사로 보내 장사지내

백률사 아미타마애삼존불

216

라는 유언을 남기고 입적하니 그 제자인 인혜仁慧, 의정義定 화상
이 시신을 운암사로 옮겨 장사를 치르고 유물과 법기法器도 그곳
에서 보관했다. 지리산의 암자는 그후 초목이 우거져 쑥대밭으로
변하였다.

그후 진감 선사가 육조 대사의 두골뼈가 묻혀 있는 터에 가람을
창건하고 육조 대사의 진영을 모시는 영당인 '육조영당六祖影堂'을
세웠다. 각훈 선사는 이런 이야기를 삼법 화상의 묵은 원고에 의
거하여 쓴 것이라고 하고, 이로써 붓다의 머리뼈는 우리 오대산五
臺山에 보관되고, 육조 대사의 머리뼈는 지리산에 모셔지게 되었으
니 우리나라야말로 불법본원佛法本元의 보배로운 땅이라고 하였다.
이로써 지금 쌍계사 육조정상탑에 혜능 대사의 두골이 모셔져
있다는 이야기가 전승되어 왔고, 오늘날 화개동花開洞이나 화개 장
터라고 할 때 이 '화개花開'라는 말도 '칡꽃이 피었다'는 이 이야기
에서 비롯된 것이다. 실제 지금 있는 7층석탑은 건물 안에 있던
석감 위에 세워져 있는데, 1800년대에 인근에 있던 목압사木鴨寺의
석탑을 용담龍潭 선사가 옮겨와 세워 놓은 것이다. 이때 석탑이 들
어서면서 금당이 육조정상탑전六祖頂相塔殿으로 되었다고 한다.
그런데 진감 선사가 육조영당을 세울 때 그 자리가 삼법 화상
등이 혜능 대사의 두골을 묻어 놓은 곳이라는 것을 알았을까? 그
리고 지금의 탑은 오래된 시기의 탑은 아닌 것으로 보이는데, 이

탑을 세울 때 육조의 두골을 발견하기는 했으며, 과연 이 탑 속에
봉안하였을까? 궁금증이 발동하지만, 오늘날 쌍계사에는 그 사적
事蹟을 알만한 자료가 전혀 남아 있지 않아 확인할 길이 없다.

　이 금당에는 「金堂금당」이라는 현판을 가운데 두고 양 옆으로
추사 선생이 쓴 「六祖頂相塔육조정상탑」과 「世界一花祖宗六葉세계
일화조종육엽」이라고 쓴 현액이 걸려 있다. '세계일화조종육엽'이라
는 문구는 『전당문全唐文』에 실려 있는, 당나라 시인 왕유王維(699-
761)가 지은 〈육조능선사비명六祖能禪師碑銘〉에 나오는 것인데, 이
는 신수 대사의 세력을 선법의 방계라고 낙인 찍어 타도하기 위해
낙양洛陽의 하택사荷澤寺를 본거지로 하여 육조현창운동六祖顯彰
運動을 전쟁 치르듯이 전개한 하택신회 선사의 부탁을 받고 지은
글이다.

김정희 글씨, 육조정상탑 현판

김정희 글씨, 세계일화조종육엽 현판

그래서 혜능 대사를 6조로 자리매김을 하여 창작한 신회 화상의 전등법통설傳燈法統說을 그대로 따른 것이다. 글씨의 원본은 따로 보관하고 여기에 걸려 있는 것은 복각한 현판이지만 추사 해행서체의 진면목을 보여주는 글씨다.

그 엄격하고 까다로운 추사 선생도 육조 대사의 두골이 봉안된 탑이라고 생각한 모양이다. 글자의 한 점 한 획도 고증하며 서법을 확립하여 간 추사 선생은 과연 이곳에 육조의 두골이 봉안된 것을 인정하고 이런 현판의 글씨를 썼을까? 최완수 선생은 당시 추사 선생이 만허晩虛 화상에게서 차를 얻고 그 보답으로 써 준 것이 아닐까 하고 추론하기도 한다.

추사 선생이 만허 화상에게 보내는 〈희증만허戲贈晩虛〉라는 제목의 시에 보면, 당시 쌍계사 육조탑六祖塔 아래 주석하고 있던 만허 화상은 차를 만드는 솜씨가 절묘하여 자신이 만든 차를 가지고 와서 맛을 보여주었는데, 용정龍井의 두강頭綱으로도 더할 수 없고, 절집 곳간에 이러한 무상의 묘미를 가지는 것은 아마도 없을 것이라고 격찬을 하면서 찻종茶鍾 한 벌을 만허 화상에게 주어 그것으로 육조탑 앞에 차를 공양하도록 했다고 부기하고 있다.

차와 시를 서로 주고 받으며 마음 깊이 간담이 상조했던 두 사람간의 이런 사정으로 보건대, 차벽茶癖이 심했던 추사 선생이 만허 화상이 만든 차맛에 완전히 빠진 것 같기도 하다. 만일 그렇다면 만허 화상이 절집의 현판을 요청했을 때 '무상묘미無上妙味'의 그 차맛을 생각하면 이를 거절할 수 없었을 것이라고 보인다. 허물 없는 사이에 농담 같은 표현을 가미한 추사 선생의 시는 이렇다.

涅槃魔說送驢年 열반이니 하며 귀신 같은 말로 한 세월 다 보내나니
열 반 마 설 송 려 년
只貴於師眼正禪 스님에겐 눈 뜨게 하는 참선만이 귀하구려.
지 귀 어 사 안 정 선
茶事更兼參學事 공부하는 일에 차 만드는 일 또 하나 간여하느니
다 사 갱 겸 참 학 사
勸人人喫塔光圓 사람들에게 붓다의 빛을 마시게 하구려.
권 인 인 끽 탑 광 원

기독교의 역사를 보면, 성인이나 유명한 성직자의 유골을 숭배하는 풍조가 생겨난 시절도 있었는데, 가톨릭에서는 트리엔트 공의회Council of Trient(1545~1563)에서 루터의 종교개혁을 배척하고 성유물聖遺物(Holy Relics)을 모시고 숭배하는 것을 교리로 인정하기에 이르렀다. 유럽의 성당들을 둘러보면, 보물관에서 작은 유리관이나 상자에 뼛조각을 넣고 금장식으로 화려하게 만든 기물들을 드물지 않게 볼 수 있는데, 바다의 이쪽이든 저쪽이든 사람들은 어떤 물건을 보아야 비로소 감동하고 고개를 끄덕이는 모양이다.

성직자의 유골을 서로 확보하여 그 권위를 높이려고 경쟁을 하다 보니 그 당시에는 유골을 거래하는 시장도 생겨났고, 가짜 유골을 진짜로 속여 파는 장사꾼들이 생겨나기도 했다. 유럽의 유서 깊은 성당에 가면 흔히 이러한 유골이나 머리카락 등 성인의

것이라고 섬세하게 장식된 유리통 안에 보관하고 있는 것을 볼 수 있는데, 어쩌면 그 당시 횡행하던 가짜 물건일지도 모른다.

차를 마실 것인지 두골 이야기를 계속해야 할 것인지 어느 것이 실속 있는 일일지 모르겠으나, 차를 얻어 마시고 현판 글씨를 써 올리는 일도 괜찮은 일이겠다 싶다. 붓다나 예수나 그만큼 진리의 말씀을 바로 보라고 했는데, 인간들은 뼛조각을 보고 있으니 이 또한 난감한 일이기는 하다.

육조의 두골을 훔친 이야기는 중국에서는 또 다른 이야기가 있다. 그런데 혜능 대사에 관한 기록이 공식적인 역사서에는 이름조차 찾을 수 없을 정도로 전무하고 신회 대사 이후 선종 관련 자료에만 등장하는 것으로 보아, 과연 혜능이라는 인물이 실존한 인물인가 하는 의문도 제기되고 있는 상황이다. 혜능 대사가 가공의 인물이라면 이런 두골 이야기는 실로 허망한 이야기가 된다.

그런데 깨달음을 향한 수행자라면 '붓다니 조사니 하는 생각조차 없애버려야 한다'는 '살불살조殺佛殺祖'로까지 밀고 가는 선종에서는 혜능 대사가 실제 존재했는지 하는 문제는 중요한 문제가 아니다. 달(진리)을 보려면 달을 똑바로 보면 될 일이지 달을 가리키는 손가락을 두고 진짜냐 가짜냐 하고 시비하는 것은 헛발질 중에서도 헛발질이리라. 아무튼 육조정상탑의 이야기는 이렇다.

박기돈 글씨, 적묵당 현판

박기돈 글씨, 설선당 현판

금당 구역에서 내려와 팔영루를 지나 대웅전大雄殿 앞마당에 들어선다. 붓다가 있는 공간이다. 보물로 지정된 대웅전은 조선 후기에 지은 팔작지붕의 목조 단층건물이다. 기둥이 높아 건물이 크게 느껴진다. 건물의 천장은 우물 정井자 모양의 우물천장으로 장식하였고, 불단 위로는 지붕 모양의 화려한 단집을 설치하였다.

대웅전을 바라보는 방향에서 왼쪽으로는 적묵당寂默堂이 있고, 오른쪽으로는 설선당說禪堂이 있다. 양 당우의 현판도 모두 박기돈 선생이 썼다. 이 건물들은 스님들이 기거하고 공부하는 요사채이다. 대웅전 옆에 있는 나한전羅漢殿의 주련은 청남菁南 오제봉 吳濟峰(1908-1991) 화상이 썼다.

대웅전의 동쪽에는 큰 바위에 움푹 들어가게 파낸 후 그 안에 강한 부조로 좌상을 새겨 놓은 마애좌상磨崖坐像이 있다. 머리 위에는 상투 모양으로 머리를 묶었고, 옷은 두툼하며 옷주름이 굵게 새겨져 있다. 두 손으로 무엇을 받쳐들고 있는 모습인데 그 모습이 순진하게 생긴 수행자를 닮아 보인다. 어쩌면 절이 어려웠을

마애좌상

시절 누구도 오지 않는 황폐한 절에서 한소식 하고 떠나간 스님
이 아닐까. 그 스님을 혼자 시봉하던 상좌스님이 돌에 스승의 모
습을 새겨두고 눈물을 삼키며 하산했을지도 모를 일이다. 마애좌
상은 고려시대에 조성된 것으로 보인다.

　　진감 선사에 대해서는 최치원 선생이 지은 이 비문에 가장 상
세하게 나와 있다. 진감 선사는 774년에 태어났는데, 그의 선조는
한족漢族으로 산동山東의 고관을 지냈는데, 수나라가 요동을 정벌

할 때 고구려로 귀화하여 옛 한사군漢四郡 지역인 전주 금마金馬 즉 오늘날 익산 지역에 살았다. 어려서부터 불법을 익혔으며, 부모의 상을 치른 후 804년(애장왕 5)에 해마다 공물을 바치러 가는 사신인 세공사歲貢使의 배에 뱃사공으로 자원하여 당나라로 들어가 창주滄州의 신감神鑑 대사에게 출가하여 공부하였다. 810년(헌강왕 2)에 달마 대사가 면벽 수행하였다고 전하는 숭산崇山의 소림사小林寺에서 구족계具足戒를 받고 다시 학림으로 돌아왔다.

그후 어느 때인가 신라에서 먼저 당나라에 들어와 불교를 공부하던 도의 화상을 만나 서로 의기투합하여 사방을 두루 주유하면서 불법을 익혔다. 그러던 중 도의 화상이 821년(헌덕왕 13)에 먼저 신라로 돌아가고 그는 그길로 장안長安의 종남산終南山에 들어가 3년간 더 도를 닦고, 다시 저자로 내려와 짚신을 만들어 보시하면서 3년을 또 수행하였다.

그는 이런 수행을 하면서도 고국을 잊을 수 없어 830년(흥덕왕 5)에 귀국하여 상주尙州 노악산露岳山 장백사長栢寺에서 주석하며 선을 펼쳤다. 높은 도덕과 법력에 사방에서 사람들이 구름같이 몰려들었다. 그리하여 공간이 조금 넉넉한 강주 지리산으로 내려갔는데, 그때 호랑이들이 나와 길을 인도하였고, 맹수들이 머무르는 곳에 가니 동굴의 석문이 있어 그곳 화개곡花開谷에 옛날 삼법 화상이 세운 절의 빈 터가 있어 여기에 당우를 마련하였다.

838년 민애왕閔哀王(재위 838-839)이 갑자기 임금의 자리에 올라 붓다의 자비에 깊이 의탁하고자 국서를 내리고 재齋를 지낼 비용을 보내 발원해 줄 것을 청하였다. 그에 대하여 선사는 '부지런히 선정을 닦으면 될 뿐 발원할 필요가 무엇이 있는가' 하고 응대하였다. 민애왕은 선사의 가르침에 깨달은 바 있어 혜소慧昭라는 호를 내리고, 그 절의 적籍을 대황룡사大皇龍寺에 두게 하였다. 여러 차례 왕이 왕경으로 오기를 초빙하여도 꼼짝도 하지 않고 수행에 열중하였다. 홈을 판 대나무로 절 주위에 시냇물을 끌어다가 사방으로 물을 대고 절의 이름을 옥천사玉泉寺라고 지었다.

진감 선사는 법통을 세우고자 조계의 현손임을 분명히 하고 육조의 영당을 세우고 흰 벽을 화려하게 채색한 다음 중생을 인도하는 데 이바지하였다. 즉 육조혜능–남악회양南嶽懷讓(677-744)–마조도일馬祖道一(709-788)–창주신감滄州神鑑–진감혜소眞鑒慧昭라는 법통을 말한다.

이 법통 이야기는 문경 봉암사鳳巖寺의 〈정진대사원오탑비靜眞大師圓悟塔碑〉에 나오는 내용인데, 학자들 중에는 중국의 문헌에는 창주신감 대사에 관한 흔적이 전혀 없고, 창주와 숭산의 거리가 너무 먼 점과 범패가 하남성 지역을 중심으로 유행한 점을 들어 하남성河南省 당주唐州 운수산雲秀山의 신감 대사를 말하는 것이 아닌가 하고 의문을 제기하는 견해도 있다. 운수산의 신감 대사라고 하더라도 서당지장西堂智藏(735-814) 화상처럼 마조도일 선사의 뛰어난 적전 제자들 중에 손꼽히는 사람은 아니다.

〈진감선사비〉는 진감 선사가 입적하고 36년이 지난 뒤에 조성
되었다. 진감 선사는 장보고의 힘을 빌어 민애왕을 죽이고 왕이
된 신무왕神武王(재위 839 4.-7.)의 아들인 문성왕文聖王(재위 839-857)
12년 즉 850년에 입적하였는데, 이 당시에 문성왕은 시호를 내리
고 탑비를 세우려고 했으나, 부도와 비를 세우지 말라는 선사의
뜻에 따라서 탑비를 세우지 않았다.

그 뒤 삼기三紀 즉 36년의 세월이 지나고 문하의 제자들과 내공
봉內供奉 양진방楊晉方, 숭문대崇文臺 정순일鄭詢一이 비석을 세워
줄 것을 아뢰니, 경문왕景文王(재위 861-875)의 태자였던 헌강왕憲康
王(재위 875-886)이 '진감선사'라고 추시追諡를 하고 '대공영탑大空靈塔'
이라는 탑호를 내렸다.

885년에 28세의 최치원 선생이 신라로 귀국하였고, 신라는 당
나라에서 10년 동안 벌어진 황소黃巢의 난(875-884)이 평정되었음
을 축하하고자 사신을 당나라로 보냈다. 그런데 비석을 세우기도
전에 헌강왕이 평소에 직접 참석하기도 했던 황룡사皇龍寺의 백고
좌회百高座會의 신령한 효험도 보지 못하고 세상을 뜨자 헌강왕의
동생인 정강왕定康王(재위 886-887)이 선왕과 같은 생각을 가지고 이
를 계승하여 추진하였다. 이때 정강왕이 인근에도 옥천사라는 절

이 있어 사람들이 서로 혼동하므로 절을 둘러싸고 흐르는 계곡의 시냇물이 합쳐지는 자리에 있다는 보고를 받고 옥천사를 쌍계사雙磎寺로 이름을 바꾸도록 하였다.

그리고 최치원 선생에게 비문을 지을 것을 명하였다. 그리하여 최치원 선생이 탑비의 비문을 짓고 또 붓을 들어 글씨도 직접 썼다. 비는 888년 7월에 건립되었다. 그해에 정강왕은 황룡사의 백고좌회에 몸소 참석하기도 하고 한주漢州에서 반란을 일으킨 이찬伊湌 김요金蕘를 군사를 보내 토벌하기도 하였으나, 5월에 병이 들어 결국 여동생인 만曼에게 왕위를 선양하고 죽었다. 형인 헌강왕처럼 보리사菩提寺의 동남쪽에 묻혔다. 이 여동생이 진성여왕眞聖女王(재위 887-897)이다.

〈진감선사비〉는 귀부龜趺, 비신, 이수螭首 형태의 덮개돌이 완전하게 남아 있다. 탑비의 높이는 363cm이고 덮개돌의 전면 중앙에 사각형으로 깊이 판 제액에 '敭海東故眞鑑禪師碑양해동고진감선사비'라고 새겨져 있다. 비문의 글자 2,423자이다. 승려 환영奐榮 화상이 글씨를 비석에 새겼다.

〈진감선사비〉는 국보로 지정되어 있으나 비를 보호하는 비각도 없어 그대로 노출되어 있다. 이래서는 안 된다. 이 비는 통일신라시대의 것으로 오래되어 비신의 일부는 마멸되었지만 다행히 그 이전의 탁본이 전하고 있어 비문의 완전한 내용은 알 수 있

진감선사비

다. 이 비는 최치원 선생의 유명한 사산비명四山碑銘 가운데 가장 먼저 완성된 것으로서, 그가 신라로 귀국한 직후의 사상을 알 수 있는 사료로서도 가치가 크다.

나는 〈진감선사비〉를 보려고 몇 차례 온 것 같다. 〈진감선사비〉는 진감 선사와 관련된 불교에 관한 내용 이외에 최치원 선생의 문장과 사륙변려문四六騈儷文으로 쓴 글에서 구사한 유가, 불가, 도가의 사상이 어우러진 최치원 선생의 삼교융합적三敎融合的 지식 체계를 이해하는 데 매우 중요한 글이다.

지식을 추구하는 사람은 어느 하나의 생각에 얽매여서는 안 되고 모든 지식에 대한 섭렵과 이의 종합과 분석, 그리고 이에 대한 평가와 더 나아가 능력이 미친다면 자기의 사상체계를 구축하는 것이 그 본연의 일이다. 당시 당나라 등 중국으로부터 유가, 불가, 도가적 지식이 신라로 유입되었지만, 최치원 선생은 그 전체의 모습이 궁금할 수밖에 없었고, 이를 어떻게 해야 할 것인가 하는 문제를 당연히 가질 수밖에 없었을 것이다. 그래서 공부하고 보니이 사상들 중에 가치가 있는 것은 수용해야 인간이 문명사회로 나아갈 수 있다고 본 것이다.

그리고 이러한 유가, 불가, 도가의 핵심을 본 결과, 이는 이미 우리 신라인들의 삶과 생각 속에 들어있는 것이라고 확인하고 이를 '현묘지도玄妙之道'라고 하였으며, 신라의 풍류風流사상이 바로 그

것이라고 〈난랑비서鸞郎碑序〉에서 서술하였다.

유교가 지배력을 가지고 있었던 조선시대에 와서는 마침 최치원 선생이 짓고 쓴 〈진감선사비〉가 지금의 자리에 있었고, 그 자리를 중심으로 대웅전이 들어서고 새로운 사역이 조성되면서 최치원 선생에 대한 현창 또는 숭모의 공간도 만들었다. 구 사역에 혜능 대사의 진영을 모셨던 것과 대비하여 최치원 선생의 진영을 모시는 영당도 지었다. 1793년에 쌍계사에서 제작하여 봉안한 최치원 선생의 진영은 1825년 화개의 금천사琴川祠로 옮겨질 때까지 여기에 있었다.

도교에서 사후에 신선이 되었다고 믿는 최치원 선생의 진영은 현재 여러 점이 남아 있는데, 쌍계사에서 조성한 이 진영에는 의자에 앉아 있는 최치원을 두 명의 동자승이 좌우에서 시봉하고 있는 모습이 그려져 있었다. 현재 운암영당雲岩影堂으로 옮겨져 있는 이 초상화는 그후 어느 때인가 불교적 색채가 있는 동자승의 그림이 지워지고 그 위에 책과 같은 다른 그림을 그려 넣은 것이다. 아무튼 쌍계사에는 최치원 선생에 대한 존숭의식과 긴밀한 연관을 가진 시기가 있었다.

〈진감선사비〉는 최치원 선생이 짓고 직접 글씨를 쓴 것이어서 한국서예사에서 보면, 최치원 선생의 글씨가 어떠했는지를 짐작할 수 있다. 당시 중국에서는 해서체楷書體가 정립되어 정자체의

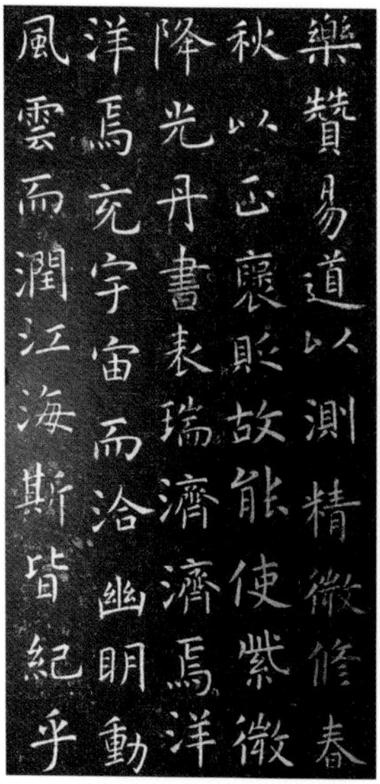

구양순 글씨, 화도사비

저수량 글씨, 안탑성교서

우세남 글씨, 공자묘당비

표준이 되었는데, 당나라에 유학한 신라 유학생들은 거의 당나라 해서체를 표준으로 삼아 글씨를 썼다. 그런데 당나라 해서에서는 구양순歐陽詢(557-641)이 규범적이고 방정하며 소쇄하고 미려한 글씨체를 만들어 내어 가장 전범이 되었고, 여기에서 다소 온화하고 자유로운 우세남虞世南(558-638)과 저수량褚遂良(596-658)의 글씨체가 있었다.

신라 유학생들은 거의 구양순체를 썼다. 대사大舍 한눌유韓訥儒

가 비문의 글씨를 써서 682년경에 건립한 것으로 추정되는 〈문무왕릉비文武王陵碑〉에 쓴 구양순체의 글씨는 현존하는 것 가운데 가장 오래된 것으로 보인다.

『삼국사기』에 의하면, 문무왕은 그 유언에 따라 사망 후 봉분을 쓰지 않고 동해 어구의 큰 바위에 장사를 지냈다고 되어 있기 때문에 왕릉이 없다. 오늘날 감포 앞바다에 있는 대왕암을 그 큰 바위라고 본다. 그래서 문무왕이 창건한 사천왕사四天王寺 근처에서 왕의 유해를 화장하고 사천왕사에 비를 세운 것으로 본다. 남아 있는 비편과 사천왕사터에 있는 귀부의 홈을 대조한 결과 크기가 일치하는 것에 고고학적 근거를 둔다.

문무왕릉비의 잔편과 탁본

왕희지王羲之(307-365)체를 기본으로 하되 위진 남북조시대의 비석의 글씨(碑書)를 충실히 연구한 바탕 위에 창출된 구양순의 글씨체는 그 아들 구양통歐陽通(?-691)에게 이어졌는데, 구양통은 아버지의 글씨체를 기본으로 고수하되 너무 엄격한 부분을 다소 완화시켰다. 아버지와 그를 이은 아들의 글씨가 모두 뛰어나 당시 사람들은 두 명필을 '대소구양大小歐陽'으로 불렀는데, 이러한 명필 구양통은 당 고종高宗(628-683)의 후궁이었던 무측천武則天(624-705)의 눈 밖에 나 결국 감옥에서 살해되고 말았다.

최치원 선생의 〈진감선사비〉의 글씨는 바로 이 구양순-구양통 풍의 글씨체로 쓴 것으로 보인다. 이런 서풍에서 보면, 당나라 4대 서예가로 꼽히는 안진경顏眞卿(709-785)의 장중하고 웅혼하며 살이 많은 둥근 분위기의 글씨는 구양순, 우세남, 저수량의 서풍과는 근본에서 다르다.

통일신라 말기 선사들의 비는 대부분 구양순체의 글씨로 쓰였는데, 예컨대 보림사의 〈보림사보조선사탑비寶林寺普照禪師塔碑〉, 월

구양통 글씨, 도인법사비

최치원 글씨, 진감선사비

정종섭 글씨, 신라풍류

광사의 〈월광사원랑선사대보선광탑비月光寺圓朗禪師大寶禪光塔碑〉, 성주사의 〈성주사낭혜화상백월보광탑비聖住寺朗慧和尙白月葆光塔碑〉가 그것들이다. 신라 하대에 최치원 선생에 이어 구양순체를 구사한 대표적인 인물로는 그의 사촌동생인 최인연崔仁渷=崔彦撝=崔愼之(868-944)과 최인연의 아들로 후진後晉(937-946)에 유학을 간 최광윤崔光胤이 있다. 나는 어느 해인가 최치원 선생의 〈진감선사비〉의 글씨에서 '신라新羅' '풍류風流'라는 글씨를 따오고 최치원 선생이 남긴 글 중에서 중요한 내용을 써서 〈신라풍류〉라는 서예작품을 써보았다.

서예사적 면에서 특히 주목되는 것은 그가 직접 쓴 비의 전액이다. 여기에는 '양해동고진감선사비'라고 전서로 썼는데, 그 전서가 진시황 시대에 만든 소전小篆이 아니고 그 이전의 올챙이 모양을 닮은 과두전蝌蚪篆의 글씨에 버들잎 모양을 딴 유엽전柳葉篆의 풍이 가미되어 있다.

이것을 보면, 신라시대에는 고대 문자 즉 고문자에 대해서도 많이 알고 사용하였는가? 당나라에서도 고문자는 사라지지 않고 지식층에

최치원 글씨, 진감선사비 전액

서 사용되고 있었는가? 도당유학생은 당나라에서 고문자를 많이 접하고 이를 익혔는가? 최치원 선생은 이런 옛 전서의 글씨를 어떻게 학습하였으며, 이에 대해서는 어떤 생각을 가졌는가? 등등의 질문이 제기된다. 연구해 볼 문제이기도 하다.

이런 고문자에 대해서는 조선시대에 와서 미수眉叟 허목許穆 (1595-1682) 선생에게서 그 중요성이 강조되고 연구·수집되었다. 허목 선생은 학자들이 글씨를 멋있게 쓰기 위해 공을 들이는 행태에 대해서는 비판을 하면서 문자의 원리와 철학을 이해하는 것이 더 중요하다고 보았다. 그의 고문古文운동의 자세와 문자에서도 고문자의 중시와 탐구는 연구체계에서 일관성을 보이고 있는 부분이다. 허목 선생은 현판 글씨를 써 달라는 부탁이 있어도 해당 글자의 옛 전서글자를 찾지 못하거나 그 근거를 알 수 없으면 써주지 않았다. 그가 남긴 마지막 미수체의 글씨는 권벌權橃(1478-

허목 글씨, 청암수석 현판

1548) 선생이 경영했던 봉화 청암정靑巖亭에 걸려있는 「青巖水石청암수석」이라는 현판에 남아 있다. 허목 선생이 고문자로 쓴 대표적인 것으로는 〈척주동해비陟州東海碑〉가 있다. 미수체를 이어받아 이를 잘 구사한 이로는 박학다식한 식산息山 이만부李萬敷(1664 1732) 선생을 들 수 있다.

허목 글씨, 척주동해비

고대문자가 어떠했는지는 모두 알기는 어렵다. 중국에서 남아 있는 고문자를 모아 사전을 편찬한 것이 있다. 쉽게 생각하면 '백수백복도百壽百福圖'를 생각해 보면 된다. 글씨나 자수의 병풍으로 유행되기도 했는데, '복福'자와 '수壽'자를 백 가지 종류로 서체를 달리하여 쓴 것이다. 이런 것은 중국에도 있는데, 이런 글씨가 모두 근거를 가지는 것인지 아니면 글씨를 쓴 사람이 일부 창작하여 다양한 모양의 글자꼴을 만들었는지는 아직 검증해 보지 않

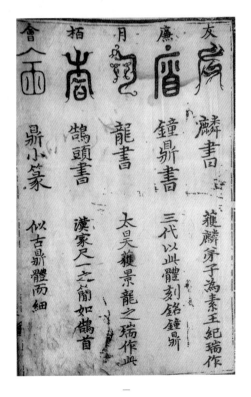

김진흥 지음, 전대학

아서 잘 모르겠으나 이런 것이 고문자라는 것이다.

조선시대 역관 김진흥金振興(1621-?)이 유엽전, 새 머리로 장식한 조전鳥篆, 벼 이삭으로 장식한 수서穗書, 거북이들을 이은 귀서龜書, 기자전奇字篆, 벽락전碧落篆, 과두서蝌蚪書, 고전古篆, 대전大篆, 조적서鳥迹書, 옥근전玉筋篆, 정소전鼎小篆, 용 발톱으로 장식한 용과전龍瓜篆, 봉황 꼬리 모양의 봉미서鳳尾書, 떨어지는 이슬 모양의 수로전垂露篆, 전도전剪刀篆, 현침전懸針篆, 구슬로 이은 모양의 영락전纓絡篆, 태극전太極篆, 조충전雕蟲篆 등 38가지의 전서체로 『대학大學』을 쓴 『전대학篆大學』이라는 책이 있다. 역관들은 고문자를 모은 자료들을 가지고 업무에 활용하였던 듯하다.

진감 선사는 원래 선교禪敎를 같이 공부하였지만, 당나라에 유학을 하던 중 40대 초반에 도의 화상을 만나 선에 대해 눈을 열었다고 본다. 그리고 두 사람이 함께 장강의 남북을 오가며 선종과 관련된 곳을 유람하면서 홍주종의 선풍을 익혔다. 그런 후 신라로 귀국하여 옥천사에 둥지를 마련하고 홍주종을 펼쳐나갔다. 그는 적멸에 들면서 문인들에게 "모든 법이 다 공하다. 한 마음이 근본이니 너희들은 힘써 수행하라(萬法皆空 一心爲本 汝等勉之)."는 말을 통하여 붓다의 진면목을 드러내 보여주었다. 그리고 부디 탑 같은 것을 세워 껍데기(形骸)를 묻지 말 것이며, 비를 세워 내가 걸어온 흔적을 기록하지 말라고 명을 내렸다. 그러나 세속의 인간들은 시호를 내리고 탑을 세우고 비문을 지어 행적을 기록하고 이를 돌에 새겨 비로 세웠다.

나는 육조정상탑을 보고 싶어 옥천사 영역으로 몇 번이나 갔다. 그리고 쌍계사에 갈 때마다 〈진감선사비〉를 찾았다. 이렇게 쌍계사를 들락거릴 때마다 늘 내려오는 길은 어둠이 산골짜기로 밀려 드는 시간이었다. 놓칠세라 부도탑들도 또 보았다. 삼신산 골짜기가 쩌렁쩌렁 울리는 듯하다.

'이 사람아, 자네도 내 말을 정말 안 듣는군. 뭣 땜시 돌덩이를 이리 읽고 저리 보고 난리인가 말일세. 헛고생 그만 해!'

운주사

전남 화순군 도암면 천태로 91-44

호남湖南의 땅이다. 호남이라는 이름에서 물을 일컫는 '호湖'가 김제金堤의 벽골제碧骨堤를 말하는지 충청남도와 전라북도의 도계道界를 형성하는 금강錦江을 말하는지 의견이 분분하지만, 어쨌든 물을 경계로 하여 남쪽에 있는 땅이다.

운주사雲住寺는 전남 화순군 도암면道岩面 대초리大草里 천불산千佛山 골짜기에 자리 잡고 있다. 그 옛날 나주목羅州牧이었던 나주시에서 동남쪽으로 내려가다 보면, 다도면茶道面이 나오는데, 이곳을 지나 나주호羅州湖를 우회하여 동쪽으로 가면 도암면에 도달한다. 광주시에서는 화순읍과 능주면을 지나 남쪽으로 더 내려가면 도암면에 이른다.

옛 나주 관아에 남아 있는 금성관錦城館의 웅장한 모습은 보는 이를 압도하고, 다도면에 있는 풍산豊山홍씨 세거지 도래道川 마을은 오늘날 아름답게 단장되어 사람들의 발걸음이 끊이지 않는 민속 마을로 바뀌었다.

조선 중종中宗 때 기묘사화己卯士禍를 피해 나주에서 이 마을로 옮겨온 홍한의洪漢義(1482-1549) 선생이 정착하면서 형성된 동족 마을이다. 홍한의 선생은 정암靜庵 조광조趙光祖(1482-1520) 선

—
나주 금성관

생과 소과 동기였다. 후손으로 문장에 능한 남파南坡 홍봉주洪鳳
周(1725-1796) 선생이 대과大科에 급제하면서 명성을 얻게 된다. 이
시절 풍산홍씨들은 중앙에서 큰 활약을 하였는데, 이 중 초의의
순艸衣意恂(1786-1866) 선사가 『동다송東茶頌』을 지어 헌정한 해거
도인海居道人 홍현주洪顯周(1793-1865) 선생도 정조正祖의 사위로 좌
의정을 지낸 그의 형 홍석주洪奭周(1774-1842) 선생과 함께 경향을
내왕하며 활동한 홍봉주 선생에게서 많은 가르침을 받았다. 조선
후기의 서화 수장가로 유명한 석농石農 김광국金光國(1727-1797)의
역대 회화수집 화첩인 『석농화원石農畵苑』의 서문을 홍석주 선생
에게 받을 정도로 홍석주 선생은 서화에도 조예가 깊었다. 영의

도래 마을

정을 지낸 홍낙성洪樂性(1718-1798) 선생은 홍현주 선생의 조부인
데, 사도세자思悼世子의 부인이자 정조의 어머니인 혜경궁惠慶宮 홍
씨(1735-1816)의 6촌 오빠가 된다.

이 마을에는 한옥들과
정자들이 즐비하게 있는
데, 학문에만 전념한 계
은溪隱 홍대식洪大植 선생
을 기려 1927년에 식산食

김돈희 글씨, 계은정 현판

山 중턱에 지은 계은정溪隱亭이 있다. 여기에 걸린 「溪隱亭계은정」이
라고 쓴 현판은 성당惺堂 김돈희金敦熙(1871-1936) 선생이 예서隸書

로 쓴 걸작이다. 성당 선생의 큰 글씨 예서로는 국내에서 이를 능가할 것이 없다고 생각한다.

안향安珦(1243-1306) 선생의 후예로 광양에 터를 잡고 세거世居해 온 순흥 안문安門의 나의 장인어른은 이 도래 마을의 홍씨 명문가의 따님에게로 장가를 가셨다. 나주평야의 넓은 들을 배경으로 거만鉅萬의 재력까지 가진 홍씨 집안은 우리 역사의 흥망성쇠를 그대로 겪기도 했는데, 동백나무와 비자나무들로 둘러싸여 있는 덕룡산德龍山 불회사佛會寺(=佛護寺)에 시주를 많이 했던 단월檀越이기도 했다. 지금의 불회사는 옛날 어려웠을 때의 흔적을 찾을 수 없을 만큼 새로 단장되었다.

여기서 남쪽으로 내려가면 산은 더 온순해지고 너른 들판이 펼쳐져 있어 마음은 고요해지고 어지러운 정신은 차분해진다. 초록

불회사

빛으로 대지가 물들어가는 봄날도 좋고, 흰 눈이 대지를 온통 덮어 백설의 고요 속으로 빠져들게 하는 겨울 풍경도 좋다. 아예 한여름 염천炎天 아래 이마에 흐르는 땀을 닦으며 더운 바람이 부는 들판을 지나 천불산 골짜기로 깊숙이 걸어들어가 보는 것도 또한 좋다.

운주사에는 여러 번 왔다. 처음에는 이상한 절이 있다는 이야기를 듣고 궁금하여 먼 길을 찾아왔다. 다른 곳에서 보던 사찰과는 너무 달라 이상했다. 그 시절 흙먼지가 날리던 절은 가난하여 승려들이 보이지 않았고, 들판에는 이상하게 생긴 돌탑들과 역시 이상하게 생긴 석불상石佛像들이 여기저기 흩어져 있었다. 참 이상했다.

그후에도 궁금증이 더하여 이 부근으로 오는 기회가 있었을 때

—
석불군

다시 와 보았다. 산 위로도 가보고 바위 위에 서 있는 탑에도 가보았지만, 모양도 위치도 역시 이상했다. 그리고 또 교수들과 같이 가 세세히 살펴보기도 했고, 운주사의 계곡과 능선을 걷고 싶어 들른 적도 있다. 어느 때나 기묘한 절이라는 생각은 가시지 않았다.

흔히 그 시기를 알 수 없는 옛날부터 운주사에는 천불천탑千佛千塔이 있었다고 한다. 현재는 21기의 석탑과 101여 기의 석불만 남아 있다. 일본식민지시기인 1942년에도 석탑은 30기, 석불은 213기가 있었다고 하는데, 그 이후 현재까지 또 많이 사라졌다.『신증동국여지승람新增東國輿地勝覽』에는 "운주사는 천불산에 있다. 절의 좌우 산등성이에는 석불과 석탑이 각각 1,000개가 있고, 또 석실에는 2개의 석불이 서로 등을 지고 앉아 있다(雲住寺在千佛山寺之左右山背石佛塔各一千 又有石室二石佛相背而坐)."라는 기록이 있다.

석탑과 석불이 골짜기를 가득 메울 만큼 많아 이런 표현을 썼는지 아니면 진짜 각각 1,000개씩 있어서 그렇게 기록하였는지는 모르겠다. 전체 주위를 살펴보아도 석불과 석탑이 각각 1,000개씩 들어설만한 공간은 아닌 것으로 보이지만, 무거운 돌로 만든 탑과 석불이 그렇게 많이 만들어졌다가 사라지다니 이것도 이상하다. 하기야 석탑이든 석불이든 생각나는 대로 조그마하게 만들면 10,000개라도 만들어 세울 수는 있겠다.

운주사의 전체 모습은 삼국시대 이래 지어진 사찰들과 비교할 때 너무 예외적이어서 그 창건설화도 구구하다. 창건과 관련된 기록이 없으니 세월이 흐르면서 온갖 이야기들이 보태어졌다.

신라 때의 고승 운주雲住 화상이 신령한 거북이들이 옮겨다 주는 돌로 석탑과 석불을 조성하였다는 이야기, 무속신앙에서 세상을 최초로 만들었다고 하는 마고麻姑할미가 지었다는 이야기, 어떤 사람이 평생 이 골짜기에 석불과 석탑을 만들어 채웠다는 이야기, 석공들이 석불과 석탑을 만드는 연습장이었을 것이라는 이야기 등등. 이런 것만 있겠는가. 이야기꾼들이 만들어내기 나름이니 황당하기 그지없는 것이다. 이런 이야기도 있다.

걸핏하면 등장하는 풍수風水 이야기다. 풍수지리라고 하면 늘 등장하는 인물이 행적마저 불확실한 도선道詵(827-898) 화상이다. 그는 한반도는 배의 형상이기에 바다에서 배가 뒤집히지 않으려면 선복船腹이 무거워야 하기 때문에 한반도의 선복인 이곳에 천불천탑을 쌓아 무겁게 했다는 이야기도 있고, 한반도 지형상 영남에는 산이 많고 호남에는 산이 적어 배가 무거운 동쪽 영남으로 기울었기 때문에 이로 인하여 땅의 정기가 일본으로 빠져나가는 것을 막기 위해 도술을 부려 하룻밤 동안 이곳에 천불천탑을 세웠다는 이야기도 있다.

이런 이야기는 숙종시대인 1675년에 출간된『도선국사실기道詵國師實記』에 실린 이래 확산된 것으로 보인다. 이런 속설의 확산과 함께 절 이름도 운주사雲住寺라고 하지 않고 운주사運舟寺로 불리

석불군

기도 했다. 석불과 석탑의 조성이 돌의 무게 때문에 이루어진 것
이라고 하면 불상을 만들고 불탑을 조성하여 공양하는 『법화경
法華經』의 조불조탑造佛造塔 신앙과는 아무 관련이 없는 셈이다.

그런데 문제는 무엇보다 『도선국사실기』라는 서물書物도 합리적
인 사고로는 도저히 받아들일 수 없는 것으로 드러났다. 운주사
의 유적들이 12-13세기의 양식인 점을 근거로 하여 운주사를 9세
기의 인물인 도선 국사와 연결시키는 것은 허황된 것이라는 비판
이 있다. 17세기에 들어와 도선의 비보裨補사찰설, 비보신앙, 풍수

도참설이 전국으로 확산되기 전인 현종顯宗(재위 1659-1674)대의 『동국여지지東國輿地志』(1656년)에는 고려의 혜명慧明 화상이 수천 명의 무리를 이끌고 이곳으로 와 불상과 탑을 조성한 것으로 되어 있다. 이것도 사실인지는 확인이 필요하다. 운주 화상, 도선 국사, 혜명 화상이라는 존재가 근거도 없이 등장하고 있다. 이상한 이야기이다.

불교에서 풍수는 밀교密敎에서 도량道場을 개설할 때 위치 선택을 중요시한 택지법擇地法과 연결이 되어 있고, 도선 화상도 밀교 계열의 승려일지도 모른다며 걸핏하면 불교에 도선 국사니 비보사상이니 풍수지리니 하는 것을 끌어다 붙이지만, 싯다르타에게 한번 물어보라, 이것이 붓다의 가르침인가를! 불교의 진면목은 사라지고 도선 국사니 무학無學(1327-1405) 대사니 하며 풍수, 도참, 예언, 비기 등 온갖 잡설이 붓다의 진리를 밀어낸 연유가 어디에 있는지를 성찰해 볼 일이다. 풍수를 보고 도참설을 믿고 예언을 하고 도술道術이나 부리는 등등의 것들은 본시 불교와는 아무런 연관이 없다.

좀 다른 이야기이지만, 추사 김정희 선생이 북한산의 〈진흥왕순수비〉를 발견하고 이에 관한 논고를 썼을 때 이야기이다. 1816년 여름에 추사 선생이 북한산 승가사僧伽寺에 유람을 갔다가 속설에 무학비無學碑라고 전해오는 비봉碑峰 정상에 세워진 비를 발견하였다. 희미하게 남아 있는 그 비의 글자를 탁본하여 살펴본즉 선생이 익히 탁본으로 본 〈진흥왕순수비〉인 〈황초령비黃草嶺碑〉와 흡사하여 그 다음해에 조인영趙寅永(1782-1850) 선생과 같이 비봉 현장에 다시 올라가 글자를 세밀히 조사하고 그것이 〈진흥왕순수비〉임을 확인하고 그 사연을 비 옆면에 새겨두었다. 그 당시 추사 선생은 이것을 무학비無學碑라고 하는 설은 황당무계하다고 논파하였는데, 학문에서 엄정함을 주장하는 고증학자 추사 선생도 그때까지 무학과 같은 승려를 요승妖僧이라고 표현할 정도였다. 오늘날같이 지식과 과학이 발전한 사회에서 이에 관한 이야기를 하는 것은 더 이상 논할 가치도 없는 것이기에 그만둔다.

풍수 아니면 자주 등장하는 것이 미륵彌勒이다. 운주사의 석불이 투박하고 어설픈 것을 하층 민중들의 이미지로 연결시키고, 기존 질서에 반란을 일으킨 노비와 천민들이 미륵이 도래하는 용화세계龍華世界를 기원하며 신분 해방의 소원으로 석불과 석탑을 쌓다보니 골짜기에 천불천탑이 생겼다는 이야기다. 이런 발상을 장길산 이야기와 엮어간 사람도 있는데, 운주사는 고려시대에 창건된 절이고 장길산의 반란은 조선시대 숙종 때의 일이기에 말이 안 되는 것이라는 비판의 화살을 맞기도 했다. 그런 허황된 이야기를 믿는 사람이 잘못이리라. 그런데 무엇보다 평화롭고 온화한 산야를 반란의 땅으로 이미지화하는 것이 이상하고, 미륵을 반란과 연관시키는 것도 이해하기 어렵다.

운주사를 밀교密敎와 연관지어 보려는 이야기도 있다. 운주사에서 출토된 수막새 기와에 '옴마니반메훔'이라는 진언眞言(mantra)이 산스크리트어로 양각되어 있는 것, 돌집 안에 있는 두 부처를 밀교적인 음양불陰陽佛로 볼 수 있다는 것, 돌부처들이 대부분 지권인智拳印을 하고 있는 것, 천불을 조성하여 모시는 천불신앙이 밀교에서 널리 믿어졌다는 것 등을 이유로 제시한다. 이런 것을 약사藥師신앙과 만다라曼茶羅 그리고 도선의 비기, 도참 등과 연결시키면 그럴듯한 이야기로 만들 수 있다. 한반도에서 밀교의 상황이 먼저 규명되어야 할 일이다.

또 다른 이야기는 천불천탑이 몽골 침략기에 조성되었다는 것이다. 13세기 고려 고종 연간은 최씨 무신정권武臣政權이 절정에 달했던 시기이면서 몽골의 침략에 시달리던 때였다. 당시 고려 왕실은 매일같이 각종 기도 도량을 열고, 몽골군이 불태워 버린 대장경을 다시 간행하는 등 불교를 중심으로 하여 혼란스런 민심을 모아 몽골군을 물리쳐 보려고 했다. 고종 25년(1238)에 몽골군은 고려인들의 저항의식을 무너뜨리기 위해 신라 이래 호국의 상징인 황룡사皇龍寺의 구층목탑까지 불질러 태워 버렸는데, 이때 고려 조정에서 황룡사를 대신할 인왕도량仁王道場으로 급히 만든 것이 운주사라는 것이다. 석탑이나 석불도 이런 와중에 급하게 만들다보니 이상하게 만들어졌다는 이야기다.

근거도 없는 황당한 발상에 이번에는 졸지에 운주사가 인왕도량으로 되었다. 이상한 절에 이상한 이야기만 무성하다. 어차피 아무런 근거가 없으니 이야기를 만들자면 여러 갈래로 무궁무진하게 풀어갈 수 있으리라. 이야기가 바로 역사인 것은 아니고 이런 이야기를 만들어 붙인다고 하여 또 역사가 되는 것도 아니다. 무엇보다 놓치지 말아야 하는 것은 불교는 무엇인가? 불교는 어디에 있는가? 하는 질문이다.

지난 날 운주사에 왔을 때는 다른 절과 달리 사역寺域으로 들어가는 문이 없었다. 그냥 골짜기에 들어서면 여기저기 탑들과 석불상들이 서 있고 석물들이 흩어져 있었다. 근래에 와서 일주문一柱門도 새로 세우고, 보제루普濟樓, 범종각, 대웅전, 지장전, 미륵전 등과 같은 당우들을 새로 지었다. 들판에서 골짜기로 들어가면 좌우로 다양한 석불상들이 여기저기 있고, 흩어진 석물들을 모아 정돈해 놓은 것도 눈에 띈다.

발굴 조사의 결과에 의하면, 원래 금당金堂이 있었던 곳은 현재의 주차장 위쪽 구역으로 밝혀졌기에 현재의 가람 배치는 근래에 당우들을 신축하면서 조성된 것이다. 이렇게 보면, 일주문에서부터 걸어 들어가며 만나게 되는 불상과 불탑을 가람의 배치와 관련하여 이해하고자 하는 것은 별 의미가 없다.

그 옛날에는 금당 구역을 지나 안쪽으로 난 깊은 골짜기로 들어

가면 그 골짜기와 양쪽 산등성이에 수많은 석불상과 불탑이 서 있는 것을 보았을 것이고, 골짜기 안으로 계속 들어가다 마주친 높은 절벽에 새겨진 마애불도 보았으리라. 이것이 절에서 골짜기로 깊숙이 들어가면서 만나게 되는 풍경이었다. 기록에 의하면, 운주사가 폐사된 기간에도 불탑과 불상의 중창은 있었는데, 이에 비추어보면 불탑의 모양과 불상의 위치가 처음의 모습을 그대로 유지하고 있는 것인지 아니면 일부에서 변경이 있었던 것인지도 알 수 없다. 흩어져 있는 돌을 모아 새로 쌓은 탑이 있을지도 모른다.

운주사   255

—
일렬로 서 있는 석물들

—
원중식 글씨, 영귀산운주사 현액

일주문에는 「靈龜山雲住寺
영귀산운주사」라고 쓴 현판이
걸려 있다. 『신증동국여지승
람』 이후 조선시대에 발간된
『동국여지지』(1656), 『여지도서輿地圖書』(1757-1765), 『능주목읍지綾
州牧邑誌』(1789), 『대동지지大東地志』(1863), 『호남읍지湖南邑誌』(1871)
등에 이르기까지 공적인 기록에는 산의 이름이 천불산으로 되어
있는데 왜 영귀산으로 바꾸었을까? 그것은 아마도 거북이들이 돌
을 가져다 주었다는 설화에 따른 것으로 보이는데, 이는 이집트
의 피라미드를 쌓은 돌을 거북이들이 날랐다고 하는 것만큼 황당

무계한 발상이리라. 서예가야
부탁을 받고 쓴 것이니 현판
을 쓴 이를 탓할 수는 없다.
일주문을 통과하여 뒤돌아보

場道塔千佛千

—
원중식 글씨, 천불천탑도량 현액

면,「千佛千塔道場천불천탑도량」이라고 쓴 현판이 걸려 있다.

　두 개의 현판은 모두 서예가 남전南田 원중식元仲植(1941-2013) 선
생이 썼다. 위비魏碑의 풍을 머금고 있는 고졸한 글씨다. 운주사
가 주는 전체적인 인상에 어울리는 모양으로 쓴 것으로 읽힌다.
검여劍如 유희강柳熙綱(1911-1976) 선생에게서 서법書法을 전습한 그
는 평생 진지하게 탐구하고 구
도하는 자세로 서법가의 길을
걸었다. 남전 선생이 세상과 이
별하기 얼마 전 서울에서 서로
만나 서예에 대하여 진지한 대
화를 나눈 것이 선생을 마지막
본 모습이 되고 말았다.

　일주문을 지나면 구층석탑九
層石塔이 비쩍 마른 모습을 하고
먼저 눈앞에 들어온다. 운주사
에서 가장 높은 탑인데, 너비에

—
구층석탑

비하여 높이가 지나치게 높아 균형이 맞지 않고, 각 층의 탑신에 새겨진 문양은 꽃잎 모양, 마름모 모양 등등으로 구구 각색이다. 통일신라시대의 석탑에서 볼 수 있는 비천상飛天像이나 팔부신중상八部神衆像, 사천왕상四天王像 등과 같은 화려한 불교양식은 이 동네에서는 찾아볼 수 없다. 고려시대 탑 가운데도 이와 같은 것은 찾아보기 어렵다. 탑을 세우면서 기단을 설치하지 않고 바로 자연석 위에 탑신을 쌓아올린 것도 극히 이례적인 것이다.

구층석탑에서 석벽 위로 바라보면, 채석장에서 바로 떼어낸 석판들을 그냥 쌓아 올린 것 같은 못 생긴 석탑이 하나 서 있다. 그

—
구층석탑과 주변 석불

석벽에는 석불 여러 기가 기대어 세워져 있고 앉은 불상도 놓여 있다. 이를 지나면 여러 기의 칠층석탑七層石塔들이 또 서 있다. 석탑들이 서 있는 공간 사이에는 앉거나 서 있는 여러 모습의 석불들이 있다.

여기에서 발걸음을 앞으로 옮기면 커다란 석조불감石造佛龕 속에 서로 등을 대고 앉아 있는 석불을 안치한 거대한 석조물을 만나게 된다. 이런 석조물은 전국에서 유일하다. 이를 지나면 갑자기 다층의 원형석탑이 나타난다. 이것도 고려시대의 탑 가운데 유

석조불감

원형다층석탑

사한 것을 찾기 어려운 모양을 하고 있다. 현재의 모습은 6층으로 되어 있지만 둥근 지붕돌이 더 있었던 것 같기도 하다. 모양도 다양한 이런 다층석탑들이 왜 그런 자리에 세워졌는지 알 수 없다.

원형석탑을 지나 보제루를 지나면 대웅전이 보이는 사역으로 들어선다. 보제루에는 역시 남전 선생이 「雲住寺운주사」라고 쓴 현판이 걸려 있다. 근래에 세운 대웅전 앞에는 모전탑模塼塔 계열의 다층석탑이 남아 있는데, 이는 신라의 모전탑 양식을 이은 고려

대웅전, 지장전과 다층석탑

시대의 탑으로 추정한다. 「大雄殿대웅전」이라고 쓴 현판의 글씨는
조계종 종정을 지낸 월하月下(1915-2003) 대선사가 썼다. 생전에 통
도사通度寺를 찾아가 대선사를 뵌 적이 있는데, 입적하신 후 49
재를 올릴 때 하늘에 방광한 모습이 지금도 영상으로 남아 있다.
불가사의한 일이다.

  아무튼 운주사에는 이러한 석물들이 골짜기를 따라 안으로 들

산등성이 오층석탑과 칠층석탑

산등성이 석불

어오며 줄지어 서 있는데, 이들의 배치는 쌍탑 1금당이나 1탑 1금
당과 같은 전통적인 가람의 배치양식과는 별 상관이 없다. 이러
한 석물들이 같은 시대에 세워진 것인지 다른 시기에 따로 따로
세워진 것인지 그것도 알기 어렵다.

　이 골짜기로 난 길을 걸어가면 양쪽에 있는 산등성이에도 간간
히 탑들이 서 있는 모습을 볼 수 있다. 산등성이에는 균형이 잡히
지 않은 키 큰 석불도 있고 오층석탑도 서 있다. 채석장을 지나면
탑신에 X자를 새긴 칠층석탑이 이른바 '칠성바위' 옆에 서 있다.

칠성바위

원형석물과 원형다층석탑

이를 놓고 북두칠성과 닮아 천문과 연관이 있다든가 칠성신앙과 연관이 있다는 등 해석이 구구하다. 어쩌면 둥근 탑을 쌓으려고 다듬어 놓은 석물을 나중에 누군가 이렇게 배치하였을지도 모른다. 동그랗게 다듬은 석물들은 절의 다른 곳에도 흩어져 있다. 나머지는 누군가 필요한 곳에 사용하려고 주워 갔을지도 모른다.

홍미로운 것은 여기저기 서 있는 석불도 그 모습이 다종다양하고 크기도 모두 다르다. 어떤 것은 서 있고 어떤 것은 앉아 있다. 얼굴만 있는 것도 있고 가슴까지 땅에 묻힌 것도 있다. 여러 기가 모여 있기도 한데, 석불들이 이렇게 놓여 있는 것은 아마도 원래부터 이렇게 조성되었다기보다는 나중에 사역 권내에 흩어져 있는 석불들을 수습하여 모아 놓는 과정에서 장소적 이동이 있었다고 보인다. 석불의 얼굴 모습은 능숙한 석공이 공들여 조각한 원만한 모습이 아니라 어딘가 모자라는 못생긴 얼굴들이다. 그래서 이를 두고 보는 사람마다 다양한 해석을 한다. 도술을 부려서? 하룻밤에 급히 만들어서? 무식한 천민들이 만들어서? 무심의 상태에서 만들어서? 마음을 비워서? 그러나 증명할 수 있는 자료는 아무것도 없다.

불상들을 보면 석굴암 불상과 같이 전체가 입체적인 모습을 하고 있는 것이 아니라, 앞뒷면이 평평한 얇은 석판에 새긴 것들이다. 석불을 만든 돌은 이 산에서 채취한 것인데, 채석장의 바위들

산등성이 미분리 석불

을 얇은 석판의 형태로 켜낼 수 있어서 그렇게 된 것으로 보인다.
산등성이에는 거대한 불상을 만들려고 새겨놓은 다음 이를 바위
에서 분리할 수 없어 그대로 남아있는 이른바 '와불臥佛'이 있다.
이것은 누워 있는 붓다를 새긴 것이 아니고 거대한 바위에 큰 불
상을 새겨 분리하려다가 떼어내지 못하여 그대로 둔 것이다. 손
의 모양으로 보아 각각 비로자나불좌상과 석가여래불입상이다.
　이 석불을 뜯어내어 운주사에 세워놓았다면 아마도 운주사의

중심이 되는 석불이 되었을 것 같다. 그 모습이 땅에 누워있기에 이를 두고 이 부처가 일어나는 날이면 천지가 개벽한다느니 하는 온갖 잡설이 생겨났다. 누운 모습이 아니라 앉거나 서 있는 모습이다. 사실 인류 역사에는 그간에 천지는 수도 없이 개벽했다. 사회 신분이 없어지고 무지와 질병에서 크게 해방되었고, 굶어 죽는 사람들도 거의 사라졌다. 르네상스도 일어났는가 하면 달에도 인간이 착륙하고 인공위성을 보내 화성에도 착륙하여 탐사하고 광대한 우주공간으로 인공위성이 탐사를 하고 있다. 인공지능도 만들어졌다.

그런데 이런 개벽은 종교에 의하여 이루어진 것이 아니라 인간의 이성적인 사고에 의해 생산된 지식과 기술의 발달에 의하여 이루어진 것이다.

근처 산비탈에는 부처를 새기려고 바위를 잘라 뜯어낸 흔적도 분명하게 남아 있고, 바위를 뜯어내려고 구멍을 뚫어 놓은 자국도 남아 있다. 분리되지 않는 미완성의 불상 조각은 그냥 보면 될 일이다.

운주사에 있는 다종다양한 모습의 불상과 석탑들의 양식으로 보아 12~13세기 고려시대에 조성된 것이라고 보기도 한다. 그 근거로는 고려시대의 불상에는 이곳의 불상들과 비슷한 지방화된 양식들이 많이 등장하고, 탑의 양식도 기존의 틀에서 벗어나 방형탑,

육각탑, 팔각탑, 모전계열석탑 또는 원형탑들이 건립된 것을 든다.

이렇게 되면, 신라의 운주 화상이 세웠느니, 거북이가 가져다 준 돌로 석탑과 석불을 만들었다느니, 도선이니 풍수니 천지개벽이니, 장길산이니, 도술이니 하는 발상들은 황당하기 짝이 없는 것으로 판명된다. 지식과 과학 기술이 고도로 발전한 시대에 최소한 과학적으로 이해가 되는 이야기라야 의미가 있을 것이다.

운주사를 찾아가면 이상하게 생긴 석탑과 석불들이 이상하게 서 있고, 누가 이런 것들을 만들고 무엇 때문에 이런 골짜기에 세웠는지도 알 수 없기에 한편으로는 흥미진진하기도 하지만, 그런 점 때문에 온갖 이야기들과 과잉해석이 난무하기도 한다. 근래 학계에서는 이런 문제점을 지적하고, 차분히 과학적으로 연구를 해 보자는 경향이 생겨나고 있다. 다행이다. 많은 이야기 중 다시 불교로 돌아와 생각해 보면, 미륵신앙과의 연관성 정도가 관심이 간다. 근래에 운주사에 미륵전을 신축하여 놓은 것도 이런 연유인 듯하다.

미륵彌勒은 Maitreya(팔리어로는 Metteyya)를 번역한 한자말인데, 이는 '친구'를 뜻하는 미트라(mitra)에서 파생된 말이다. 실크로드의 문명 이동의 면에서 보면, 고대 이란에서 신앙의 대상이었던 태양신 미트라(Mithra)와 어떤 연관성도 있어 보인다. 미륵이라는 말이 자비의 뜻을 내포하고 있다고 하여 중국에서는 미륵보살을 자씨보살慈氏菩薩로도 번역했다.

미륵은 『장아함경長阿含經』, 『중아함경中阿含經』, 『현우경賢愚經』 등 불교의 초기 경전들에서 등장하고, 『화엄경華嚴經』에서는 선재동자善財童子(Sudhana Kumāra)가 찾아가는 선지식 미륵보살로 나오고, 『법화경』에는 미륵보살이 도솔천의 중요한 존재이고 도솔천으로 보내주는 역할을 천불千佛이 맡는데, 이른바 미륵삼부경彌勒三部經 즉 『미륵하생성불경彌勒下生成佛經』, 『미륵대성불경彌勒大成佛經』, 『미륵보살상생도솔천경彌勒菩薩上生兜率天經』 등에 오면, 계속 다듬어져 그 구도를 완성하게 된다.

불교를 자력종교라고 하는 점에서 보면, 이는 타력에 의존하는 타력신앙이기에 받아들일 수 없는 이야기이지만, 미타신앙이든 관음보살, 지장보살, 미륵보살 등과 같은 보살신앙을 받아들이면 불교가 타력종교로서의 성격도 가지고 있는 것이 된다.

미륵신앙의 체계에 의하면, 붓다 즉 싯다르타의 제자 중에 미륵보살이 있었는데, 그는 인도 바라나시국의 브라만 출신으로 싯다르타의 가르침을 받고 제자가 되었다. 싯다르타는 이 미륵보살에게 미래에 성불하여 이 세상의 제1인자가 될 것이라고 수기授記하였다. 미륵보살은 지극히 수행한 끝에 도솔천兜率天에 올라가 하늘에 사는 천인天人들을 위하여 설법하였고, 싯다르타가 입적한 후 56억7천만 년이 지난 다음 인간의 수명이 8만 세가 될 때 이 세상에 미래불未來佛로 다시 내려와 화림원華林園의 용화수龍華樹

아래에서 성불하고 지상에 용화세계를 건설하고 중생을 구제한다. 3회의 용화설법[龍華三會]으로 272억 명의 인간을 구제한다. 미륵이 지상에 나타날 때에는 전륜성왕轉輪聖王이 다스리고 있을 때이다(하생신앙下生信仰).

중생은 이러한 가르침을 믿고 미륵불을 염불하고 여러 계율을 지키고 지극히 수행을 하면 죽은 다음에 도솔천에 태어나서 미륵보살을 만나게 되는데, 그러면 이 미륵보살이 성불할 때 그와 함께 염부제閻浮提로 내려와 미륵불이 베푸는 용화삼회龍華三會의 법회를 통하여 아라한과阿羅漢果를 얻어 깨달음에 이르게 된다. 그렇게 되면 이 세상의 온갖 고통과 고난에서 벗어나게 된다(상생신앙上生信仰). 하생신앙이 먼저 형성되고 상생신앙이 보다 후대에 형성되었다고 본다.

붓다인 싯다르타가 죽고 나니 문제가 생겼다. 붓다가 죽었으니 누구를 의지하고 살 것인가 하는 점이다. 인도에서는 싯다르타가 살던 시기에도 현재라는 시간에도 붓다가 있지만 과거라는 시간에도 붓다가 있었다는 사고는 널리 받아들여졌다. 싯다르타 시대에도 싯다르타는 붓다 중의 하나였다. 그런데 시간적으로 과거와 현재에 붓다가 있다면 미래에도 붓다가 있지 않느냐 하는 문제가 생겨 이를 인정하는 것이 미래의 붓다인 미륵불인데, 현재에는 천상세계에 미륵보살로 늘 상존하고 있으며 이 시간에도 우리를 구제하려고 오고 있는 중이다.

이러한 미륵불을 믿고 실천하면 구원의 복을 받게 된다는 것은 인도에서 생겨난 신앙이었는데, 1세기경 간다라미술에서는 석가모니불과 미륵보살이 가장 보편적으로 나타났으며, 미륵보살을 숭배하는 신앙은 카슈미르에서 중앙아시아를 거쳐 중국으로 전파되었다. 중앙아시아에서는 특히 숭배의 대상으로 되었다. 실크로드상에 있는 쿠차庫車(Kucha)의 키질석굴, 투르판吐魯番(Turpan)의 베제클리크柏孜克里의 천불동千佛洞, 돈황敦煌의 막고굴莫高窟, 천수天水의 맥적산麥積山 석굴 등 여러 불교 유적에서 거대한 미륵보살상들이 조성되거나 불화에 미륵보살이 자주 등장하는 것은 이러한 현상을 잘 보여준다.

중국에서는 4세기 초 무렵에 미륵경전들이 번역되면서 확산되어 갔고, 이후 동아시아 전역으로 번져갔다. 티베트에서는 미륵보

살은 무착無着(4-5세기 Asaṅga)을 도솔천으로 인도하여 그에게 보살
행과 유식唯識을 상세히 전하였다고 하여 유식론과 관련하여 미
륵보살이 중요한 자리를 점하게 되었고, 역시 현장玄奘(602?-664)
법사가 유식에 관한 경론들을 번역하였기에 미륵신앙은 더욱 성
행하게 되었다. 인도든 중국이든 대승불교이든 비대승불교이든
공히 천상에 존재하는 유일한 보살이 미륵보살이라는 것을 받아
들였다.

현실의 인물과 실제와 상상 속의 존재와 세계가 혼재하여 어지럽기 짝이 없는 이야기이지만 이렇게 만들어진 이야기를 믿겠다면 어쩔 수 없다. 그렇게 믿고 살아갈 필요도 있었을 터이니 그냥 종교적 설화로 볼 수밖에 없다.

그리고 보살이라는 존재를 설정하고 보면, 과거 세계와 미래 세계에서의 구제는 그렇게 해결된다고 치고 현재 세계에서는 석가모니불이 죽고 나면 누가 우리를 구제해 줄 것인가 하는 문제가 생겨난다. 여기서 현재 세계에서 우리를 구제해 주는 보살로 설정한 것이 관음보살이다. 그런데 문제는 현재 세계라는 기간에도 우리가 살고 있는 기간 이외에 죽은 다음부터 미륵보살이 오기 전까지의 기간이 있는데, 이 기간 동안에는 누가 우리를 구제해 주는 것인가 하는 문제가 생겨나게 된다. 그 공백을 논리완결적으로 매워야 한다. 그래서 등장하는 것이 지장보살地藏菩薩 (Kṣitigarbha)이다.

지장보살은 인도나 티베트의 불교에서는 등장하지 않고, 중앙아시아에서 만들어진 것으로 보이는 『지장십륜경地藏十輪經』에서 이렇게 나오고, 중국이나 코탄 지역에서 생산된 것으로 보이는 『지장보살본원경地藏菩薩本願經』에 근거하고 있다. 지장보살을 미륵의 수행승 가운데 한 명이라고 하기도 한다.

중국에서는 7세기부터 지장신앙이 중요시 되어 안휘성安徽省 구화산九華山이 그 성지로 되었다. 그 지장보살의 화신이 신라 출신 김지장金地藏, 즉 김교각金喬覺 보살이다. 지장신앙은 한국과 일본으로 널리 전파되어 다양한 모습으로 발전되어 갔다. 붓다가 없는 빈 기간에 지장보살이 붓다를 대신하는 구원자의 역할을 하기 때문에 붓다에 버금가는 지위에 있게 되어 다른 보살과 달리 붓다를 보좌하는 보살로 존재하는 것이 아니라 홀로 존재한다. 그래서 사찰에 세워진 지장전地藏殿에는 옆에 다른 보살을 두지 않고 지장보살 홀로 도도한 모습으로 앉아 있다.

보살신앙은 대승불교의 중요한 내용이라고 하지만 불교를 자력종교로 보면 이런 미륵신앙은 받아들이기 어렵다. 그러나 종교라는 것이 이 세상에 없는 세계를 꿈꾸고 인간을 넘어선 어떤 존재에게 의존하여 구원을 받으려고 하는 것이라면, 인간이 신을 창조하여 그를 믿듯이 그 이름이 무엇이든 이러한 것은 인간의 필요에 의해 구상되고 받아들여진 것이리라.

불교에서 다양한 이름을 가진 보살을 설정한 다음 그 보살마다 인간이 가질 수 없는 능력을 부여하고 그 능력을 행사하여 인간을 구원하는 것으로 설정하는 것은 모두 이와 같은 사고에서 생겨난 것이다. 불교를 자력종교로만 이해하면 모든 중생이 미륵이고 관음이라고 하게 되고, 더 나아가 중생이 붓다라고 하게 되는 논리로 나아가게 된다. '내가 곧 붓다'라고 하게 되면 교학상의 모든 이야기는 방편으로 되어 버린다.

그런데 타력신앙을 신앙으로 가지려면 차라리 전지전능한 하나의 신을 상정하고, 그 신에게 모든 능력을 부여하고 오로지 그 신에게만 기도하면 모든 사람의 모든 소원이 이루어진다고 하는 것이 복잡한 보살들을 설정하는 것보다 더 간단명료할 수 있다. 다신교나 범신교가 되면 보살신앙과 같이 각 신마다 그에 해당 능력을 부여하고 그 해당 신이 각자의 능력을 발휘하여 문제를 해결하여 준다고 하는 구조가 될 것이다.

일본의 온갖 신사에 각종의 다양한 신을 모시고 그 신이 인간의 문제를 해결하여 준다고 믿는 사고 구조이다. 공부를 잘 하게 해 주는 신, 돈을 잘 벌게 해 주는 신, 바다에서 지켜주는 신, 지혜를 밝게 해 주는 신, 도자기를 잘 만들게 해 주는 신, 쇠를 잘 만들게 해 주는 신, 전쟁에서 승리하게 해 주는 신 등등 이루 헤아릴 수 없이 많다. 그것은 인간의 욕망의 종류만큼 많을 수밖에 없으리라.

아무튼 이런 미륵이 이 세상에 내려와 성불하는 때가 싯다르타 입적 후 56억7천만 년이라고 하는데 합리적으로 계산이 되지 않는 것임은 분명하다. 기록에 따라서는 3천 년, 5억7천6백만 년, 56억만 년이라고 한 경우도 있다. 그냥 먼 후일을 말하는 것이라고 볼 수도 있지만, 그동안에 인간이 지구상에서 소멸되면 이를 확인할 길이 없다. 이렇게 되니 숫자가 중요한 것이 아니라 그 메시지가 중요하다고 하는 주장까지 등장한다.

한반도에는 전진前秦(351-394)의 전성기 군주 부견符堅(재위 357-385)이 고구려에 미륵불상을 전했다는 기록이 있다. 전진에는 미륵신앙이 번창했다. 5호胡16국國 시대에 이민족인 흉노匈奴, 선비鮮卑, 저氐, 갈羯, 강羌의 다섯 종족 가운데 중원을 차지하고 황하 북쪽을 통일한 저족이 세운 나라가 전진이다.

전진에게 망한 갈족이 세운 후조後趙(319-351)도 쿠차龜玆국 출신의 고승 불도징佛圖澄(232-348) 화상을 낙양洛陽으로 모셔와 국정 자문을 받은 나라였다. 이 시절은 실크로드를 통하여 서역에서 중국으로 불교가 활발하게 전래되고 동진東晉(317-419)의 도안道安(312-385) 화상과 혜원慧遠(334-416) 화상과 같은 천하의 뛰어난 고승들이 불경을 번역하며 맹활약을 펼치고 있던 때였다. 부견은 도안을 초빙하여 수도 장안長安을 불교중심지로 만들었다.

역시 동진에서는 왕희지王羲之(303-361)와 그의 아들 왕휘지王徽之(338-386), 왕헌지王獻之(348-388) 등이 글씨로 이름을 날렸고, 도연명陶淵明(365-427)과 사령운謝靈運(385-433)이 시문詩文으로 문명文名을 천하에 떨치고 있었다. 인디아 즉 천축국 재상의 손자로 쿠차국에서 태어난 위대한 성자 구마라집鳩摩羅什(Kumārajīva 334-413)이 서역의 여러 나라를 다니다가 그를 고대하던 부견이 동진

정벌의 실패로 죽은 후에 후진後秦=姚秦(384-417)의 수도가 된 장안의 소요원逍遙園에 이르러 본격적으로 불경을 번역하며 대승불교의 새 시대를 펼친 때도 이 시절이다. 후진은 강족의 요장姚萇 (재위 384-393)이 전진의 부견을 죽이고 세운 나라이다.

당시 서역은 감숙성甘肅省에서 파미르고원(총령葱嶺) 사이에 천산산맥天山山脈과 곤륜산맥崑崙山脈 아래로 난 남북실크로드상에 있

쿠차 키질석굴과 구마라집 동상

였던 카슈가르(Kashgar 소늑疏勒), 악수(Aksu 고묵姑墨), 쿠차, 투르판
(Turpan 吐魯番 고창高昌, 온숙溫宿), 하미(伊吾), 누란(樓蘭, 鄯善), 돈황敦
煌, 미란米蘭, 체르첸(Cherchen 차말且末), 니야(Niya 尼雅 정절精絶), 호탄
(Khotän 우전于闐, 和田), 야르칸드(Yarkant, Yerkent 사차莎車) 등 오아시
스국가들이 있는 광대한 지역을 말한다.

백제에서는 왕실 최대의 원찰인 미륵사彌勒寺와 미륵광불사彌勒廣佛寺 등이 세워지고 미륵신앙이 광범하게 번져나갔으며, 신라에서는 불교의 미륵신앙이 화랑花郎이나 향가鄕歌 등에까지 깊이 침투하고 확산되었다.

미륵사상에 대한 교학적 체계는 통일신라시대에 들어오면서 다듬어진다. 원효元曉(617-686) 대사는『미륵상생경』에 대한 종요宗要와 소疏를 짓고, 당나라 현장 법사의 제자로 중국에서 명성을 날린 신라의 원측圓測(613-696) 화상도『미륵상생경약찬彌勒上生經略贊』을 지었으며, 의상 대사의 10대 제자로 많은 불경의 주석을 남긴 의적義寂(681-?) 화상은『미륵상생경요간彌勒上生經料簡』을 저술하였다.

현장–원측의 법상종法相宗의 법맥을 이어 방대한 저술을 남긴 태현太賢 화상은 미륵삼부경에 대한『고적기古迹記』각 1권씩을 저술하였고, 원효 대사, 태현 화상과 함께 방대한 저술을 남긴 경흥憬興 화상은『미륵상생경소彌勒上生經疏』,『미륵하생경소彌勒下生經疏』,『미륵경수의술문彌勒經邃義述文』,『미륵경술찬彌勒經述贊』등을 저술하였다.

경덕왕 때의 진표眞表 율사는 망신참亡身懺과 점찰법占察法을 통하여 독특한 미륵신앙을 확립시킨 대종주大宗主였다. 그는 미륵보살과 지장보살을 연결하고 참회와 깨달음을 통하여 새로운 정토를 여는 근본 도량으로 금산사金山寺를 창건하기도 하였다. 통일신라시대 교학불교에서는 미륵정토인 도솔천에 상생하기를 기원

미륵보살반가사유상, 국립중앙박물관 소재

하는 상생신앙이 주로 논구되고 전파된 것 같다. 물론 이때는 아직 이 땅에 선종이 들어오기 전이다.

그 이후 고려시대에는 선종, 법상종, 화엄종의 활성화로 이런 미륵신앙은 도태되었지만, 민간신앙으로 침윤되어 계속 이어져 내려온 것으로 보인다. 우리나라의 지명, 산 이름, 절 이름 등에서 미륵, 용화龍華, 도솔兜率과 같은 말이 널리 사용된 것은 이러한 양상을 잘 보여준다. 그런데 오늘날에 와서 우리나라 사찰에는 미륵전이 없는 곳이 드물 정도로 미륵보살상과 미륵불을 모시고 있다.

그런데 이런 메시아주의(Messiahism)의 사고틀은 종교성을 강화하여 주기도 하지만 세속에서는 혹세무민하는 수단으로 쉽게 동원되는 프레임이기도 하다. 종교이건 사상이건 민간신앙이건 구세주에 의해 구원을 받는다는 믿음은 인간의 현실적인 삶에서는 질긴 생명력을 유지하고 있다. 메시아라는 말은 유대교(Judaism)의 구세주인 '메시아(Messiah)'에서 온 것이지만, 기독교(Christianity)의 '재림 예수(Second Coming Jesus)', 불교의 미륵 등 모두 '구세주사고'의 틀에서 등장한 것이다. 그런데 복과 구원을 바라는 인간에게는 이러한 요소가 없다면 철학은 될 수 있을지 몰라도 종교로 받아들여지기는 어렵지 않을까 하는 생각이 든다.

인류의 역사에서 동서의 교류선인 고대 실크로드에서는 인도에서 생겨난 힌두교, 자이나교, 불교와 페르시아에서 생겨난 조로아스트교, 마니교, 그리고 서방에서 생겨난 유대교, 기독교, 이슬람교가 백가쟁명으로 동서로 횡행했다. 때로는 서로를 배척하는 치열한 경쟁도 했는데, 이러한 과정에서 각 종교들과 지역 신앙들은 서로 영향을 주었을지도 모른다.

1세기경 이집트의 알렉산드리아에는 우의적인 경전을 가지고 기도와 명상을 통하여 마음의 평정을 얻어 깨달음에 도달한다는 피타고라스(Pythagoras BCE 570-BCE 495 추정)를 신봉하는 테라페우

타이(Therapeutai, Therapeutae)라는 불교와 유사한 유대종파도 있었다. 아무튼 이러한 온갖 종교의 교차 속에서도 식지 않는 것은 구원을 바라는 인간의 바람인 것 같다. '구원은 없다! 지금 여기에서 열심히 살면 그것으로 충분하다'라는 종교는 존재하기 어려운 것인가?

　다른 한편으로 인간 역사에서는 기존 종교를 뒤엎으려고 하는 사람은 자신이 메시아라고 하거나 재림예수라고 칭하기도 했고, 세속 정치에서 등장한 독재자들은 구세주의 이미지를 만들기도 했으며, 온갖 사교邪敎들에서도 교주를 구세주로 옹립하기도 했다. 찬란하던 통일신라가 무너져 가던 시대에 등장한 세달사世達寺 승려 출신의 경주 사람 궁예弓裔(?-918)나 신라 변방의 비장裨將 출신인 견훤甄萱(867-936)도 모두 자신을 미륵불이라고 하면서 사람들을 규합하였는데, 그 시절에는 지방에 선종이 확산되어 가던 때임에도 민중들에게는 미륵의 목소리가 더 컸던 것 같다.
　『밀린다왕문경彌蘭陀王問經』(Milinda왕문경, Milinda-pañha)에 나오는 서북 인도에 있었던 인도–그리스왕국인 박트리아(Bactria BCE 246-BCE 138)의 왕 메난드로스(Menadros BCE 160-BCE 140 추정) 1세, 즉 알렉산더대왕(Alexandros the Great BCE 336-BCE 323)의 동방 원정 때 그 휘하에서 활약한 장군의 후예인 그리스인 밀린다왕도 자신을 구세주라고 했으니, 미륵신앙을 믿은 것인지 고대 여러 종교에서 받아들여지던 구세주사상을 받아들인 것인지는 연구해 볼 일이다.

1984년부터 네 차례에 걸쳐 진행된 운주사에 대한 발굴조사에 따라, 운주사의 원래 금당터가 드러났고, 11세기의 것으로 추정되는 해무리굽 청자 조각과 순청자 접시 조각, 금동여래입상 등이 출토되어 운주사 창건 시기가 고려 초기까지 올라가게 되었다. 그리고 고려 중기의 상감청자 파편들과 14~15세기의 청자 파편들이 다량 출토되면서 고려시대 전반에 걸쳐 운주사가 번창했을 것으로 추정된다.

'운주사雲住寺 환은천조丸恩天造, 홍치 8년弘治八年'이라고 적힌 암막새 기와가 출토되어 절 이름이 運舟寺가 아니라 雲住寺라는 것도 밝혀졌다. 따라서 이곳이 배 모양이니 뭐니 하는 이야기는 날조된 잡설인 것도 드러났다. 유물에 의하여 조선시대 연산군 1년(1495)에 운주사를 중창한 적이 있음도 밝혀졌다.

1632년에 간행된 『능주목지綾州牧誌』에는 "운주사는 오늘날 폐사가 되었다(雲住寺今廢)."라는 기록으로 보아 중창된 절이 임진왜란 때 소실된 것으로 추측하기도 한다. 1800년대 초에 와서 설담자우雪潭自優(1769-1831) 화상이 관아의 허락을 받아 인근의 승려들을 모아 파묻힌 석불과 기울어진 석탑들을 바로 세우고 약사전을 중건했다는 기록도 있다.

암벽의 마애여래좌상

　대웅전 뒤로 돌아가면 높은 암벽에는 마애여래좌상이 새겨져
있다. 얼굴 모습이 비교적 제대로 새겨져 있고 불꽃무늬 광배도
있어 불상으로서의 격식도 갖추고 있는데, 옛날에는 골짜기를 따
라 한참 들어오면 높은 바위 절벽에 새겨진 이 마애불을 마주했
으리라. 이곳을 지나 산길로 더 위로 올라가면 봉발형다층석탑도
있고, 원형 옥개석을 쌓은 특이한 모습의 원형이형석탑도 있다. 천
불천탑이라고 불릴 정도였으니 골짜기 안으로 깊이 들어와 마주
치게 되는 큰 바위 절벽에 이와 같은 마애불을 새기고 그 주변으

봉발형다층석탑

로 석불과 석탑을 많이 만들어 세웠는지도 모르겠다.

산등성이 위로 올라가면 아래로 운주사의 전체 모습이 보이는
커다란 바위가 떡 하니 앉아 있다. 사람이 앉았던 것 같은 파인
부분도 있다. 사람들은 천불천탑을 세울 때 감독한 사람이 앉았

던 자리라고 하기도 하고, 스님들이 앉아 수행한 자리라고 하기도 하지만 역시 말을 가져다 붙인 것이리라.

더운 여름철 저녁 무렵에 여기에 앉아 보면 시야가 일망무제로 탁 트여 눈이 시원하고, 진짜 시원한 바람까지 불어와 어두워져도 내려가는 것을 잊게 된다. 우리나라 사찰 중에 비록 완성도는 떨어지지만 석탑과 석불이 이렇게 밀집되어 조성된 곳은 이곳이 유일하다. 모양이나 배치도 각양각색이다. 무슨 일로 이런 일이 벌어졌을까? 부처님의 진리를 터득하려고? 아니면 구세주인 미륵이 지상에 내려와 구원해 주기를 발원하여? 아니면 각자 성불한 자기 얼굴을 새겨 진짜 성불하기를 기원해서?

그런데 여전히 의문이 가시지 않는 것은 미륵불의 하생과 구원, 도솔천에의 왕생 등과 같은 미륵신앙이 불교의 진리일까 하는 점이다. 역사적으로 보면, 미륵신앙의 사고는 인도에서 출현하여 중앙아시아를 지나 중국, 티베트, 한국, 일본 등에 널리 퍼져 유행하기도 했다. 메시아주의의 사고틀을 가지는 한 이런 신앙은 종교는 달라도 다양한 모습으로 있었을 수 있다. 화를 피하고 복을 구하는 '믿음'의 도그마체계이기 때문이다. 어쩌면 이러한 메시아주의의 프레임이 있어야 종교가 될 수 있을지도 모른다.

아무리 힘든 세상이라고 하더라도 구세주가 나타나 살아 있는 동안 우리를 구원해 주고 더 나아가 천상의 이상세계에 태어나게

해 주는 은총을 받을 수 있어야 인간은 희망을 가질 수 있고 또
희망을 믿고 따르리라. 그래서 불교가 인도에서 중국으로 전래된
길인 실크로드의 중요한 석굴에는 대부분 석가모니불과 미륵불
을 중심불로 모셨는지도 모른다. 그렇다면 원시적 법화신앙이 불
교가 중국화되기 전의 참 모습이었다는 말인가?

아무튼 이런 여러 생각이 교차하는 가운데서도 여전히 한 생

각이 사그라들지 않는다. 이것이 과연 불교일까 하는 의문이다. 모든 욕망을 끊고 출가한 수행자가 미륵의 하생과 상생을 설파하려고 출가했다는 말인가? 싯다르타가 깨달음을 얻고 바라나시(Varanasi) 인근의 사르나트(Sarnath) 동산 녹야원鹿野苑 초전법륜初轉法輪의 자리에서 설한 것은 고苦, 집集, 멸滅, 도道의 사제四諦와 팔정도八正道이고, 팔정도의 수행을 통하면 고에서 벗어나 니르바나(nirvana 열반涅槃)의 세계에 다다르게 된다는 간단하고 명료한

가르침인데……

보살이 편리하게 등장하기는 했는데 보살 때문에 머리가 어지러워진다. 문수보살이시여, 무명無明에 빠진 중생을 구제해 주소서.

온갖 의문들이 꼬리를 물고 일어나는데 그때 갑자기 날카로운 소리가 내 머리를 내리쳤다.

'자네는 무엇 때문에 또 여기에 왔는가!'
꼬리를 약간 보이던 소가 어디론가 사라져 버렸다.

은해사

경북 영천시 청통면 은해사로 300

봄날이든 가을날이든 문경새재를 넘어 영남 팔공산八公山 자락에 있는 은해사銀海寺를 찾아가는 길은 늘 즐겁다. 팔공산의 본래이름은 공산公山인데 신라시대에 정기적으로 제사를 올리게 되면서 중악中岳으로 불렸다. 산의 신이 나라와 백성을 보호해 준다는산악신앙을 바탕으로 이런 제사를 지냈다. 신앙의 대상이 된 성산聖山(sacred mountain)은 세계 곳곳에 다양한 형태로 남아 있다.

『삼국사기三國史記』에는 신라시대 제사를 지낸 성산을 3산山과5악岳으로 기술하고 있다. 큰 제사인 대사大祀를 올리는 나력奈歷,골화骨火, 혈례穴禮의 3개의 산과 다음 등급의 중사中祀를 지내는5개의 산이 그것이다. 5악은 동서남북과 중앙에 있는 산인데, 동악東岳은 대성군大城郡의 토함산吐含山, 서악西岳은 웅천주熊川州의계룡산雞龍山, 남악南岳은 청주菁州의 지리산地理山, 북악北岳은 나이군奈已郡의 태백산太伯山을 일컬었다. 공산을 중앙에 있는 중악으로 삼고, 모든 산의 아버지 산라고 하여 부악父岳이라고도 했다. 이 오래된 신성한 공산에 터를 잡고 대대로 불교의 중심이 되어 온 양대 거찰이 동화사桐華寺와 은해사다.

이 지역은 신라 때는 원효元曉(617-686) 대사와 그의 아들인 홍유

경주 설총 묘

후홍유후弘儒侯 설총薛聰(665-?) 선생이 태어난 곳이고, 고려에 오면 정몽주鄭
夢周(1338-1392) 선생이 태어난 지역이기도 하고, 일연一然(1206-1289) 국
사가 태어나 활동한 지역이기도 하며, 조선시대까지 우리 역사에서
기라성같이 많은 위인들과의 인연이 곳곳에 산재해 있는 곳이다.

신라에 불교가 처음으로 전해진 선산의 도리사桃李寺를 지나
남쪽으로 내려와 영천시로 들어서면 거조사居祖寺로 가는 길을
만난다. 그곳에 들렀다가 더 내려가면 청통면에 있는 은해사에 도
착한다. 사찰의 이름이 '은빛 바다'의 절이라고 되어 있어 무심하
게 보아도 시적인 분위기가 느껴진다.

역사적으로 은해사는 팔공산을 두고 동화사와 양대 축을 형성

했을 만큼 크고 작은 많은 사찰들을 거느렸고, 인종의 태실이 뒷산에 조성되면서 왕실의 후원으로 사세가 번창했던 때도 있었다. 그후에 화재로 인한 소실과 중건을 거듭하면서 지금에 이르고 있다. 1789년 무렵에는 은해사의 산내 암자가 15개에 이르렀을 만큼 번창하였지만 오늘날에는 9개 암자만 남아 있다.

은해사의 역사는 신라시대로 올라간다. 신라 41대 헌덕왕憲德王(재위 809-826)이 되는 김언승金彦昇(?-826)은 동생인 이찬伊飡 김제옹金悌邕과 함께 반란을 일으켜 조카인 40대 애장왕哀莊王(재위 800-809)의 형제들을 시해하고 왕이 되었다. 왕으로 즉위한 809년(헌덕왕 1)에 그 당시 화를 당한 사람들의 영혼을 위로하고 나라의 안녕을 빌기 위하여 현재의 운부암雲浮庵으로 가는 도중에 있는 해안평海眼坪에 절을 지었는데, 그것이 해안사海眼寺이고 이 절이 부침을 거듭하면서 지금의 은해사에 이르렀다고 한다. 1920년 김달현金達鉉이 지은 〈은해사중수기銀海寺重修記〉의 내용이다.

1943년에 세운 〈팔공산은해사사적비八公山銀海寺事蹟碑〉에는 혜철惠哲(785-861) 국사가 해안사를 창건한 것으로 되어 있으나, 814년(헌덕왕 6)에 당나라로 건너가 강서성 건주虔州에서 종풍을 날리던 서당지장西堂地藏(735-814) 선사의 문하에서 공부하고 839년(문성왕 1)에 귀국한 후 무주武州 동리산桐裏山 태안사太安寺=泰安寺에 동리산문桐裏山門을 개창한 그의 활동 시기와 비교하여 보면 서로 부합하지 않는다.

애장왕은 13살에 왕이 되었기 때문에 작은아버지인 김언승이 병부령으로서 섭정攝政을 하였다. 재위 기간 동안 가야산에 화엄종華嚴宗의 중심 도량이 되는 해인사海印寺를 창건하기도 하였고, 신라와 일본 간에 중단된 외교관계도 복원하기도 했다. 그런데 헌덕왕 때는 천재지변과 기근으로 나라가 어지럽고 백성들의 고통이 심했다. 급기야 웅주熊州 도독都督 김헌창金憲昌(?-822)이 그의 아버지 김주원金周元(?-780?)이 왕이 되지 못한 것에 반발하여 반란을 일으켰다가 죽고, 그후 그의 아들인 김범문金梵文(?-825)이 도적들을 규합하여 또 반란을 일으켰으나 역시 실패하고 북한산주 도독 총명聰明이 이끄는 토벌군에 의해 잡혀서 죽었다.

헌덕왕은 10년간 재위하고 죽었는데, 상대등上大等으로 시중侍中을 지낸 그의 동복아우인 김수종金秀宗이 왕위를 이었으니 그가 42대 흥덕왕興德王(재위 826-836)이다. 『삼국사기』에는 헌덕왕에게는 후사가 없었다고 되어 있는데, 『삼국유사三國遺事』에 의하면, 헌덕왕에게는 15세에 출가한 아들이 있었고, 그가 832년에 동화사를 창건한 심지心地 화상이라고 한다. 유식법상唯識法相을 이었다고 한다. 당나라 현장 법사가 645년 인도에서 귀국하여 불경을 번역하고 유식론을 중심으로 하는 법상종이 형성된 지 200여 년이 지난 때이다. 팔공산 높은 곳에 있는 묘봉암妙峰庵과 중암암中巖庵도 심지 화상이 세웠다는 말도 전해온다.

해안사가 창건된 후 어느 때 은해사로 개칭되었는지는 불분명하다. 고려시대 관리를 지낸 영천 출신의 이탄지李坦之(1085-1152)의 〈이탄지묘지명李坦之墓誌銘〉에 관직을 마친 후 낙향하여 '은해사'에서 생을 마쳤다고 되어 있는 것으로 보아 이 당시에도 이미 은해사라고 불렸음을 알 수 있다.

고려시대에 오면 승통僧統이던 홍진 국사弘眞國師 혜영惠永(1228-1294) 화상이 1270년(원종 11년)에 은해사를 중창하고 1275년에 원참元旵 화상이 중창한 것으로 되어 있다. 은해사 백흥암百興庵에 있는 홍진 국사의 진영에 '고려국사高麗國師 본사창주本寺創主 홍진영弘眞影'이라는 문구가 있는 것으로 보아 이때 은해사를 새로 짓는 수준의 대대적인 중창이 있었던 것으로 보인다.

은해사라는 절 이름의 유래에 대해서는 1879년에 영천군수 이학래李鶴來(?-1883)가 지은 〈은해사연혁변銀海寺沿革辨〉에도 분명하지 않다고 되어 있고, 그 지역의 옛 지명인 은소銀所에서 왔을 가능성이 있다고 추정하기도 했다. 은해사는 운해사雲海寺, 은해사恩海寺, 공산본사公山本寺로도 불렸다고 한다.

아무튼 은해가 '은빛 바다'라면 그 시적인 이름만 들어도 아름다운 산사의 풍광이 떠올라 사람으로 하여금 그곳으로 발길을 돌리게 한다. 여름날 산안개가 가득 피어오르는 때 은해사로 발걸음을 옮긴 사람은 이 광경을 만날 수 있으리라. 산 속으로 들어가면 구름 속에 잠기어 내가 구름인지 구름이 나인지 알기 어려

김정희 글씨, 불광 현판 탁본

운 지경에 이르기도 한다. 공산 가득한 운
해 속에 운부암雲浮庵도 있지 않은가. 그 가
없는 바다가 광대무변廣大無邊한 진리의 바
다라면 진정 가슴 벅차오르는 환희의 순간
을 맞이하리라. 그야말로 법희선열法喜禪悅
의 맛을 볼 수 있을지도 모른다.

　은해사는 조선시대 1521년(중종 16)에 인종仁宗(재위 1544-1545)의
태항아리와 태지석을 은해사 뒷산에 묻고 태실을 건립하면서 백
흥암百興庵과 은해사가 태실수호사찰로 지정되어 왕실로부터 부
역 면제 등 지원을 받기에 이르렀다. 1545년(인종 원년)에는 큰 화재
로 사찰이 소실되었지만 천교天敎 화상이 왕실의 지원을 바탕으
로 아예 해안평에서 2.8km 정도 떨어진 지금의 장소로 법당을
옮겨 새로 절을 짓고, 절의 이름도 그대로 은해사라고 하였다.
　이렇게 보면 오늘날 은해사의 본찰 가람은 인종–명종시대의 출
범과 동시에 조성된 것으로 보인다. 그리고 독실한 불교신자인
문정왕후文定王后(1501-1565)가 어린 아들 명종明宗(재위 1545-1567)
을 대신하여 수렴청정垂簾聽政을 하면서 불교진흥정책을 대대적
으로 펼쳐나갔을 때는 그간 억압을 받아왔던 불교로서는 부흥
할 수 있는 절호의 기회를 맞이하기도 하였다. 이 시기에는 사대
부나 유생들이 사찰에 대해 횡포나 행패를 부릴 수 없었다. 대왕

대비 문정왕후가 사망하기 2년 전에 은해사에는 법당이 중건되기
도 했다.

인종은 아버지인 중종中宗(재위 1506-1544)과 두 번째 왕비인 장
경왕후章敬王后(1491-1515) 윤씨 사이에 태어난 맏아들이었다. 중종
은 첫째 왕비인 단경왕후端敬王后(1487-1557)와의 사이에는 아이가
없었고, 두 번째 장경왕후는 인종을 낳고 7일 만에 사망하는 바
람에 문정왕후 윤씨가 세 번째 왕비로 되면서 중종이 죽은 후에
있을 왕위계승을 놓고 치열한 싸움이 전개되었다. 인종은 이런
외척 세력들 간의 권력투쟁 속에서 어려서부터 신산한 삶을 살게
되었지만, 중종은 결국 인종을 세자로 책봉하였다. 그리하여 인
종은 30세에 왕으로 즉위하였고, 기묘사화己卯士禍로 폐지되었던
현량과賢良科도 부활시키고, 그때 희생된 조광조趙光祖(1482-1519)
선생도 신원伸寃하고 인재를 고루 등용하는 개혁정치도 시도하였
다. 그러나 안타깝게도 재위 9개월 만에 후사後嗣가 없이 사망하
고 말았다. 조선시대에 재위기간이 제일 짧은 왕이 되었다.

인종을 이어 명종이 왕위에 올랐다. 명종이 12살의 어린 나이
로 즉위하자 친모인 문정왕후가 남동생인 윤원형尹元衡(1503-1565)
을 국가권력의 중심에 앉히고 을사사화乙巳士禍를 일으켜 윤임尹任
(1487-1545) 일파를 제거하고 국가권력을 장악하였다. 중종의 둘째

비인 장경왕후와 그 오빠인 윤임을 중심으로 한 대윤大尹 세력과 셋째 비인 문정왕후와 그 남동생을 중심으로 한 소윤小尹 세력간에 벌어진 권력투쟁이었는데, 명종의 외삼촌 세력이 인종의 외삼촌 세력을 제거한 싸움이었다.

이런 정쟁의 소용돌이 속에서 많은 유학자들과 인물들이 또 사라져갔다. 대유학자이자 조선 성리학의 선구자인 회재晦齋 이언적李彦迪(1491-1553) 선생도 이런 와중에 윤원형 세력들이 조작한 '양제역 벽서사건'에 무고하게 엮어 평안도 강계江界로 귀양가서

경주 옥산서원

생을 마감하였다. 이언적 선생이 살았던 곳은 현재 유네스코 세계문화유산으로 지정된 경주 양동良洞 마을이고, 그를 배향한 대표적인 서원이 옥산서원玉山書院이다.

당대의 거목이던 충재沖齋 권벌權橃(1478-1548) 선생도 이 사건에 휘말려 평안도의 오지 삭주朔州로 유배를 가 그곳에서 세상을 하직하였다. 충재 선생이 경영했던 봉화의 청암정靑巖亭은 물길이 감도는 큰 바위 위에 품위있게 서 있어 사시사철 그 아름다운 모습을 보려는 사람들의 발길이 끊이지 않는다. 그 비장했

봉화 청암정

던 시대를 아는지 모르는지 알 수 없지만.

조선왕조 개창 후부터 왕권과 이를 둘러싼 사대부와 유학자들 사이에 벌어진 정치투쟁을 보아온 문정왕후는 왕권이 유교의 늪에 다시 빠져들어 국정의 혼란을 겪기보다는 불교를 중흥시켜 이 혼란의 소용돌이를 잠재우고 사대부들의 힘을 제어하려고 마음먹었다. 그리하여 불교와 유교에 모두 능통한 당대의 대덕 허응당 虛應堂 보우普雨(1506?-1565) 화상을 국사國師로 삼아 불교를 중흥시키는 일을 대대적으로 펼쳐나갔다.

이런 국면에서 유생들이 격렬하게 반발을 하고 나선 것은 불을 보듯 뻔하였다. 결국 문정왕후가 사망하자 바로 각지의 유생들이 대대적인 공격을 퍼부었고, 보우 화상을 죽이라는 상소도 빗발쳤다. 명종은 그를 제주도로 유배시키는 것으로 종결짓고 이런 상소들을 물리쳤으나 보우 화상은 유배를 간 제주도에서 목사인 변협邊協(1528-1590)에게 죽임을 당하고 말았다. 무과 출신으로 한때 왜적을 진압하며 승승장구했던 변협은 이 사건으로 벼슬을 그만두었지만, 보우 화상 장살杖殺 사건의 내막은 아직도 드러나지 않고 있다.

1563년에 은해사가 화재로 다시 소실되자 1589년(선조 22년)에 법영法暎 대사가 현재의 자리에 대대적으로 당우들을 중창하고 법당을 극락전極樂殿이라고 하였다. 임진왜란 중에도 큰 피해는 입

일주문

지 않았다. 1712년(숙종 38)에 와서 은해사가 종친부宗親府에 소속되면서 사세가 전격적으로 커지게 된다. 왕실의 후광으로 세금이나 부역, 공납 등이 경감되었고 사찰 인근의 땅도 매입하여 소나무도 심었다. 은해사가 종친부에 속한 이상 이제 유생들이 승려들을 마음대로 부리거나 수탈하기 어려웠다. 이후 은해사에는 불사가 계속되었다.

1750년에 가장 큰 불사가 이루어졌는데, 은해사와 백흥암 등에 아미타삼존도阿彌陀三尊圖가 조성되었고, 그 이후에도 기기암과 운부암, 중암암 등에 아미타회상도阿彌陀會上圖를 모셨다. 미타도량으로서의 모습을 본격적으로 갖추어갔다. 당연히 염불신앙도 중요시되었다. 『염불환향곡念佛還鄕曲』을 쓴 기성쾌선箕城快善(1693-1764) 대사가 기기암을 중심으로 염불결사를 만들고 교학의 통섭도 추진하였다. 팔공산을 중심으로 전개된 미타신앙은 17세기 후반부터 동화사가 그 중심지였는데, 18세기에 오면서 은해사 등으로 확산되었다.

주차장이 있는 사역의 초입에 근래 신축한 우람스러운 일주문一柱門을 지나 보화루寶華樓 쪽으로 걸어가면 풍광이 그렇게 아름

—
소나무길

다툴 수가 없다. 봄 여름 가을 겨울 사시사철 그 길을 걷는 운치
는 다르다. 산사로의 길을 걷는 시간은 명상의 시간이기도 하다.
그 길을 지나다 보면 양 옆으로 잘 생긴 아름드리 소나무들을 볼
수 있는데, 은해사가 종친부에 소속되면서 조성된 소나무들이 후
손들까지 번식시키며 이곳을 지키고 있다. 예나 지금이나 소나무
들은 말없이 묵묵히 서 있지만, 그 사이 인간세에서 일어난 온갖
일들을 다 보고 알고 있으리라.

　백흥암百興庵과 운부암으로 가는 산길을 걸어본 사람이라면
또 다른 적막의 희열을 느낄 수 있었으리라. 인간의 삶이란 눈 깜
빡하는 시간 동안 한번 살다가 가는 것인데, 어떻게 살
것인가 하는 것이 항상 문제다.

　은해교銀海橋 위를 지나다보면 물소리만 적막을 깬
다. 다리를 건너오면 바로 앞에 보화루가 눈앞에 서 있
다. 오늘날 은해사의 가람은 그간에 확장공사 등으로
옛 건물이 헐리고 새 건물들을 지으면서 원래의 모습
에서 많이 바뀌었다. 1920년대 사진을 보면 많은 당우
들이 짜임새 있게 들어선 대찰의 모습을 띠고 있는데,
요즘은 공간을 넓히는 데 치중하고 옛 당우들을 많이
헐어낸 결과 사역 전체의 구조는 엉성하고 다소 혼란스
런 느낌도 준다.

　원래는 개울을 건너 사역으로 들어서면 천왕문天王

門이 서 있고 천왕문으로부터는 담장이 사역을 둘러싸고 있었다. 1847년 대화재 이후 옹호문擁護門으로 지은 것이다. 그 이전인 1737년에는 천왕문에 단청도 새로 입혔고, 1761년에는 다시 천왕문을 세웠다는 기록도 있는 것으로 보면, 천왕문은 그간에 소실과 중건을 반복한 것 같다. 은해사가 종친부에 귀속되면서 사세가 확장되어 가던 시절의 모습이기도 하다.

김정희 글씨, 은해사 현판 탁본

추사秋史 김정희金正喜(1786-1856) 선생이 쓴 「銀海寺은해사」라는 현판은 이 천왕문에 오래 걸려 있었다. 천왕문에는 사천왕탱이 두 폭 있었고, 안쪽 문미에는 「擁護門옹호문」이라는 현판도 걸려 있었다. 이 천왕문을 통과하여 안으로 들어서면 옆에 종각이 따로 있었고, 앞에는 보화루가 서 있었는데, 이를 지나면 좌우에 심검당尋劒堂과 설선당說禪堂이 서 있는 대웅전의 중정中庭에 이르게 된다.

옛날의 이러한 전각의 배치가 가람 배치 방식에도 맞고 품격도 훨씬 높다. 지금은 천왕문은 온데 간데 없고, 개울을 건너면 갑자기 사람 앞에 떡하니 서 있는 보화루를 직면하게 된다. 1980년대 경내를 넓히면서 종래에 종루의 역할을 했던 보화루를 원래의 자리에서 옛 천왕문 자리인 지금의 자리로 옮기는 바람에 이렇게 되었다. 건물을 새로 신축하는 경우에는 구 사역은 최대한 수리 보존하는 방향으로 하고 신 사역에 새 건물을 짓는 것이 합당하

다고 본다.

보화루에는 추사 선생이 쓴 현판이 걸려 있다. 골기를 죽이고 육기를 강조하되 기교를 최소화한 글씨인데 붓을 천천히 움직여 쓴 것이다. '문자향文字香'을 크게 내세우지 않은 담담하고 육중한 글씨다. 그 당시의 추사 선생의 삶과 심경이 드러나 보이는 것 같기도 하다.

영조 임금은 왕자 시절에 은해사를 잘 수호하라는 완문完文을 보낸 일이 있었는데, 임금으로 등극한 후에는 이 공문이 〈어제완문御製完文〉이 되어 은해사를 외부 영향력으로부터 보호하는 역할도 하였다.

1847년(헌종 13년)에 은해사는 창건된 이래 가장 큰 화재로 극락전을 제외한 천여 칸의 당우들이 모두 화마에 사라졌다. 인종의 태실 수호사찰이며 영조의 어제완문을 보관하고 있는 사찰이 이 지경에 처하자 대구감영과 왕실의 대대적인 지원으로 3년만에 중창을 하게 되었는데, 이때 대웅전, 향실香室, 심검당尋劍堂, 열현당說玄堂, 청풍료淸風寮, 보화루, 옹호문, 안양전安養殿, 동별실東別室, 만월당滿月堂, 향적각香積閣 등을 새로 지었다.

김정희 글씨, 대웅전 현판

혼허지조混虛智照(1829-1878) 화상의 〈은해사중건기〉(1862)에 의하면, 이 당시에 추사 선생이 「銀海寺은해사」와 「大雄殿대웅전」, 「佛光불광」과 같은 편액을 쓴 것으로 되어 있다. 〈은해사연혁변〉(1879)에는 문액門額의 「은해사」 현판, 종각에 걸린 「보화루」 현판, 불당의 「대웅전」 현판, 노전의 「一露香閣일로향각」 현판은 추사 선생이 쓴 것이라고 되어 있다.

이 글씨들은 추사 선생과 오랜 교분을 가지고 있는 혼허 화상과의 인연에 기하여 쓴 것으로 보인다. 추사 선생은 아버지 김노경金魯敬(1766-1837) 선생이 경상도 관찰사로 경상감영에서 근무하던 1817년에서 1818년의 기간에 경주와 대구 인근의 경상도 지역을 방문하기도 했는데, 1818년에 추사 선생이 해인사의 대적광전

大寂光殿을 중건할 때 그 상량문을 지은 것은 이런 인연에 기인한다. 추사 선생이 짓고 직접 글씨도 쓴 이 상량문은 현재 해인사 성보박물관에 있다.

1848년 12월 헌종은 추사 선생을 제주도의 유배에서 해제시켰다. 55세에 시작된 8년 3개월간의 기나긴 위리안치圍籬安置의 형벌이 끝났다. 추사 선생은 해를 넘겨 1849년 2월에 제주를 출발하여 3월에 충청도 예산 본가를 들러 서울의 용산 본가로 돌아온 후 마포에 집을 구하여 식솔들과 함께 기거를 하고 있었다. 이 당시에 이미 유배생활로 심신이 피폐해진 60세 중반의 나이였지만 한편으로는 자신을 아껴준 헌종憲宗(재위 1834-1849)이 있었기에 새로운 삶에 대한 기대와 함께 아버지 김노경 선생의 명예도 회복할 수 있는 희망도 가졌던 시기였다. 은해사 편액들은 이 시기에 쓴 것으로 보인다. 이 시기 추사 선생은 서울에 머물고 있으면서 1850년 봄에는 호남지방을 다녀오기도 했는데, 영남 지역으로 행보한 기록은 없다. 글씨는 서울에서 써서 은해사로 보낸 것 같다.

추사 선생이 마포의 집에서 가족들과 소박하게 지낼 때는 글씨를 쓰고 차를 마시며 독서도 하고 시를 짓는 삶으로 다시 밝은 세상을 살아가고자 하는 심경도 있었기에, 집의 이름도 단계 벼루로 글씨를 쓰고 대나무로 두른 화로에 차를 끓여 음미하는 일상 속에서 시를 지으며 산다는 심경을 담아 집 이름을 〈端研竹

김정희 글씨, 단연죽로시옥

爐詩屋단연죽로시옥)이라고 했다. 고예서체古隸書體로 쓴 이 글씨는
현재 영남대학교 박물관에 있다.

추사 선생은 원래 한양에서 태어나 노론의 명문대가 경주 김씨
집안의 자손으로 중앙무대에서 활동했기에 영남 지역에 그의 글씨
가 있을 사연이 희박한데 영천의 은해사에 여러 현액이 남아 있는
것은 은해사에 주석하고 있던 혼허 화상과의 인연 등과 같은 사정
이 있었던 것 같다. 추사 선생은 30세 전후하여 관음사觀音寺에서
혼허 화상을 만났고, 그 인연은 생의 끝자락에서 오늘날 서울 봉
은사奉恩寺에서 화엄경을 판각하는 대 프로젝트를 행할 때까지 이
어진다.

추사 선생과 혼허 화상은 유교와 불교를 넘나들며 마음을 주
고받아 온 사이인지라 추사 선생은 다음과 같은 시도 지어 혼허

화상에게 보냈다. 전고典故가 많아 문자 그대로 해석하면 이해하기 어려운 시이지만 그 뜻으로 보면 다음과 같이 읽힌다.

탕씨 성을 가진 이는 남북조시대 양梁나라의 시승 탕혜휴湯惠休 화상을 말하지만 여기서는 혼허 화상을 일컫는 것이고, 천룡일지는 『전등록傳燈錄』에 나오는 천룡일지선天龍一指禪을 뜻한다. 돼지와 죽순을 굽는 일은 북송의 동파東坡 소식蘇軾(1037-1101) 선생의 글에 나오는 일화이다.

卓午山頭戴笠行　한낮에 삿갓 쓰고 산머리 걸어가는데
탁 오 산 두 대 립 행

姓湯人忽喜歡迎　홀연히 스님이 나와 반가이 맞아주네.
성 탕 인 홀 희 환 영

遊方昔入菩提界　그 옛날 출가하여 깨달음을 얻었으니
유 방 석 입 보 리 계

詩偈今聞瀑布聲　시와 게송에는 웅장한 폭포 소리 들리는구려.
시 게 금 문 폭 포 성

銀地三觀由願力　불도의 삼관을 원력으로 증득하고
은 지 삼 관 유 원 력

天龍一指繼燈明　천룡의 일지선으로 진리의 등불 이었네.
천 룡 일 지 계 등 명

燒猪燒筍追前夢　화상의 설법 듣곤 했던 옛 꿈을 짚어보니
소 저 소 순 추 전 몽

江上秋風渺渺情　가을 강바람에 속세의 정만 아득해지는구려.
강 상 추 풍 묘 묘 정

어쩌면 두 사람은 세간과 출세간을 넘어 평생의 지기였던 것 같다. 그 시절 유학자로서 추사 선생만큼 불가의 이치를 깊이 통달한 지식인도 드물었다.

아무튼 추사 선생이 은해사의 이 현판 글씨를 쓴 그 무렵, 그를 아끼던 여덟 살에 왕이 된 헌종이 15년간 문예군주로 살았던 삶을 마감하고 23세의 나이로 갑자기 승하하고 말았다. 이어 다시 안동김씨 세력의 강력한 뒷받침으로 강화도에서 농사를 짓던 왕실의 먼 핏줄인 원범元範이 철종哲宗(재위 1849-1863)으로 즉위하면서 헌종의 장례를 마무리하는 조천祧遷 문제가 발생하였다.

이 '신해예송辛亥禮訟' 사건에서 철종을 옹립한 세력인 좌의정 김흥근金興根(1796-1870)과 김창집金昌集(1648-1722)의 후손이자 김조순金祖淳(1765-1832)의 아들인 김좌근金左根(1797-1869)이 중심이 된 안동김씨 세력과 헌종 세력 간에 왕위의 정통성을 놓고 치열한 논쟁을 하게 되었다. 물론 이는 노론 세력 내부의 권력투쟁이었다. 현실의 권력투쟁에서 이제 죽은 왕에 불과한 헌종 세력이 패배할 수밖에 없는 이 논쟁에서 헌종 세력의 중심에 설 수밖에 없었던 추사 선생은 결국 그간 그를 옹호해 주던 영의정 권돈인權敦仁(1783-1859)과 함께 탄핵을 받아 함경도 북청北靑으로 다시 유배를 가게 된다. 그때가 1851년이다.

이제는 신산한 삶을 뒤로 묻고 새로이 바른 길을 다시 가보겠거니 했는데 또 다시 북쪽 땅 끝으로 유배를 갔다 왔으니 만감이 교차했을 것이다. 나는 추사 선생의 글씨 가운데 당시의 심경이 가장 잘 나타나 있는 것이 '大烹豆腐瓜薑菜대팽두부과강채, 高會夫妻

兒女孫고회부처아여손'이라는 대련이라고 본다. 즉 "두부, 오이, 생강, 야채를 부글부글 끓이고, 부부, 아들딸, 손자 손녀들과 다함께 둘러 앉아 즐겁게 먹는 것"이라는 내용인데, 세상에서 이보다 더 행복한 것이 있겠는가 하는 뜻이다.

중국의 오영잠吳榮潛(1604-1686)이 중추가절中秋佳節에 집안 잔치를 하며 읊은 글에서 차용하여 쓴 것인데, 그는 이 대련의 협서脇書에 "이것은 촌에 사는 늙은이의 제일가는 최상의 즐거움이다.

허리에 큰 황금도장을 한 말이나 차고 음식을 사방 한길로 가득 차리고 시첩侍妾을 수백 명 거느리며 산다고 한들 이런 맛을 누릴 수 있는 사람이 얼마나 될 것인가(此爲村夫子第一樂上樂차위촌부자제일락상락, 雖腰間斗大黃金印수요간두대황금인, 食前方丈侍妾數百식전방장시첩수백, 能享有此味者幾人능향유차미자기인)."라고 썼다.

부대끼는 세상에서 멀리 떨어져 소박하고 자유로운 삶에서 인생의 진미를 느끼는 달관의 경지에 든 모습이다. 세상 사람들

김정희 글씨, 〈대팽, 고회〉 대련

이 고관대작高官大爵을 하며 고대광실高臺廣室에서 산해진미山海珍味를 먹는 것이 최고인줄 여기지만 그것은 백로가 까마귀들이 모인 곳에 가 심신을 수고롭게 하는 것일 뿐이라는 것이다.

조선시대에는 영남의 남인 세력은 서인·노론세력에 의해 대부분 권력에서 배제되었기 때문에 그들이 받은 피해는 이루 말할 수 없는 것이지만, 국가권력을 장악한 노론 세력들도 그 내부에서 다시 권력투쟁을 벌여 서로 죽이는 일을 반복하였다. 김정희 선생의 제주도 유배나 북청 유배 사건도 이런 권력투쟁 속에서 일어난 것이었다. 노론 세력의 국정농단은 급기야 60년 동안의 안동김씨 세도정치(1800-1863)라는 막장 드라마로 치닫다가 결국에는 조선을 멸망시키는 길로까지 치닫게 되지만 말이다. 이들은 백성을 위한 나라의 권력을 자기들의 권력이라고 생각하고 마음대로 권세를 휘둘렀다.

공公과 사私의 구별은 없어진 지 오래다. 도대체 백성들의 행복한 삶과 권리라는 것은 아예 안중에도 없었던 시절이다. 공자와 맹자는 백성이 곧 하늘이라는 것을 가르침의 중심에 놓았고, 공맹孔孟을 앞세우던 유자儒者들도 "오로지 백성만이 나라의 근본이다. 근본이 튼튼해야 나라가 안녕해진다(民惟邦本민유방본, 本固邦寧본고방녕)."라는 『서경書經』의 말도 입만 열면 내세웠지만, 실제에서는 그런 말과는 정반대로 행동하였다. 그러면 공자와 맹자 그리고 더 나아가 주자까지 기치로 내세워 권력을 쥔 사람들이 그동안에 세상에 무수히 내뱉은 말들은 모두 백성과 세상을 속이는 혹세무민惑世誣民의 말이었다는 것인가?

공자와 맹자가 조선시대에 다시 살아나와 이 땅에 벌어지던 모습들을 보았다면 무엇이라고 했을까 하는 생각이 문득 들었다. 나는 인간의 삶과 국가, 권력, 제도 등에 대해 연구해온 헌법학자인데, 헌법 원리에 의하면, 국가든 권력이든 제도이든 국민들이 행복하게 살 수 있도록 하는 것이 아니면 어떤 경우에도 정당성을 가질 수 없다. 그때는 오늘날의 헌법에 해당하는 관념을 천법天法이라고 불렀다. 조선시대의 일도 과거의 일이기는 하지만, 이치는 마찬가지이기에 이런 기준에서 그 통치가 정당한가 아닌가를 판별해야 한다고 본다. 그래야 우리는 역사를 제대로 평가하고 미래를 설계하는 규준을 얻을 수 있기 때문이다.

아무튼 이 땅에서 그러한 일들이 전개되던 시절에 서구의 강대국들은 세계를 식민지화하는 식민전쟁에 열을 올리며 동양 세계로 영토를 확장하고 있었고, 미국의 스토우Harriet Beecher Stowe(1811-1896) 부인은 『톰 아저씨의 오두막Uncle Yom's Cabin』(1852)을 발표하여 사람들로 하여금 인간의 존엄(human dignity)을 깨닫게 하고, 영국에서는 산업혁명이 가속도로 전개되었다. 시대의 천재 존 스튜어트 밀John Stuart Mill(1806-1873)이 『정치경제학원리Principles

of Plitical Economy』(1848), 『자유론On Liberty』(1859)과 『대의정부
Considerations on Representative Government』(1861) 등을 세상에 내놓
았다.

하기야 이 땅에는 지금도 대의정부代議政府가 무엇인지도 모르
고 너도 나도 국회의원을 해 보겠다고 날뛰는 세상이니 말해서 무
슨 소용이 있을까 하는 생각도 든다. 일본에서는 미국의 페리함대
가 나라를 개방하라고 한 후 명치유신明治維新으로 치닫는 역사가
전개되기 시작한 시절이었다. 나가사키長崎가 개항이 되고 서구 문
물을 받아들이기 시작한 것은 이미 300년 전의 일이고, 네덜란드
의 학문을 접하고 난학蘭學의 바람이 불기 시작한 지 이미 100년
이 지나면서 지식과 학문의 혁명이 일어나고 있던 때였다. 그런데
이 시대를 산 우리의 조상들은 도대체 무엇을 하고 있었을까.

은해사 보화루에 걸린 추사 선생의 현판을 쳐다보다가 생겨난
온갖 번뇌가 여기까지 가버렸다. 팔공산에 와 있는 시간에도 꼬
리를 물고 이어지는 역사의 장면들이 떠올라 또 가슴이 답답해졌
다. 진리의 향기가 온 산을 감싸고 있는 이곳 난야蘭若에서 이런
속세의 일을 생각하고 있으니 어리석은 중생이 구제되기는 틀렸
지만, 그렇다고 헌법학자인 내가 이런 국가의 문제를 해결할 답을
달라고 붓다에게 매달릴 수는 없다. 이는 인간이 해결해야 할 문
제이고 내가 씨름해야 할 문제라고 생각하기 때문이다.

보화루 아래 계단으로 나 있는 문 양쪽에는 앞뒤로 사천왕四天王이 그려져 있어 이 문이 천왕문의 역할도 하는 셈인데, 누각이 천왕문의 역할을 할 수는 없고, 원래 없어진 천왕문을 통과한 다음에 붓다의 세계로 들어가는 마지막 관문으로 금당과 마주보고 있던 것이기에 안양문, 안양루 또는 해탈문이나 불이문이라고 하는 것이 더 적합하다고 보인다.

앞마당으로 들어서면 앞으로 본전인 극락보전이 서 있다. 과거에는 여기에 추사 선생이 쓴 「大雄殿대웅전」의 현판이 걸려 있었는데, 지금은 서예가 학정鶴亭 이돈흥李敦興(1947-2020) 선생이 쓴 「極樂寶殿극락보전」이라는 현판으로 교체되어 있다. 육조시대 위비魏碑의 풍을 잘 구사한 글씨다. 북위北魏 시기의 〈장맹룡비張猛龍碑〉의 강한 서풍을 기본으로 하고 〈정희비鄭羲碑〉의 부드러움을 가미한 풍으로 썼다. 〈정희비〉는 북위의 효문제孝文帝 때 청주자사를 지낸 사

이돈흥 글씨, 극락보전 현판

장맹룡비 　　　정도소 글씨, 정희비

대부 정도소鄭道昭(?-516)가 써서 아버지 정희(426-492)의 비로 세운 것이다. 이렇게 본전의 현판을 교체한 것은 금당에 봉안된 불상이 석가모니불이 아니라 아미타불이기 때문에 대웅전이라는 현판이 이에 부합하지 않기 때문이라고 보인다.

극락보전에 걸린 현판의 글씨에 관한 이야기가 나온 김에 육조풍의 서법에 대하여 말하자면 이렇다. 청나라 대학자 완원阮元 (1764-1849) 선생이 서법론에서 북비남첩론北碑南帖論을 제시했는데, 여기서 북조北朝 특히 북위北魏시대의 비석을 북비라고 한다. 완원 선생이 이 문제를 제시할 때까지 사람들은 주로 남조南朝 동진東晋의 왕희지王羲之(307-365) 이래 진당晋唐시대의 서첩으로 전해오는 글씨를 서법書法의 전범으로 삼았는데, 그는 이런 흐름을 첩파帖派라고 하고 석비에 남아 있는 북조 사람들의 글씨를 공부해야 서법의 진수를 터득할 수 있다고 하며 그 유파를 비파碑派라고 구분했다.

그런 결과 비파의 서법론이 중요해지면서 서법을 공부하는 데 있어서는 고대 청동 그릇에 새겨진 글씨(금문金文)와 옛 석비에 새겨진 글씨(석문石文), 즉 금석문金石文이 매우 중요한 가치를 지닌 것으로 부각되었다. 여기서 금석학이 본격적으로 학문의 한 자리를 차지하게 된다.

완원 선생을 스승으로 삼아 자신의 호까지 '완당阮堂'으로 정한 추사 선생이 금석문을 중요시하고 이를 바탕으로 서예의 진정한 법을 탐구해 간 것은 그의 학문방법론인 실증주의적 방법에도 근거하고 있는 것이지만 그 당시 청조 학단의 이러한 담론에도 근거를 두고 있다. 추사 선생이 한반도 고대시대의 비를 찾아 탐구한 연유도 여기에 있다.

그러한 과정에서 〈북한산신라진흥왕순수비北漢山新羅眞興王巡狩碑〉와 〈황초령신라진흥왕순수비黃草嶺新羅眞興王巡狩碑〉의 존재도 찾아내었고, 〈무장사아미타여래조상사적비鍪藏寺阿彌陀如來造像事蹟碑〉의 파편도 발견하게 되었다.

그 당시 이미 없어진 〈황초령신라진흥왕순수비〉는 상단부와 하단부로 깨진 비의 탁본을 구하고, 〈북한산신라진흥왕순수비〉는 추사 선생이 직접 발견한 것인데, 그 두 비에 관한 추사 선생의 논고論攷를 보면, 매우 정밀하게 분석하고 고증하여 지금까지 이보다 더 깊이 있고 논리적인 글은 찾아보기 어려울 정도이다. 학문이란 증명이 되지 않는 이야기를 풀어 놓는 것이 아니라, 논리와 증명에 있어 어떤 허점도 없어야 한다는 추사 선생의 학문 방법론을 잘 보여주는 한 예이다. 〈황초령신라진흥왕순수비〉는 함흥땅이 고구려에 속해 있다가 진흥왕 때 신라에 속하게 되어 그 경계에 세운 것이고, 북한산 승가사僧伽寺 부근의 비봉碑峯 바위에 서 있는 〈북한산신라진흥왕순수비〉는 북한산이 한漢 무제武帝의 강역에 속했다가 고구려 땅이 되었고 진흥왕 때 다시 신라에 속

북한산신라진흥왕순수비 탁본　　　　　무장사아미타여래조상사적비 탁본

하게 되어 고구려와 신라의 경계에 세운 것이라고 밝혔다. 추사
선생이 1816년 김경연金敬淵과 승가사에 유람갔다가 사각의 돌처
마方籃가 땅에 떨어져 있는 이 비를 발견하여 탁본을 떠본 결과
〈황초령신라진흥왕순수비〉와 흡사한 것을 확인하고 1817년에 조
인영趙寅永(1782-1850)과 함께 북한산의 현장에 올라가 비석에 새
겨진 글자들을 판독하고 비를 발견하게 된 그간의 내력을 옆면에
새겨두었다. 〈무장사아미타여래조상사적비〉의 잔편과 〈북한산진
흥왕순수비〉는 현재 국립중앙박물관에 있다.

무장사아미타여래조상사적비 잔편

　은해사에는 오래전부터 산령각山靈閣이 있는데, 산신을 모시는
것은 원래 불교와는 아무런 관련이 없다. 인도는 물론이고 중국
이나 일본의 불교에는 없다. 우리나라 불교에서도 조선시대에 들
어와 불교에서 민간의 산신신앙을 흡수하여 산신각을 세우기 시
작하기 전까지는 불교사찰에는 이런 건물이 없었다. 은해사에는

부도림

조선시대 후기에 조성된 산신탱화山神幀畵와 「山靈閣산령각」이라고
쓴 현판이 있다. 은해사가 중악에 위치하여 이런 건물을 세운 것
은 아닌 것 같고, 요즘은 산신기도를 하는 사람들을 위하여 유지
하는 것 같다. 산신기도라는 것도 불교와는 아무런 관련이 없다.
성철 스님 같았으면 이런 것들은 모두 철거했을 것이다.

　절을 둘러보고 다시 은해교를 지나 일주문 쪽으로 걸어가면 오

영파대사비

른쪽에 일암—庵 선사의 부도를 비롯한 다수의 부도들과 승탑비, 사적비, 공덕비 등이 있는 부도림浮屠林이 있다. 영파성규影波聖奎 (1728-1812) 대사, 일암 선사, 일타日陀(1928-1999) 화상 등의 비들도 있다. 선교양종정사이며 화엄 대강주로 당대 최고의 명성을 날렸 던 영파 대사의 비문은 당대 제일의 문장가이자 후에 영의정까지 지낸 규장각 제학 남공철南公轍(1760-1840) 선생이 1816년에 짓고 글씨는 진사인 심의경沈宜慶 선생이 썼으며, 비의 전액篆額은 명필인 기원綺園 유한지兪漢芝(1760-1834) 선생이 썼다.

당시에는 중국에서 고대 비석의 탑본들이 조선으로 유입되어 고대의 전서와 예서에 대한 탐구가 활발하였는데, 유한지 선생은 예서에 뛰어났다. 은해사에는 그간에 활동한 고승대덕들의 진영이 남아 있는 것만으로도 31점에 달한다. 은해사가 화려한 단청을 칠한 당우들이 즐비한 은빛 바다의 난야라고 해도 고승들의 묵언으로 가득한 부도림의 무게를 이길 수는 없으리라. 이들의 모습이 불도의 길을 걸어간 수행자의 자취로 남아 지금도 달빛 아래 아련하게 보이는 우리의 앞길을 인도하여 주고 있다.

부도림에는 〈은해사사적비〉도 함께 서 있는데, 이는 각종의 비를 한 자리에 모으다보니 고승들의 부도와 탑 이외에도 각종 공덕비 등이 함께 모여 있다. 격식에 맞지 않는다. 1943년에 건립한 〈은해사사적비〉는 김정래金鼎來 선생이 지었고, 계파桂坡 최윤崔潤(1886-1969) 선생이 글씨를 썼으며, 오세창吳世昌(1864-1953) 선생이 전액을 썼다. 최윤 선생은 경주의 최부잣집 문파汶坡 최준崔浚(1884-1970) 선생의 동생인데, 당시 경주국악원과 문화협회, 경주예술대학을 창립하고 학술과 문화계에서 큰 역할을 하였다. 서예에도 뛰어났다.

아무튼 지금과 같은 부도림은 격식에 맞지 않기 때문에 바로 잡아야 한다. 따로 분리하여 다시 조성하지 않는다면 현재의 부

도림을 비림碑林으로 이름을 고치고 그 안에 구역을 나누어 부도
와 탑비는 같은 구역에 봉안하고, 나머지 사적비나 공덕비 등은
다른 구역에 배치하는 방법도 있다.

　은해사 본찰에서 나와 소나무 우거진 숲길을 올라가면 개울물
이 오른쪽에서 흐르다가 어느새 왼쪽으로 옮겨가 있기도 한다.
고즈넉한 좁은 산길을 오르다 보면 산중에 자리한 백흥암에 이
른다. 백흥암은 원래 팔공산에 자리한 백지사栢旨寺였고 현재의
은해사 본찰보다도 더 오래된 절이었는데, 조선시대 인종의 태실
을 수호하는 사찰이 되면서 은해사와 함께 왕실의 보호를 받기에
이르렀다. 유생들이 폐를 끼치면 관아에서 처벌한다는 공문도 내
렸다. 천교天敎 대사가 지금의 장소에 은해사를 중창했을 때 백지
사도 백흥암으로 이름이 바뀌었다.

　임진왜란 때 백흥암은 큰 화재를 입어 전각이 대부분 사라졌고
그 이후에 보화루, 천왕문, 영산전 등이 지어졌다. 1750년에 극락
전의 아미타후불탱화가 조성되었다. 도봉유문道峰有聞(1786-1800 활
동) 선사, 전암승홍轉菴勝洪(1785-1829) 대사, 운악성의雲岳性義(1816-
1831) 선사, 양종정사兩宗正事 해암홍린海庵洪璘(1810-1829) 대사 등
많은 고승들이 머물렀던 난야다. 1834년에 징월정훈澄月正訓 화상
이 지은 「백흥암극락전단확공덕기百興庵極樂殿丹雘功德記」에 의하
면, 은해사가 한때 경상순영慶尙巡營에 속한 적도 있었고, 백흥암

백흥암 전경

에서 영조의 묘와 위패를 돌보는 일도 맡은 적이 있는 것으로 되어 있다. 현재는 외부인들의 출입을 제한하고 니승尼僧들이 정진하는 수행도량으로 되어 있다.

백흥암에 이르러 처음 마주하는 보화루寶華樓를 지나 절 앞마당으로 들어서면 바로 보이는 불전이 아미타불을 모신 극락전이다. 우람한 대들보들이 받치고 있는 보화루가 안양루인 셈이다. 「寶華樓보화루」와 「極樂殿극락전」의 현판은 모두 기성쾌선 대사가 쓴 것인데, 극락전의 현판은 1745년(영조 21)에 썼다. 잠두마제蠶頭馬

蹄의 운필을 부각시킨 장엄하고 법
도가 엄정하면서도 기상이 넘치는
쾌활한 글씨다.

　기성 대사는 서산西山(1520-1604)
대사의 법맥을 이은 6세손으로 불교
뿐만 아니라 유학에서도 뛰어나 많
은 유학자들과도 교유를 하였고, 서
예에서도 당대의 명필이었다. 백흥
암에 있는 「法華經板閣법화경판각」의

기성 대사 글씨, 극락전 현판

기성 대사 글씨, 동화사 대웅전 현판

현판과 동화사의 대웅전의 현판도 그가 썼다. 〈기성대사비〉는 칠곡에 있는 고찰 송림사松林寺에 있다.

극락전은 임진왜란의 병화가 지나간 뒤인 1643년에 다시 세운 정면과 측면 모두 3칸으로 된 팔작지붕의 건물이다. 웅장한 공포가 지붕을 높이 받쳐 들고 있어 그 자체 장엄한 모습을 하고 있다. 바깥의 단층은 색이 바래어 노승의 연륜 같은 느낌을 주고 있다. 극락전 내부의 구조는 화려함의 극치를 달리고 있고, 옛 단층의 색을 그나마 유지하고 있다. 국내에 있는 사찰 전각 가운데 구조에서 가장 화려하고 장엄한 것이다.

이곳에는 보물로 지정된 수미단須彌壇이 있고, 그 위에 목조로 된 아미타불상과 관세음보살상, 대세지보살상을 봉안하고 있다. 그 뒤에는 1750년경에 아미타삼존을 그린 탱화가 있다. 1643년에 5단으로 조성된 수미단은 약 35가지 종류에 달하는 동식물을 정교하게 새겨놓은 것으로 조선시대 수미단 중에서 가장 아름답고 화려하게 장엄한 대표적인 것이다.

영파 대사는 백흥암에도 주석하였는데, 글씨에도 뛰어나 많은 현판을 남겼다. 그는 백흥암에 「眞影閣진영각」, 「居祖庵거조암」, 「說禪堂설선당」, 「華嚴室화엄실」, 「尋劍堂심검당」, 「冥府殿명부전」 등의 현판을 남겼다. 영파 대사는 대제학과 예조판서를 지낸 백하白下 윤

순尹淳(1680-1741) 선생 문하에서 서법을 공부한 원교圓嶠 이광사李
匡師(1705-1777) 선생에게서 서법을 익히기도 했다. 기성 대사의 필
법을 이은 정통 첩파帖派의 글씨이다. 동화사의 「大寂光殿대적광전」
의 현판도 1793년에 영파 대사가 썼고, 〈통도사 감세존유적通度寺
感世尊遺蹟〉의 초서로 된 시판도 1809년에 영파 대사가 썼다.

불교와 유교의 전적에서도 당대 제일이고 글씨와 문장에서도
최고의 경지에 있었으니 그 시절 두 대사가 이끌고 가던 은해사
의 명성은 익히 짐작할 수 있다. 그러니 내로라하는 당대의 문인
과 묵객들은 모두 은해사로 발걸음을 향했던 것이다. 백하 선생
이나 원교 선생이나 모두 하곡霞谷 정제두鄭齊斗(1649-1736) 선생에
게서 양명학을 공부한 학자였으니 불가의 대사들과는 잘 통하는
점이 많았으리라 짐작된다.

극락전과 앞마당을 같이 쓰고 있는 진영각에는 「十笏方丈시홀방
장」이라고 쓴 현액과 함께 영파 대사가 쓴 「華嚴室화엄실」의 현판
이 있다. 주련은 소동파蘇東坡(1037-1101) 선생의 〈석각화유마송石
恪畵維摩頌〉이라는 글에서 취하여 쓴 것인데, 추사체의 글씨이다.

방장方丈이라는 말은 원래 대체로 사원에서 가장 중심이 되는
정침正寢을 말한다. 중국과 일본의 사원에는 「方丈방장」이라고 쓴
현판이 걸린 곳이 많이 있다.

우리나라에서는 총림의 최고 승려를 일컫는 방장스님을 줄여

방장이라고 부르고, 선원의 최고 승려를 조실祖室이라고 부른다. 조실도 원래는 조사가 머무는 방실을 말하는데, 조실스님의 약칭으로 되었다. 중국과 일본에서는 별로 사용하지 않는다. 중국에서는 주지를 방장이라고도 한다.

시홀에서 말하는 홀笏은 사대부가 착용하는 홀을 말하는데, 대략 30cm 정도의 길이이지만, 1척尺보다 약간 길다. 10홀은 10척보다 약간 긴 길이로 3미터가 좀 넘는 길이이다.

당나라 현경顯慶 연간(656-661)에 융주融州 황수黃水의 현령을 지낸 왕현책王玄策이 서역으로 가는 사신단에 포함되어 비야려성毘耶黎城(바이샬리)의 동북 4리쯤에 이르렀을 때 유마 거사의 집터가 남아 있음을 발견하고 쥐고 있던 수판手板으로 재어보니 가로세로가 각 10홀이었다. 10홀은 척관법尺貫法으로 10척 정도이고 10척은 1장丈이니 가로세로 10홀 크기의 방은 사방 1장이 된다. 둘레의 가로와 세로의 길이가 1장이니 한자로 방일장方一丈이고 이를 줄이면 방장方丈이 된다. 이후 유마 거사의 집 크기에 그 유래를 두고 사찰의 최고 상징인 정침을 이런 크기로 만들었으며, 최고의 고승이 여기에 주석하는 것으로 되었다.

백홍암에 「시홀방장」의 현판은 방장실에 걸린 것으로 보이고, 유마 거사와 관련된 내용을 주련으로 써서 건 것으로 볼 때, 이곳이 곧 유마 거사가 머물고 있는 곳이라는 말이니, 최고의 수행

자가 머무는 곳이라는 뜻이다. 유마 거사의 집터가 진짜라면 사방 1장인 그 방에서 최고의 지혜를 가진 문수보살과 유마 거사가 진검 승부를 벌여 문수보살을 한 방에 제압한 장소이다.

 재가 불자인 거사가 출가 보살인 문수보살을 제압했다고? 『유마경維摩經』에 나오는 이야기다. 지위 고하와 남녀를 불문하고 누구나 붓다가 될 수 있다고 한 것이 석가모니의 가르침인데, 거사가 사방 3m정도의 매트 안에서 최고의 보살을 녹다운knockdown시켰다는 것은 승가 중심의 불교가 가지고 있는 폐단에 대항하여 재가 불교, 거사 불교를 주장한 혁신운동의 집단들이 던진 메시지이리라. 경의 내용은 그에 맞게 그럴듯하게 창작하면 된다.

심검당에는 영파 대사가 쓴 「尋劍堂심검당」의 현판이 지금도 그대로 걸려 있다. 옛날에는 백홍암에 추사 선생이 예서로 쓴 「山海崇深산해숭심」의 현판도 걸려 있었는데, 현재는 은해사 성보박물관에 보관하고 있다. 보화루에는 이를 모각한 것이 걸려 있다.

극락전과 영산전 등에는 장삼을 두르고 선 니승들의 염불 소리와 목탁 소리만이 나른한 낮의 적막을 깨고 있다. 보화루에 기대어 목탁 소리에 시간 가는 줄 모르고 '나무아미타불~'을 마음속으로 따라하다가 발걸음을 옮겼다.

—
극락전과 심검당

1800년대 초기에 조성된 극락전의 벽화와 단청은 당시 최고의
화승인 신겸信謙 화상의 주도하에 통도사, 해인사, 석남사의 화승
들도 동참하여 그린 것이다. 아미타후불탱화, 지장탱화, 감로탱화,
현왕탱화 등은 불교미술에서 중요한 의미를 가진다. 극락전의 공
포栱包와 공포 사이에 있는 외부의 포벽包壁과 내부의 내목도리 상
부 나무벽에는 26점의 나한을 그린 벽화가 있는데, 나한들마다 다
양한 표정과 동작을 하고 있는 생생한 모습이 그대로 남아 있다.

이러한 그림은 나한도와 달리 예배의 대상이 아니라 극락전을
장식하는 그림이다. 영산전에는 석가모니불과 16나한들을 봉안하
였는데, 석가모니불상 옆에는 미륵보살과 제화갈라보살이 협시보
살로 모셔져 있다. 1897년에는 석가모니 후불탱화와 나한탱화도
봉안하였다. 은해사에는 불화가 많이 조성되어 봉안되었는데 당
시 이곳에는 각 암자에 화승들이 있었고 이들의 불사활동이 활
발하였다. 백홍암의 전각들은 중창했을 때의 모습을 그대로 유지
하고 있어 고찰의 형태를 잘 보존하고 있다.

백홍암에서 나와 산 위로 난 산길을 따라 한참이나 올라가면
그 유명한 운부암에 다다른다. 지금은 운부암에 이르면 크고 작
은 영지를 만들어 놓고 이름도 맞지 않은 작은 불이문不二門도
서 있다. 원래는 신라시대에 창건되었다고 하며 조선시대 중기까
지 운부사雲浮寺로 불렸다. 17~18세기에 운부암에는 많은 고승대

―
운부암 전경

덕들이 주석하여 명성이 높았고, 그래서 경향 각지에서 이곳으로
찾아오는 유학자들의 발걸음도 잦아 시도 많이 남겨놓았다.

　조선시대 전기 태종–세종 연간에 활동한 대학자인 태재泰齋 류
방선柳方善(1388-1443) 선생은 여러 학자들과 금강산을 유람하기도
하고 모함을 받아 고향인 영천으로 유배를 오기도 했는데, 팔공
산을 유산遊山하며 은해사와 산내 암자들에 들러 시도 여럿 남겼
다. 〈운부사雲浮寺〉라는 시를 보면 다음과 같다. 그 당시에는 절이
방치되어 허술했던 것 같다.

獨訪雲浮寺 독 방 운 부 사	운부사를 나홀로 찾아드니
禪房靜可依 선 방 정 가 의	선방은 비어 고요하나 머물 수는 있겠네.
谷深車馬少 곡 심 거 마 소	골짜기 깊어 오가는 수레와 말은 드물고
僧老歲年遲 승 로 세 년 지	중은 늙어가나 세월은 천천히만 가네.
竹影侵虛榻 죽 영 침 허 탑	대나무 그림자는 빈 걸상에 침노하고
松風透薄衣 송 풍 투 박 의	솔바람은 얇은 옷 속으로 불어오네.
山靈應不昧 산 령 응 불 매	산신령은 응당 모든 일 훤히 알지니
結社會如期 결 사 회 여 기	결사 일도 때에 맞추어 이루어지리라.

영파 대사는 1788년부터 운부암에 주석하며 많은 중창 불사를 하는 데 앞장섰다. 은해사에는 다른 절과 달리 동갑의 승려들이 갑계甲契를 결성하고 스스로 재원을 조달하여 불사를 지속적으로 해나갔는데, 대사는 이를 높이 평가하기도 했다. 부도림에는 이런 갑계에 관한 비가 여럿 있다.

영파 대사는 화엄학의 대강백으로 선과 염불에도 득의한 최고의 선지식이었다. 그는 은해사뿐만 아니라 해남 대흥사大興寺에서도 강백으로 활동하여 대흥사 13대강사大講師에도 포함되어 있다.

혼허 화상이 지은 〈운부암중건기〉에 의하면, 1860년(철종 11)에 화재로 모든 당우가 잿더미가 되어 관음보살상과 범종만 남았고, 왕실의 지원에 힘입어 1862년에 원통전圓通殿과 보화루寶華樓를 중수한 것으로 되어 있다. 오르막 경사가 진 돌계단을 올라가면 보화루가 앞

보화루

334

에 서 있는데, 현재의 이 건물은 1900년에 중건한 것이다. 그 옛날부터 보화루에는 큰 북인 법고를 매달아 놓았는데, 「寶華樓보화루」 현판은 1900년에 해관海觀 유한익劉漢翼(1844-1923)이 쓴 것이다.

보화루를 지나 중정으로 들어가면 금당金堂인 정면 3칸의 맞배지붕을 한 간단 소박하여 격조있는 원통전을 마주하게 되고 좌우에 있는 심검당尋劍堂과 우의당禹儀堂의 요사가 눈에 들어온다. 1862년에 중건된 원통전에는 금동관음보살상이 모셔져 있다. 조선시대 전기 불교조각으로서 특징을 잘 갖추고 있어 보물로 지정되어 있다. 원통전, 즉 관음전觀音殿을 마주보고 있는 문루도 보

—
원통전

화루라고 지었는데, 은해사에는 모든 문루의 이름이 보화루라고
되어 있다.

—
박규수 글씨, 운부난야 현판

「圓通殿원통전」의 현판과 심검당에
걸려 있는 「雲浮蘭若운부난야」의 현판,
대덕의 진영을 모셔놓은 「禹儀堂우의
당」의 현판은 모두 조선시대 말 우의

정을 지낸 환재瓛齋 박규수朴珪壽(1807-1877) 선생이 쓴 것이다.

연암燕巖 박지원朴趾源(1737-1805) 선생의 손자인 박규수 선생은
1854년(철종 5) 2월에 경상좌도 암행어사로 영남 지역을 다닐 때 운
부암에 오래 머문 적이 있는데, 이 당시 운부암에는 추사 선생과
교유한 시승들도 주석하고 있어서 교유의 인연도 생겼다. 암행어
사 박규수는 그해 영남에서 지방관들이 백성들의 구휼에 정성을
다하고 있는지, 환곡還穀 정책 등 국가 시책상의 폐단은 없는지,
영남 지방 백성들의 삶은 어떠한지, 이 지역에서 능력 있는 인재,
충신, 효자, 효부 등을 천거하거나 평가를 바로 잡아야 할 사항이
있는지 등 여러 사항을 살펴 그해 11월에 임금에게 보고하였다.

환재 선생은 20년 선배인 추사 선생과도 교유가 깊었다. 1863년

—
박규수 글씨, 우의당 현판

에 박규수 선생은 이 세 개의 현판을 썼는
데, 글씨를 쓴 연유에 대해서는 알기 어렵
다. 아마도 그 전에 운부암에 머물렀던 시
절의 인연으로 스님들 중 누군가 환재 선생

에게 부탁했을 수도 있을 것 같다.

아무튼 오늘날에 와서 보면, 은해사에는 국내에서 추사 선생의 글씨가 가장 많이 남아 있는 셈인데, 환재 선생은 글씨도 잘 썼을 뿐 아니라 서법書法에 관해서도 조예가 깊어 추사 선생의 글씨에 대한 그의 심안평審按評은 추사체를 이해하는 데 도움이 된다.

"추사 선생의 글씨는 젊어서부터 노년에 이르기까지 그 서법이 여러 차례 바뀌었다. 젊은 시절에는 오로지 명나라 동기창董其昌(1555-1636)의 서법에 매진하였고, 중년기에는 청나라 옹방강翁方綱(1733-1818)과 종유하며 그의 서법을 따랐기 때문에 글씨가 진하고 두터운 맛이 있는 반면 골기骨氣가 적은 약점이 있었으며, 그 후에는 북송의 소식蘇軾(1037-1101)과 미불米芾(1051-1107)을 거쳐 당나라 이옹李邕(678-747)의 서법으로 바뀌면서 글씨의 기운이 왕성하고 글씨가 우아하면서 강건해져 마침내 당나라 구양순歐陽詢(557-641) 서법의 신운神韻과 정수精髓를 얻게 되었다(阮翁書自少至老 其法屢變 少時專意董玄宰 中歲從覃溪遊 極力效其書 有濃厚少骨之嫌 旣而從蘇米變李北海 益蒼蔚勁健 遂得率更神髓)."

환재 선생은 이어 추사 선생이 제주 유배지에서 돌아온 후에는 더 이상 다른 사람의 서법을 추종하는 데 얽매이지 않고 여러 대가들의 장점을 모아 스스로 자신만의 서법을 완성하여 정신과 기운의 발현이 바다나 조수潮水와 같았다고 하며, 동시에 '추사 선

이옹 글씨

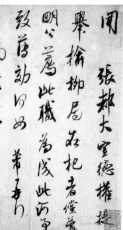
미불 글씨

동기창 글씨

소식 글씨

김정희 글씨

생의 글씨는 원나라 조맹부趙孟頫(1254-1322)로부터 그 힘을 얻었다'(公之書 實從松雪得力)고도 했다. 그렇기 때문에 추사 선생이 서법을 탐구한 과정을 충분히 익히지 않고 말년에 완성된 추사체만을 흉내내어 쓴다고 하여 글씨가 되는 것이 아니라고 하며, 시류에 영합하며 글씨를 쓰는 이들에게 경종을 울리기도 했다.

환재 선생은 추사 선생의 서법을 모르는 사람들은 간혹 호방하고 방자하다고 여기고, 그것이 지극히 근엄하다는 것을 전혀 모른다고 지적하며, 이런 이유로 일찍이 후생後生과 소년들은 추사 선생의 글씨를 쉽게 여겨 배우면 안 된다고 말한 적이 있고, 또 추사 선생의 글씨는 진실로 송설(松雪 조맹부趙孟頫)로부터 그 힘을 얻었다고 말한 적이 있는데, 그 말을 들은 자들은 모두 그렇지 않다고 여겼다고 세태를 비판하기도 했다.

나는 운부암에 있는 환재 선생의 글씨야 말로 그 힘은 조맹부에게서 얻은 것 같다는 생각이 든다. 환재 선생의 이런 평가는 추사 선생의 해서에 관한 것이라 생각이 되고, 예서법은 이와는 다르다고 보인다. 추사 선생의 해서와 관련하여 추사 선생이 언급한 사실은 없으나 나의 생각을 덧붙이자면, 추사 선생이 남송의 장즉지張卽之(1186-1266)의 독창적인 글씨를 진지하게 탐구했을 가능성이 있다고 생각된다.

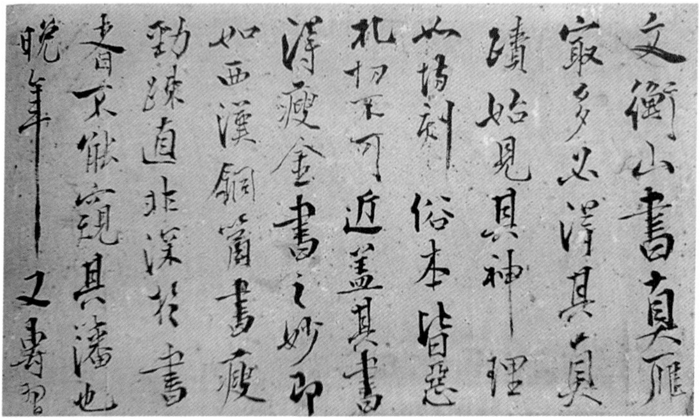

김정희 글씨, 추사체

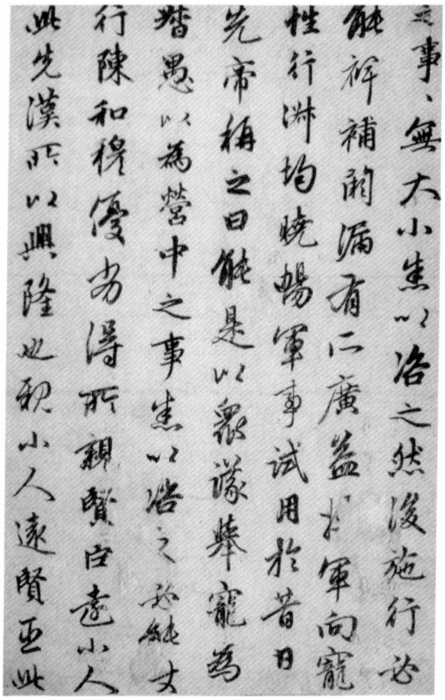

조맹부 글씨

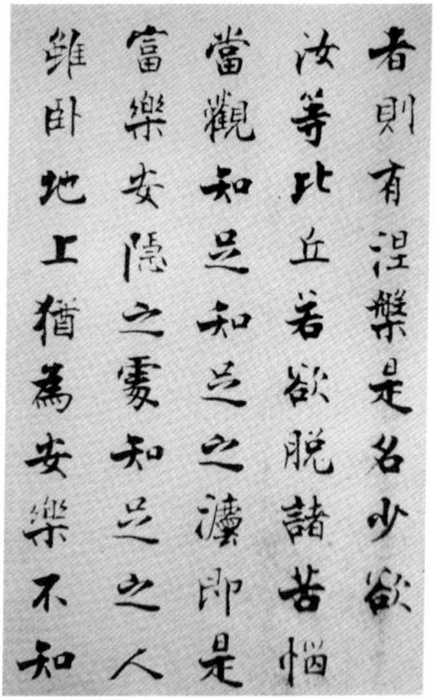

장즉지 글씨

격변하는 국제정세의 변화도 모른 채 조선이 깊이 잠들어 있고 세도정치가 막장을 달리며 나라를 망쳐가고 있을 때, 시대의 선각 자였던 박규수 선생은 조정에서 국가개혁을 위해 발버둥을 쳐보 았지만 역부족만 절감하였다. 그는 오경석吳慶錫(1831-1879) 선생, 유홍기劉鴻基(1831-?) 선생, 이동인李東仁(?-1881) 화상과 함께 뜻을 모으고 지금의 서울 안국동 헌법재판소 자리에 있는 자기 집에 북촌의 젊은 양반 자제들을 모아 미래를 도모하였으니, 여기서 김옥균金玉均(1851-1894), 홍영식洪英植(1855-1884), 박영효朴泳孝(1861-1939), 서재필徐載弼(1864-1951), 유길준兪吉濬(1856-1914) 등과 같은 개화당開化黨의 주역들이 배출되었다.

이들 청년지사들이 목숨 걸고 거사한 갑신정변甲申政變(1884)이 성공하여 국정을 개혁하고 근대 국가로 나아갔더라면 일본 제국 주의에 의해 조선이 멸망하는 것은 피할 수 있었을지도 모른다. 정말 안타깝고 안타깝다.

나는 이동인 화상에 대해서는 신봉 승辛奉承(1933-2016) 선생으로부터 많 은 이야기를 들었는데, 선생은 나중에 3권에 달하는 이동인에 대한 책을 남 기고 이승과 하직하였다. 나는 생전 에 선생의 집필실을 자주 찾아 역사 에 관하여 많은 것을 듣고 배웠다.

신봉승 지음, 이동인의 나라

운부암은 일본식민지시대까지도 조선의 유명 수행처로 명성을 가지고 있었다. 그래서 북쪽에는 금강산金剛山의 마하연摩訶衍 선원이 최고이고 남쪽에는 운부암 선원이 최고의 수행도량이라고 하여 '북마하연 남운부'라는 말도 생겼다. 마하연은 산스크리트어 마하야나(mahā-yāna)를 음역한 것이기에 글자 자체로는 별 의미가 없고 뜻으로 한역하면 대승大乘이라는 말이다.

근래에 와서도 경허鏡虛(1849-1912), 만공滿空(1871-1946) 등 불교계의 기라성 같은 고승대덕들이 수행한 곳으로도 유명하다. 25세에 범어사 동산東山(1890-1965) 화상을 은사로 하여 사미계를 받고 여러 곳을 다니며 참선 수행을 하던 성철性徹(1912-1993) 화상도 28세 때인 1939년에 운부암에서 하안거夏安居를 지내고 이듬해 동안거冬安居도 이곳에서 지냈다. 당시 운부암에는 나중에 종정宗正이 되는 동산 화상이 조실로 주석하고 있었다.

동산 화상은 주시경周時經(1876-1914) 선생에게서 신학문을 배우고 조선총독부 부설 경성의학전문학교를 졸업하였는데, 용성龍城(1864-1940) 화상을 만나 범어사로 출가하였다. 오경석 선생의 아들인 오세창吳世昌(1864-1953) 선생이 동산 화상의 고모부가 된다. 청사晴斯 안광석安光碩(1917-2004) 선생도 동산 화상의 문하로 출가를 하였고, 오세창 선생 문하에서 서법과 전각 등을 공부하였다.

성철 화상은 운부암에서 수행할 때 평생의 도반이 되는 향곡香谷(1912-1978) 선사를 만났다. 동갑인 두 화상은 한국불교를 혁신하고 중흥하는 길에서도 거침없이 동행하게 된다. 그야말로 평생 둘도 없는 도반이었다. 천하의 향곡 선사가 길러낸 인물이 종정을 지낸 진제眞際(1934-) 선사이고, 전강田岡(1898-1975) 선사가 길러낸 불세출의 선장이 송담松潭(1927-) 선사이다. 그래서 사람들은 천하의 도인을 불러 '북송담 남진제'라고 부르기도 한다. 그 이전에 사람들은 '북전강 남향곡'이라고 먼저 불렀다.

바위에 의지한 중암암은 산내 암자중 가장 높은 곳에 있다. 오래된 부도와 여말선초 시대로 보이는 삼층석탑도 있다. 이 높은 곳에 매달려 그 무엇을 찾고자 한 이들은 도대체 누구이던가? 1485년(성종 16)에 중창한 기록이 있는 묘봉암은 여기서 골짜기를 건너 저편에 있다.

기기암奇奇庵은 본찰에서 나와 개울을 지나 다시 산길을 한참이나 올라가야 한다. 소나무 울창한 그 길을 재미삼아 걸어가기는 힘들다. 이런 곳에 작은 암자를 지은 것을 보면 범인凡人은 오지 말고 수행자나 오라는 말인 것 같다. 이 산사는 원래 안흥사安興寺였는데, 1801년(순조 1)에 중창되었다.

현재 기기암은 수행승들이 참선 수행을 하는 도량이다. 조선시대에는 기성 대사의 명성이 널리 알려져 유학자들도 들르곤 했다. 영조 때 사복시판관司僕寺判官을 지낸 치재恥齋 김상직金相直 선생도 은해사를 방문했을 때 기성 대사를 만난 사실을 그의 문집

『치재유고恥齋遺稿』에 써놓았다.

근래에는 이곳에서 수행한 당대의 선장禪匠 휴암休庵(1941-1997) 화상이 불교의 세속화와 기복화를 비판하며 『장군죽비』로 백호출림白虎出林의 포효를 하였으나, 어이없는 사고로 이 세상을 떠났다. 서울대 법대를 졸업하고 출가하여 수행자의 길을 걸어온 선지식이 불교 혁신에서 큰 역할을 다하지 못하고 일찍 아미타불의 곁으로 떠난 것이 참으로 안타깝다. 나는 젊은 시절 『장군죽비』를 읽으며 그 장쾌함에 깊은 인상을 받았다. 거침없는 삶을 살고 싶었다.

기기암 전경

오늘날 은해사의 산내 암자인 거조암은 원래 거조사居祖寺였다. 『신증동국여지승람新增東國輿地勝覽』에도 그렇게 되어 있다. 신라 때 창건되었다고 하는데 정확한 시기는 알 수 없다. 최근에는 거조사라는 옛 이름으로 다시 돌아갔다.

고려시대에는 보조普照 국사 지눌知訥(1158-1210) 화상이 1188년(명종 18)에 선수행을 하는 결사인 '정혜사定慧社'를 조직하여 선종의 새로운 바람을 일으키기 시작한 장소로 유명하다. 지눌 화상은 당시에 불교가 매너리즘에 빠져 있는 것을 병통으로 여겨 언젠가 뜻을 같이 하는 수행자들과 결사를 하고 불교 혁신운동을 해야겠다고 마음먹고 있었는데, 당시 거조사의 주지를 맡고 있던 득재得才 화상이 그 뜻을 함께하고 예천醴泉의 보문사普門寺에 주석하고 있던 보조 국사를 거조사로 모시고 와서 '정혜쌍수定慧雙修'를 내걸고 본격적으로 불교 혁신의 바람을 일으켰다.

보조 국사가 지은 그 유명한 「권수정혜결사문勸修定慧結社文」을 지은 곳이 바로 여기다. 당시 국사의 종풍 혁신에 뜻을 같이 하는 납자들이 날로 모여 들어 거조사의 공간이 감당을 할 수 없는 지경에 이르자 2년 후인 1200년(신종 3)에 그 장소를 순천順天의 송광사松廣寺로 옮겼다. 송광사로 옮겨가면서 결사의 이름을 정혜사에서 수선사修禪社로 변경하였다.

거조사가 나한신앙의 중심지로 된 것은 고려시대 후기인 1298년(충렬왕 24)에 원참 화상이 아미타불의 정진에 힘쓰면서 그렇게 되었다. 그 이후 1375년(우왕 1)에 영산전靈山殿이 창건되고 중수를 거듭하여 지금에 이르고 있다. 그 안에는 석가모니불상과 526위의 석조나한상을 모시고 있다.

이후 거조사는 나한신앙의 기도도량으로 번창해갔다. 조선시대에 와서는 1786년(정조 10)에 영산전의 후불탱으로 영산회상도가 조성되기도 했지만, 1799년(정조 23)에 편찬된 『범우고梵宇攷』에는 거조암의 절터만 남아 있다고 되어 있어 그 당시에는 거조사가 거의 폐사 지경에 이르렀던 것 같다. 1920년대 사진을 보면, 거조사의 터에 영산전만 남아 건물에 바짝 붙은 흙담으로 둘러싸여 있

1920년대 은해사 전경

고, 그에 딸린 조그만 요사채만 보인다.

거조사의 주차장에 도착하면 「靈山樓영산루」라는 현판이 걸려 있는 신축한 문루가 있다. 적합한 이름인지는 잘 모르겠으나 거조사에는 근래까지 영산전만 남아 있어 그렇게 지은 것 같다는 생각이 든다.

문루 아래로 들어가 돌계단을 올라가면 영산전 앞마당으로 바

영산전

설현신 글씨, 영산전 현판

로 들어선다. 주위에 다른 전각들이 없어서 그런지 간결하면서도 장중한 영산전은 위엄있게 서 있다. 「靈山殿 영산전」이라는 현판은 설현신薛玄愼이 라는 사람이 썼다고 하는데, 해서체 로 쓴 큰 글씨가 웅장하고 미려하다. 영산전은 붓다의 일생을 전 하는 공간이기 때문에 현재불인 석가모니불과 과거불인 제화갈 라보살提和竭羅菩薩, 미래불인 미륵보살의 삼세불을 봉안하는 것

이 핵심인데, 거조사의 영산전은 이러한 삼세불 이외에 500나한
을 봉안하여 500나한전의 기능을 동시에 가지게 되었다.

맞배지붕을 하고 있는 영산전의 공포는 고려 말기와 조선 초기
의 주심포柱心包 양식의 형태를 충실하게 가지고 있는 것이어서
중요한 문화유산적 가치를 가지고 있다. 이처럼 영산전은 봉정사
극락전(13세기), 수덕사 대웅전(1308), 부석사 무량수전(1376), 조사
당과 함께 우리나라에 남아 있는 고려시대의 불교 건물로서도 중
요한 가치를 가지고 있다. 영산전 앞마당에는 통일신라시대의 3

삼층석탑

층석탑 하나가 서 있다. 중 암암에 있는 3층석탑과 흡 사하다.

영산전과 관련하여 주목 되는 것은 당시 운부암에 주석하고 있던 영파 대사 가 그간에 내려오던 나한재 羅漢齋를 봉행하는 의례를 체계적으로 정리한 『오백성 중청문五百聖衆請文』을 편찬 한 일이다. 이 청문은 500 나한의 명호가 모두 기록되

어 있는 국내 유일의 자료이다.

영파 대사가 영산전을 중창할 때에도 폐허가 된 거조사 터에 낡은 영산전 하나만 덩그러니 남아 있었다. 영파 대사는 1801년 부터 1804년 동안 당시 스님들과 힘을 모아 건물을 중수하고 석 조나한상도 새로 수리하여 영산전을 정비한 다음 이를 맞이하는 의례를 올리게 되었는데, 이때 그의 스승인 함월해원涵月海源(1691-1770) 대사가 주석하고 있던 안변安邊 석왕사釋王寺에 내려온 의례 집을 구하여 이를 기초로 『오백성중청문』을 편찬하게 된다. 석왕

사는 조선왕조가 출범하기 전에 새 왕
조의 탄생을 발원하면서 무학無學(1327-
1405) 대사의 주도로 500나한상을 조성
하고 500나한재를 지냈던 사찰인데, 그
곳에 나한재를 지내는 절차를 적어놓
은 의례집이 내려오고 있었다.

『오백성중청문』에 의하면, 이곳 영산
전에는 나한상만 봉안되어 있는 것이
아니라, 중앙에 석가삼존상을 놓고 좌
우로 10대제자, 16나한상, 500나한상

거조암 오백성중청문

등 모두 526구의 나한상을 봉안하는 형태를 띠고 있다. 현재의
나한상은 조선 후기에 조성된 것으로 보는데, 이러한 나한상은
의상義湘(625-702) 대사의 〈화엄일승법계도華嚴一乘法界圖〉의 도상
에 따라 배치되어 있다. 화엄종주였던 영파 대사이었기에 그 배치
도 법계도에 따라 한 것으로 보인다.

『오백성중청문』에 기록된 500나한의 구성과 명호는 고려시대에
정해진 이후 전승된 것으로 현재까지 중국이나 일본에서 전해오
는 500나한의 구성과 명호와 다른 점이 주목된다. 중국과 일본
에서는 500나한의 구성과 명호가 모두 동일한데, 이 두 나라에서
봉안하고 있는 500나한에는 신라의 고승이 포함되어 있다. 당나

라에서 정중종淨衆宗을 개창하고 티베트불교에도 영향을 끼칠 만큼 이름을 날린 무상無相(680-756) 대사와 밀교密敎의 고승인 오진悟眞 화상이 각각 '무상공존자無相空尊者'와 '오진상존자悟眞常尊者'라는 이름으로 포함되어 있다. 천하의 무상 대사의 사리탑은 지금도 중국 팽주彭州 단경산丹景山 금화사金華寺에 있다. 무상 대사가 당시에 불교에서 얼마나 중요한 인물이었는지는 티베트 원전을 분석한 조병활 박사의 『바세연구』를 보면 그 일면을 알 수 있다.

오진 화상은 소년시절에 당나라로 건너가 밀교의 고승인 불공不空 Amoghavajra(705-774) 화상과 혜과惠果(746-805) 화상, 혜초慧超(704-787) 화상의 제자가 되어 공부하고 장안의 대흥선사大興善寺 등에 머물며 전국에 명성을 떨쳤다. 789년에 인도의 중천축국中天竺國으로 가서 밀교경전을 구해서 돌아오는 길에 티베트의 토번국吐蕃國에서 열반하였다. 의상 대사의 제자인 오진悟眞 화상은 동명이인同名異人이다.

일본의 구카이空海(774-835) 대사도 당시 밀교의 최고승인 혜과 화상의 법을 이어받은 뛰어난 제자였는데 일본에 귀국한 후 진언종眞言宗을 개창하였다. 중국 밀교의 총본산인 대흥선사에는 오늘날 그 역사적인 연원만 전해올 뿐 신라의 오진 화상, 혜초 화상이나 일본의 구카이 대사의 흔적은 찾아볼 수 없다. 이 절은 원래 서진西晉 때의 준선사遵善寺였는데 수나라 때 도읍지인 대흥성大興城의 정선방靖善坊에 있는 절이라는 의미로 그에서 글자를 따

와 대흥선사라고 하였다. 건물들은 모두 콘크리트 등으로 근래
새로 만들어 세운 것이다.

500나한의 수나 이름이 경전에 근거를 둔 것은 아니기 때문에
시대와 나라에 따라 차이가 있을 수는 있겠지만, 신라 출신의 이
유명한 고승이 우리나라에서 구성한 500나한에는 빠져 있고 중
국과 일본의 500나한에는 포함되어 있는 것이 이상하게 보인다.

거조사는 지금까지 나한신앙의 대표적인 사찰로 알려져 기도
를 하러 오는 많은 사람들의 발걸음이 끊이지 않는다. 거조사에

서는 해마다 나한대재羅漢大齋를 거행하고 있다.

사실 나한신앙은 인도에는 없었고, 중국에서는 송나라(960-1277) 때 형성되어 왕성하였다. 일본에서는 헤이안平安(794-1185) 시대에 송나라에 유학을 다녀온 일본 승려들에 의해 일본으로 전파되어 귀족들을 중심으로 나한의 그림이나 조각상을 모시고 나한들에게 귀한 공양물인 차茶를 공양하는 나한대재가 불교사찰에서 성행하였다.

중국에서 나한신앙은 천태종天台宗의 본산인 천태산天台山을 중심으로 성행하였는데, 일본의 입송구법승入宋求法僧들이 찾아간 대표적인 곳이 천태산이었다.

천태종은 수隋나라 천태지의天台智顗(538-597) 대사가 『법화경法華經』을 중심으로 교학을 완성시키고 『중론中論』을 지은 용수龍樹(Nagarjuna 150?-250?) 보살을 종조로 삼아 개창한 것인데, 일본에는 당나라시대 천태산에서 유학을 하고 돌아온 사이초最澄(767-822) 대사가 교토의 히에이산比叡山에 연력사延曆寺를 개창하여 열었고, 우리나라에서는 신라와 백제의 여러 승려들이 중국으로 가서 천태종을 공부하고 돌아왔다.

고려시대에는 의통義通(927-988) 대사가 중국 천태산 운거사雲居寺로 가 공부를 하고 중국 천태종의 16조가 되어 고려 승려 제관諦觀(?-970) 대사와 함께 천태종을 중흥시켰고, 대각 국사大覺國師 의천義天(1055-1101)은 중국으로 건너가 의통 대사에게서 법을 전

수받고 1086년에 귀국하여 1097년(숙종 2)에 개성에 신축한 국청사
國淸寺의 주지가 되면서 천태종을 개창하였다.

　다른 이야기이지만, 대각 국사가 1085년 송나라 수도 변경汴京으
로 가서 계성사啓聖寺 등에서 일 년 동안 머물고 있었을 때는 소
동파 선생이 조정에서 활동하고 있을 때인데, 서로 만나지는 못하
였다. 무슨 이유인지는 몰라도 동파 선생은 고려 사람들이 송나
라에 와서 자꾸만 자료를 달라고 하는 일 등에 대해 호의적으로
생각하지 않았다. 아마도 당나라 말기에 많은 중국 전적들이 해외

로 유출되고 정작 중국 본토에는 자료들이 거의 남아 있지 않았기 때문에 그 폐단을 알고 그러한 태도를 취한 것으로 보인다.

불교철학에서 말하는 아라한의 존재를 떠올려보면, 아라한이 기도의 대상이 되고 기복신앙으로 연결된 것이 생뚱스럽게 보이기도 하다. 그러나 동아시아에서 불교가 전파된 과정을 보면, 불교가 대중화될 때 어려운 불교철학의 체계를 문자도 모르는 대중이 알 수도 없고 이해하기도 어려운 것이었기에 부처든 보살이든 나한이든 경배의 대상으로 삼아 상이나 그림으로 형상화하고 소원을 이루어달라는 기도의 대상이 되어 버린 것이리라. 나한신앙에서는 아라한들이 각자 다른 신통력을 가지고 중생을 구제하고 행복하게 해주는 것으로 설정되어 있기에 이를 경배와 기도의 대상으로 한 것은 인간의 강렬한 소망에 의한 것이었으리라.

나한신앙이 강해지면서 16나한으로는 충분하지 않아 수많은 소원에 상응하는 신통력과 공능功能을 가진 나한들이 더 필요할 수밖에 없었으리라. 그리하여 500나한으로까지 확장되었는데, 고려시대에는 특히 권력을 가진 계층을 중심으로 하여 500나한상을 제작하여 봉안한 일이 많았다. 이 시절에 나한도羅漢圖가 많이 그려진 이유이기도 하다.

인도의 16아라한은 현장 법사에 의해 『대아라한난제밀다라소설법주기大阿羅漢難提蜜多羅所說法住記』가 번역된 당 왕조 말기에 18

나한으로 발전하여 송 왕조 때에는 500나한으로까지 나아갔고, 나한들을 봉안하는 건물을 따로 짓기도 하였다. 나한에 대한 그림을 그리고 조각상을 만들어 봉안하는 일은 오대五代시대(907-979)에 유행하기 시작하였다.

불교가 철학이 아니라 신앙이 되는 종교가 되려면 구원(구제, 사죄赦罪)과 영생(부활, 극락왕생)이라는 요소가 있어야 하기에 나한신앙도 붓다의 가르침과는 달리 후세 인간들에 의해 형성된 것이리라. 구원과 영생은 수천 년 전 이집트, 그리스의 고대 종교에서도 있었는데, 동서를 막론하고 종교적 신앙에서는 그 출발점에서 생성된 관념이기에 수행자들이 기복신앙의 폐단을 아무리 강조해도 대중들은 이를 쉽사리 수용하려고 하지 않는다. 도리어 종교를 철학으로 받아들인다고 비난한다.

결국 불교의 진면목은 아니지만 대중들이 그러하니 불교에서는 '방편'이라고 하며 타협을 하게 된다. 불교가 기복祈福종교가 아니고 기독교가 기복신앙이 아니라고 수행자나 종교이론가들이 아무리 강조를 해도 이에 귀 기울이는 대중은 흔하지 않다. 구원과 영생이라는 것이 인간 욕망의 저변에 흐르는 가장 강렬한 원망願望인데 이를 어떻게 부정할 수 있겠는가. 선종에서는 이러한 것도 망상이니 모두 버리라고 하지만 말이다. 그 많은 나한상과 나한도를 봉헌한 사람들이 모두 복을 받았다는 기록은 잘 보이

지 않는다.

붓다는 말했다. 무명에서 깨어나 지혜를 닦아 사성제四聖諦를 증득하고, 그를 이해했으면 이해한 너 자신을 등불로 삼아 굳건히 믿고 실천하라. 그러면 고苦는 없어지고 즐겁게 살게 된다. 간단한 가르침인데 욕망이 부글거리는 인간으로서는 이것이 잘 안 되니 나한들만 붙들고 매달린다. 나무석가모니불.

보화루 앞 적벽

　요즘은 500나한상이 그 표정이 각각 다르고 코믹하고 깜찍스럽
다고 하면서 미술의 인물조각으로 전시도 하고 관람도 한다. 재미
있는 모습이다. 아무튼 나는 영산전을 나오며 500아라한들이 기
도하는 사람들의 소원을 다 들어주기를 중생의 마음으로 기원해
보았다. 그 소원에 아라한과阿羅漢果(arhat-phala)를 얻기를 바라는
소원도 부디 들어있기를 기대하면서.

보화루와 마주하고 있는 건너편의 적벽赤壁 아래 맑은 물을 조용히 보고 있으면 시간도 잊는다. 송화가루가 날아와 수면 위에 소리 없이 앉는 시간도 고요함이고, 가을날 단풍 사이로 맑은 물에 비치는 푸른 하늘도 고요함이다. 움직이든 멈추어 있든 물을 보고 있으면 물을 보는 것이 아니라 내 마음을 보게 된다. 물이 고요하니 물에 비추어진 내 마음이 드러나고 물이 흘러가니 내 마음의 근원을 짐작할 수 있다.

그래서 유가儒家든 불가佛家든 수양을 통하여 인간 완성의 길을 추구한 도학자道學者들은 고요함(靜) 속에서 물을 보는 '관수觀水'와 '관란觀瀾'을 높이 쳤을 것이다. 물가의 정자에 '관란정'이나 '관수정'이라고 하는 이름의 현판을 건 이유이기도 하다.

달빛 비치는 고요한 밤에 이 앞에 앉아 있어 보아도 좋으리라. '花影忽生知月到화영홀생지월도 竹梢微動覺風來죽초미동각풍래'라고 한 옛 사람의 시구가 딱 들어맞는다. '홀연히 꽃의 그림자 생겨남에 달이 머리 위에 이르렀음을 알았고, 대나무 가지 끝이 살짝 흔들림에 바람이 불어옴을 깨달았도다.'라는 말이다.

서산에 해가 넘어갈 때 은빛 바다에서 노닐다가 다시 속세로 돌아왔다. 뒤를 돌아보니 구름은 보이지 않고 높은 하늘만 보였다.

청암사

경북 김천시 증산면 평촌2길 335-48

지금은 경상도가 행정구역상 북도와 남도로 나누어져 있지만 그 이전에는 경상도였다. 낙동강洛東江을 중심으로 우도와 좌도로 나누어져 있었다. 오늘날 경상북도와 경상남도에 속하는 김천, 고령, 성주, 합천, 거창, 산청 등 여러 지역이 가야산伽倻山을 중심으로 주위에 분포되어 있다. 그래서 그 지역에 사는 사람들은 서로 왕래도 자연스러웠고 빈번했다.

경상북도 김천시 증산면 불영산佛靈山으로 찾아가는 곳은 구경 삼아 가는 것이 아니라 지금도 붓다의 진리를 공부하고 수행하는 승려들이 용맹정진勇猛精進하는 곳이기에 마음가짐도 진지하고 발걸음도 겸허하다.

이 지역은 전라북도의 덕유산德裕山과 경상남북도에 걸쳐 있는 가야산 사이에 있어 산천의 경관이 뛰어나고 산수풍광山水風光이 계절에 따라 모습을 바꾸며 그 아름다움을 우리에게 선사하고 있다. 영토가 작은 우리나라에서 이처럼 풍광이 아름다운 곳을 곳곳에 두고 사는 우리는 참으로 복된 곳에 살고 있다. 이런 경우를 한마디로 표현하고 싶어서 세상에 없는 신선神仙까지 끌어와 동천洞天이니 선계仙界니 하고 부르거나 유토피아utopia니 이상향理想鄕이니 샹그릴라Shangri-la니 하는 말을 만들어낸 것이리라.

여기에도 바위에 佛靈洞天불영동천이라 새기기도 했고, 수도산을 선령산仙靈山이라고도 하고 그 정상을 신선대神仙臺라고 부르기도 했다.

가을이 깊어가는 산에는 붉은 단풍이 타들어 가고 푸른 소나무와 곧게 서 있는 잣나무는 사시사철 변함없이 자기 모습을 하고 있다. 고송특립孤松特立에 독야청청獨也青青이라고 했던가. 하늘로 솟은 기암절벽의 바위와 맑은 개울물을 보노라면 청천벽립青天壁立에 청정자심清淨自心이라는 말이 가슴에 와 닿는다. 그 산들에 간혹 황금색으로 넓게 카펫을 깔아 놓은 것은 군락을 이룬 전나무들이다. 가을날 청암사青巖寺와 수도암修道庵으로 가는 길은 이런 단풍들이 화려하게 장식하고 있는 진리의 궁전으로 들어가는 길이다.

성주에서 대가천大伽川을 따라 산으로 들어가면 당대의 거유 한강寒岡 정구鄭逑(1543-1620) 선생이 경영했던 무흘구곡武屹九曲이 펼쳐져 있다. 제1곡인 회연서원檜淵書院을 앞에 두고 있는 봉비암鳳飛巖에서 산자수명山紫水明한 산들과 계곡을 따라가면 실로 가야산을 둘러싸고 펼쳐지는 비경 속으로 들어가게 된다. 여기서 전국에서 제일 긴 구곡을 찾아들면 마지막에 제9곡인 용추龍湫의 폭포에 이른다. 산에서 흘러내린 물이 높은 바위 끝에서 은빛 구슬을 공중에 흩날리며 수직으로 떨어지는데, 아래에는 맑은 소

용추폭포

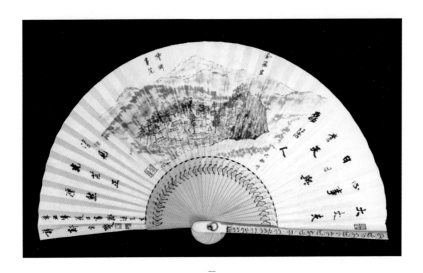

정종섭 그림·글씨, 봉비암과 회연서원

沼를 이루고 있고, 떨어지는 물소리는 실로 장엄하다. 여름날 이
마에서 흐르는 땀은 이 시원한 소리에 멀리 달아나고 만다.

조선시대에 주자학朱子學을 최고의 지위에 놓고 공부하던 학자
들과 선비들은 송나라 주희朱熹(1130-1200)의 무이구곡武夷九曲의
세계를 흠모하며 우리 산천에도 구곡을 정하여 경영하였는데, 이
무흘구곡도 그 하나이다. 자연과 인간이 일체가 되는 공간 속에
서 방대한 장서를 수집하여 놓고 지식을 탐구하며 많은 지식인들
과 함께 연구와 토론을 한 정구 선생의 족적들이 이제는 자연 속

중국 무이산 무이구곡

에 희미하게 남아 있고, 곳곳에 서 있는 표지판만이 우리에게 그 시절의 편린片鱗을 전달해 주고 있다.

이들은 무엇을 위하여 이런 삶을 살아갔을까? 인간의 문제를 구명하고 해결하기 위한 여정이었으리라. 어떤 이들은 출사出仕하여 나라의 일에 헌신하였고, 어떤 이들은 광대한 지식의 바다에서 평생 탐구에 몰두하기도 했다. 그 중에는 인간 완성의 길을 걷는다면서 내면으로 침잠하며 구도자와 같은 삶을 살아간 이들도 있었다.

무이구곡 제1곡

대가천 계곡으로 이어진 성주로를 따라 계속 들어가면 중산면 면사무소가 있는 곳에 이르는데, 이 지역은 옛날 〈불영산쌍계사 佛靈山雙溪寺〉가 있었던 곳이다. 옥동 마을에 있는 쌍계사는 큰 사찰이었는데, 6·25 전쟁 기간 중인 1951년 여름날 북한 공산군이 불을 질러 전소되어 버렸다. 여기서 수도암으로 오르는 길로 가지 말고 곧장 중산로를 따라가면 청암사에 이른다.

청암사는 본래 쌍계사에 속한 난야蘭若로 지어졌다고 한다. 영조英祖(재위 1724-1776) 6년인 1730년에는 쌍계사를 옹주방翁主房에 속하게 하여 원당願堂으로 세수와 공납을 받게 하는 바람에 백성들의 원성이 높아 조정에서 논란이 된 적도 있었고, 정조正祖(재위 1776-1800) 때에는 박학다식했던 서계西溪 박세당朴世堂(1629-1703) 선생의 문집인 『서계집西溪集』의 목판을 쌍계사에 보관하고 추각追刻하기도 했다. 1891년(고종 28)에 그의 후손인 박제억朴齊億(1826-?) 선생이 성주목사로 와 있던 시절에 이 목판들을 청암사로 옮겨 정리하기도 했다.

서인 세력 중에서도 소론이었던 박세당 선생은 주자 일변도의 학문과 송시열의 입장에 대해 비판적인 입장을 취하며 노론과 대립을 하다가 말년에 사문난적斯文亂賊으로 찍혀 유배형에 처해지기도 했다. 그는 강직하고 뛰어난 두 아들 박태유朴泰維(1648-1698)와 박태보朴泰輔(1654-1689)를 먼저 세상으로 떠나보내는 비극을 겪기도 했는데, 박태보 선생은 숙종肅宗(재위 1667-1674)이 인현왕후仁顯王后(1667-1701)를 폐위하는 것에 반대하다가 고문으로 인하여 유배지로 떠나기 전에 노량진에서 세상을 하직하고 말았다.

오늘날 수도산修道山이라고도 부르는 불영산에는 신라 헌안왕憲安王(재위 857-861) 2년인 858년에 도선道詵(827-898)이 쌍계사와 함께 수도사와 청암사를 창건하였다고 한다.

도선이라는 이름만 등장하면 풍수風水니 비보裨補니 하는 말만 풍성하기에 붓다의 진리를 찾아 얼마나 진지하게 구도자의 길을 걸어갔는지는 알기가 쉽지 않다. 풍수나 보고 비기秘記니 도술道術이니 하는 등 이상한 행적을 남긴 승려로만 전해지고 있다.

그에 더하여 왕건王建(재위 918-943)이 새 나라의 왕이 된다고 예언하였다고 하여 고려 왕실에서는 후대로 내려오며 죽고 없는 사람에게 왕사王師와 국사國師의 칭호까지 부여하고 받들었으니 불교 승려가 권력자의 등극을 예언하고 맞추는 예언가가 되어야 주목을 받을 판이 되었다. 하기야 21세기 과학의 시대에도 입학시험이나 선거철이면 무술인, 점술가, 풍수가들의 말이 횡행하고 있는 한국이니 더 말할 나위가 없다.

역사를 거슬러 올라가보면, 찬란한 문화의 꽃을 피웠던 신라가 말기로 오면서 권력투쟁으로 망국의 길에 접어들고 사회는 해체되어 가면서 백성들은 자신들의 삶과 미래를 나라에 맡기기보다 각자도생으로 살 길을 찾아 나서야 할 형편이었기에 이런 괴이한 언설들이 등장했을 만도 하다.

지방의 선종 사찰의 승려들도 어지러운 권력투쟁에서 각기 어느 한편에 서서 자신이 지지하는 사람이 새 왕이 될 것이라고 예언을 하기도 했으니, 지식이 일천하고 세상 사정을 잘 알 수 없는 백성들로서는 참언과 술수에 휘둘리며 의존하는 경향이 널리 확산되었으리라. 나라가 백성의 삶을 지켜주지 못하는 형편이니 누구를 탓할 것인가. 그렇지만 불교의 수행승이 예언이니 비법이니 비기니 도술이니 하면서 점이나 치고 풍수를 보면서 중생을 현혹시킨다면 붓다의 가르침에서 멀어져도 한참 멀어진 것으로 보인다.

청암사가 창건되던 그 시절에는 당시 당나라에서 귀국하여 동리산문桐裏山門을 연 혜철惠哲=慧徹(785-861) 국사가 이곳에 머물기도 하였다. 나중에는 급기야 도선이 이 혜철 국사의 제자라는 이야기까지 만들어지지만 말이다. 그 시절 신무왕神武王(재위 839.1.-839.7.)의 이복동생으로 왕이 된 헌안왕은 불교를 통치이념으로 하여 통치기반을 굳건히 하려고 했기에 태종무열왕의 8대손으로 보령 성주사聖住寺에 주석하고 있던 낭혜무염朗慧無染(801-888) 화상을 존숭하여 제자로서의 예를 갖추기도 했다.

또 설악산 억성사億聖寺에 주석하며 선법을 펼쳐간 염거廉居(?-844) 화상의 문하에서 수행한 후 장흥 보림사寶林寺에 주석하고 있던 체징體澄(804-880) 선사가 가지산문迦智山門을 개창하는 일에도 적극 후원을 하였다. 이러한 그의 강한 불교적 통치이념이 지배하던 환경에서 쌍계사, 청암사, 수도사 등이 창건된 것으로 보인다.

조선시대 대학자 장복추張福樞(1815-1900) 선생의 문집 『사미헌집四未軒集』에 의하면, 수도산은 신라 말에 신방神昉(?-?) 화상이 은거하며 수도하던 곳이라 하여 산의 이름이 수도산으로 되었다고 한다. 인적이 드문 이곳은 그 옛날부터도 난세의 혼란을 피하여 은거하기에 좋은 곳으로 알려져 왔던 것 같다.

대자은사와 대안탑

신방 화상은 650년(진덕여왕 4)에 현장玄奘(602?-664) 법사가 장안
의 대자은사大慈恩寺에서 불경을 번역할 때, 필수筆受로 참가하기
도 한 당대 유식학唯識學의 대가였다. 불경을 번역하는 역장譯場
에서 서자書字가 산스크리트어로 된 글을 소리내어 읽으면 그 뜻
에 알맞는 한자로 번안하는 역할을 하는 이가 필수인데, 불경 번

일주문

역에 있어서 가장 중요한 역할이다. 연도로 보면, 신방 화상이 수도산에 머물렀을 때는 청암사 등이 창건되기 한참 전이다.

청암사에 들어서면 일주문―柱門을 맞이한다. 지금부터 속계를 떠나 붓다의 세계로 들어선다. 세속에 물든 사념邪念을 지금이라도 떨쳐버려야지 하는 생각이 자연스럽게 든다. 둥근 기둥을 나란히 세워 팔작지붕을 얹은 문은 1976년에 새로 건립한 것으로 1993년에 현재의 자리로 옮겨왔다.

일주문에는 성당惺堂 김돈희金敦熙(1871-1937) 선생이 예서체로 쓴 「佛靈山靑巖寺불영산청암사」라는 현판이 걸려 있다. 강화도 전등사傳燈寺의 대웅보전과 약사전에 걸려 있는 주련에서도 볼 수 있듯이, 그가 구사하던 개성적인 결구結構로 썼다. 옛날의 일주문에 있었던 것을 여기에 걸어놓은 것으로 보인다.

김돈희 선생은 역관을 지낸 6대조 할아버지 때부터 중국에서

김돈희 글씨, 전등사 대웅보전 주련

구입한 방대한 장서를 통하여 신진 문물과 지식을 공부하였고, 사자관寫字官을 지낸 아버지에게서 한학과 서예를 배웠다. 우리나라 최초의 근대 법학교육기관이자 서울대학교 법과대학의 출발점이기도 한 법관양성소法官養成所를 졸업한 후에는 관직으로 나가 검사 등을 지냈다.

서화에도 탁월하여 조석진趙錫晉(1853-1920), 안중식安中植(1861-1919), 오세창吳世昌(1864-1953), 김규진金圭鎭(1868-1933) 등과 함께 서화협회書畵協會를 창립하고 후일 그 회장을 맡아 활약하기도 하였으며, 서법연구단체인 상서회尙書會를 결성하여 많은 제자들을 배출하기도 했다. 중국의 여러 서체를 섭렵한 다음에 개성을 가진 자신의 서체를 구사하였는데, 특히 그의 해서楷書 글씨에는 송나라 대문호 산곡山谷 황정견黃庭堅(1045-1105)의 서풍이 진하게 깔려 있다.

일주문을 지나 아름드리 소나무들이 솔향기를 내뿜는 송림松林 사이로 걸으면 산사의 고즈넉한 분위기를 만끽할 수 있다. 인적이 드문 시간에 홀로 느린 걸음으로 걸어보는 것도 좋으리라. 지금은 직지사直指寺에 소속된 말사로 번창하지만, 조선 중기에 와서 의룡 율사義龍律師가 중창한 이래 1647년(인조 25)에 화재로 소실된 후 화재와 중건을 반복하다가 1897년(고종 34) 무렵에는 폐사되는 지경에 이르고 말았다.

천왕문

송림 사이로 난 길을 걷다 보면 천왕문天王門을 만난다. 천왕문
이 서 있는 곳 옆에는 회당비각晦堂碑閣, 대운당비각大雲堂碑閣, 사
적비事蹟碑 그리고 여러 공덕비 등이 서 있는 비림碑林이 있다.

회당비각 안에는 귀부龜趺와 이수를 모두 갖춘 회당(원래의 호는
회암晦庵) 즉 정혜定慧(1685-1741) 대사의 탑비가 있다. 벽암각성碧巖
覺性(1575-1660) 대사의 법맥을 이은 모운진언慕雲震言(1622-1703) 대
사를 이어 당대 화엄종주로 활약한 이가 정혜 대사이다.

'유명조선국불영산쌍계사정혜대사비명병서有明朝鮮國佛靈山雙溪
寺定慧大師碑銘幷序'라는 비제碑題로 시작하는 비문은 영조 20년

1744년에 우의정 조현명趙顯命(1690-1752) 선생이 짓고, 영의정을 지낸 서종태徐宗泰(1652-1719) 선생의 아들이자 좌의정과 판중추부사를 지낸 서명균徐命均(1680-1745) 선생이 썼다.

경상도관찰사를 지내기도 했던 조현명 선생은 정혜 대사의 진영眞影에 찬讚도 지었는데, 학문뿐만 아니라 서예에도 뛰어났다. 정혜 대사와의 관계를 보면, 그의 사촌동생인 조구명趙龜命(1693-1737) 선생이 정혜 대사와 오랜 친분을 유지하였다. 조구명 선생은 일가친척들이 권력을 잡고 출사할 때에도 과거시험의 폐단을 비판하며 출사를 거절하고 다방면의 지식 탐구에 힘썼다. 서화에도 조예가 깊었다. 조현명 선생이 이 비문을 지었을 때는 조구명 선생은 이미 7년 전에 세상을 하직한 후였다. 서명균 선생은 해서楷書에도 뛰어나 많은 비석의 글씨를 썼다.

쌍계사의 〈정혜대사비〉는 현재는 청암사의 사역에 서 있다. 쌍계사가 폐사되면서 그 비를 이곳으로 옮겨놓은 것으로 보인다. 회당비각의 편액은 성당 선생이 썼다. 대운당비각에는 권상로權相老(1879-1965) 화상이 비문을 지은 대운당 금운金雲(1868-1936) 화상의 비가 서 있다.

1919년 3·1독립운동이 요원의 불길로 번져갈 때 청암사의 승려들은 시위에 참가하여 일본의 제국주의적 침략에 저항하기도 하였다.

대운당비각, 회당비각, 청암사사적비

아무튼 3·1독립운동이 전국적으로 전개될 때 3만 장을 인쇄한
〈독립선언서〉는 천도교, 기독교, 불교에서 나누어 맡아 전국으로
배포하기로 했는데, 그 중 불교 측에서는 1만 장을 배포하기로 하
여 범어사梵魚寺, 해인사海印寺, 통도사通度寺, 동화사桐華寺 등으로 전
달되었고, 특히 해인사에서는 1만 장을 더 인쇄하여 시위현장에서
뿌렸다. 다들 목숨을 내놓고 조국의 독립을 위하여 한 일이었다.

그런데 1937년에 중일전쟁이 발발하자 '조선불교중앙교무원'에서는 당시 31본사 주지 대표이던 이종욱李鍾郁(1884-1969) 화상의 주도로 일본의 무운장구를 기원하는 제祭를 봉행하고 시국강연회를 개최하기에 이르렀는데, 그 당시 김태흡金泰洽(1899-1989) 화상도 권상로 화상과 함께 시국강연에 참여하여 일본의 군국주의적 침략을 지지하는 행보를 보이기도 했다. 일본제국주의의 억압적인 통치 아래에서 꺼져가는 조선의 불교를 지키고자 한 생각하에서 이런 행보를 했을 수도 있겠지만, 불교에 대한 열정도 많고 공부도 많이 한 두 화상의 뛰어난 능력을 생각하면 안타까운 마음이 든다.

천왕문에는 안쪽에 사천왕四天王을 그린 그림이 양쪽으로 마주보며 세워져있다. 여러 차례 화재로 소실되고 다시 세우기를 반복하면서 현재는 사천왕을 그림으로 그려 놓았는데, 어느 땐가는 나무로 조성한 사천왕상이 있었을지도 모를 일이다. 사천왕은 불

천왕문 사천왕상 그림

교에서 동서남북의 네 방위로 붓다를 지키는 수호신으로 형상화
되어 있는데, 그 옛날 인도의 힌두Hindu에서 동서남북으로 네 마
리 동물들이 쉬바Shiva신을 지키는 관념에서 변형되어 온 것으로
본다.

천왕문을 지나면 산에서 내려오는 석간수石間水가 솟아나는 우
비천牛鼻泉을 만난다. 이상한 이야기이지만, 풍수지리로 볼 때 청
암사의 지형이 소가 왼쪽으로 누워있는 와우형臥牛形의 명당이고
이곳이 누운 소의 코에 해당하여 이름이 그렇게 붙었다고 한다.
샘물이 마르느냐에 따라 청암사의 성쇠도 달라진다고 한다. 샘에
물이 넘쳐도 문제고 물이 말라도 문제가 된 모양이다. 풍수니 명

대웅전으로 가는 길

당이니 하는 이야기에 현혹되지 말고 부디 시원한 감로수甘露水
한 잔 마시고 붓다의 가르침에 귀 기울여 지혜가 밝아지고 진리
를 얻기를 기원해 본다.

바로 앞에는 깊은 계곡을 건너는 다리가 놓여 있다. 다리가 없
던 옛날에는 이 계곡을 건너다니기가 쉽지 않았으리라. 계곡 양
쪽에 수문장처럼 우람하게 서 있는 높은 암벽에는 글귀와 많은
사람들의 이름이 새겨져 있다. 그중 행서로 쓴 '虎溪호계'라는 글자
가 있는데, 누군가 이 골짜기를 동진東晉시대 여산廬山 동림사東林
寺의 혜원慧遠(334-416) 선사같이 고종시考終時까지 계곡 바깥으로

글씨들이 새겨진 바위

나가지 않을 결심을 하고 새겼을지도 모른다.

많은 이름 가운데 '崔松雪堂최송설당'이라는 큰 글씨가 눈에 띈다. 이름을 알 수 없는 김천 출신의 최송설당(1855-1939) 여사는 남편과 사별한 후 불교에 귀의하고 후일 영친왕英親王(1897-1970)의 보모상궁이 된 인물이다. 고종高宗(재위 1863-1907)으로부터 '송설당'이라는 호를 하사받은 그는 임금과 영친왕의 친모인 엄비嚴妃(1854-1911)의 지원 하에 엄청난 재산을 모았는데, 후에 어려운 사람들의 구제와 교육사업에도 진력하였고, 김천고등보통학교도 설립하여 지금까지 인재들을 배출하고 있다.

최송설당 각자 바위

—
극락교에서 본 전경

　증산면 출신의 대운병택大雲丙澤(1868-1936) 화상이 쌍계사로 출가한 후 1897년부터 청암사 주지를 맡아 사찰을 중건하며 당우를 보수하고 극락전과 보광전을 신축할 때 궁녀들의 시주를 모아주는 등 대대적으로 후원을 하였고, 화재 후 1912년 다시 청암사를 복원할 때에도 거액의 재산을 내놓았다. 그 공덕의 흔적이 바위에 남아 있다.

　청암사의 가람 배치는 중건을 거듭하면서 당우들이 들어서는 바람에 일주문에서 천왕문까지도 일직선이 아니고, 천왕문을 지나면 다시 방향을 바꿔 계곡을 지나게 되는데, 계곡을 건너면 다

시 왼쪽으로 방향을 바꾸어 새로 지어진 극락교極樂橋로 향하게
된다.

계곡의 물소리가 배경 음악처럼 흐
르는 극락교를 걸어 지나면 정법루正法
樓로 향하게 된다. 2층으로 된 정법루
는 아래 공간과 위층을 모두 문을 달
아 사용하고 있어 그 밑으로는 통과하

김돈희 글씨, 정법루 현판

지 못하고, 정법루 옆으로 돌아가면 대웅전大雄殿의 앞마당으로
들어서게 된다. 1940년에 건립된 정법루의 뒤쪽에는 성당 선생이
행서로 쓴 「正法樓정법루」의 현판이 걸려 있다.

정법루를 등 뒤로 하고 대웅전을 바라보면, 대웅전을 중심에 놓
고 왼쪽으로는 육화료六和寮가 있고, 오른쪽으로는 진영각眞影閣
이 있다. 모두 'ㄱ'자와 'ㄴ'자를 서로 붙여 놓은 꺾임이 있는 구조로
되어 있다. 앞마당에는 다층석탑이 서 있다.

1912년에 지은 육화료는 청암사 내에서 가장 큰 전각인데, 육화
六和는 '육화경법六和敬法'에서 나온 여섯 가지 법으로 신身·구口·
의意·계戒·견見·이利를 지칭하는 승가의 실천 규범을 뜻한다. 현
재 이 건물은 승가대학의 중심적인 공간으로 사용하고 있다. 청
암사는 1711년경부터 정혜 대사에 의하여 강원講院으로 명성을
날린 사찰인데, 지금도 니승尼僧들이 공부하는 승가대학으로 명
성을 이어가고 있다.

육화료

김돈희 글씨, 진영각 현판

김돈희 글씨, 육화료 현판

역시 같은 해에 지은 진영각에는 22분의 조사들의 진영이 봉안되어 있었는데, 현재는 직지사直指寺 성보박물관에 옮겨져 보관하고 있다. 원래는 회당 대사의 진영을 모시는 회당영각晦堂影閣으로 지어진 것인데, 청암사가 소실되고 후일 대운 화상이 중건할 때 그 자리에 육화료와 마주하여 현재의 진영각을 새로 지었다.

해서로 쓴 대웅전의 현판도 그렇지만, 육화료와 진영각의 현판
도 성당 선생이 해행체楷行體를 구사하여 강건하고 활달한 필치筆
致로 썼다. 이 현판들은 성당 선생이 쓴 현판 글씨 가운데 수려하
고 뛰어난 격을 갖추고 있는 것들이다.

대운 화상이 청암사 주지를 맡아 절을 대대적으로 중건하기 전
에도 청암사는 중수한 적이 있었는데, 1854년에 유학자인 응와凝
窩 이원조李源祚(1792-1871) 선생이 이의 전말을 담은 〈청암사중수
기靑岩寺重修記〉를 지었다.

이원조 선생은 18세에 문과에 급
제하여 출사한 후 사헌부 등에 봉
직하고, 강릉부사, 제주목사, 자산
慈山부사, 경주부윤, 대사간, 공조판
서 등을 지내며 나라에 오래 봉사

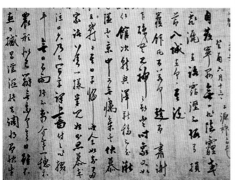

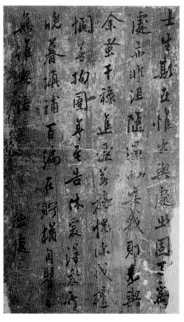

이원조 글씨

정온 선생 고택

를 하였다. 60세에 고향인 성주로 낙향했을 때는 포천구곡布川九曲을 경영하고 만귀정晩歸亭을 짓고 학문에 정진하여 많은 학문적 성과도 이루어낸 동시에 조정의 부름에 나아감과 물러남을 반복하였다. 서예나 서화에도 조예가 깊었을 뿐 아니라 그 자신도 서예에 뛰어났다. 제주목사로 지내던 시절에 제주에 유배된 추사秋史 김정희金正喜(1786-1856) 선생을 만나 깊은 교류를 가졌으니 서예에 관해서도 서로 많은 영향을 주고받았으리라 짐작된다.

그는 제주에서 목사로 근무할 때 1615년(광해군 6)에 영창대군永昌大君(1606-1614)의 죽음이 부당하다는 상소를 올렸다가 제주 대정大靜에 귀양을 와서 10년 동안 위리안치圍籬安置의 형을 받았던 대학자 동계桐溪 정온鄭蘊(1569-1641) 선생의 유적도 정비하였고,

스스로 「동계선생대정적려유허비명桐溪先生大靜謫廬遺墟碑銘」의 비
문을 짓고 뛰어난 솜씨로 직접 글씨를 써서 비를 세웠다. 동계 선
생은 남명학파의 학맥을 이었고, 한강 선생 문하에서도 공부를
하였다.

　조선시대 말에 학문뿐만 아니라 독립운동에서도 중심을 이룬
한주학파寒洲學派를 형성한 거유 한주寒洲 이진상李震相(1818-1886)
선생과 그의 아들 대계大溪 이승희李承熙(1847-1916) 선생도 이원조
선생의 집안사람들이다. 이진상 선생은 공부를 할 때에 숙부인
이원조 선생에게서도 많은 영향을 받았다.
　강직하고 개혁적이었던 대계 선생은 1905년 한일병합이 되자 을사오적乙巳五賊의 처단과 을사조약의 파기를 주장하는 상소를 올렸다가 옥고를 치르기도 했는데, 그후에도 국채보상운동과 헤이그 만국평화회의 지원에 적극 나섰다. 고종의 퇴위를 보고는 해외에서의 독립투쟁을 결심하고 국채보상운동은 제자인 심산心山 김창숙金昌淑(1879-1962) 선생에게 맡기고 1908년에 연해주 블라디보스토크로 망명하여 유인석柳麟錫(1842-1915) 선생, 미국 대한인국민회大韓人國民會에서 파견된 이상설李相卨(1870-1917) 선생, 단지동의회斷指同義會의 결성과 의병 투쟁을 준비하던 안중근安重根(1879-1910) 선생 등을 만나 본격적인 독립투쟁의 전선에 나섰다. 김창숙 선생은 1909년 성주에 있는 생가 옆의 청천서당晴川書堂에 성명학교星明學校를 열고 이를 근거지로 삼아 국내외적으로 독립운동의 활동을 전개해나갔다.

이승희 선생은 이상설 선생과 북만주 독립운동기지로 밀산현蜜山縣 한흥동韓興洞을 건설하고, 1913년 회당晦堂 장석영張錫英(1851-1926) 선생과 의논 하에 서간도 안동현安東縣 접리수촌接梨樹村으로 활동 영역을 넓혔다. 재만 한인 결속을 목적으로 동삼성한인공교회東三省韓人孔敎會를 설립하고 북경에서 캉유웨이康有爲(1858-1927)가 추진하던 공교운동孔敎運動에 함께 참여하여 외세에 대항하는 활동을 전개하기도 했다. 1914년에는 북간도 요중현遼中縣 덕흥보德興堡의 황무지를 매입하여 독립운동기지로 개척하는 등 동분서주하다가 결국 세상을 떠나고 말았다. 나라와 백성을 살

이진상 종택

리기 위해 전 재산을 다 투입하고 마음과 몸까지 모두 갈아 넣은 대학자의 실천적 삶은 이렇게 치열했고 비장했다.

한주 선생의 학맥을 이은 핵심 대학자 8인을 한주팔학사寒洲八 學士 또는 주문팔현洲門八賢이라고 한다. 장석영, 이승희, 후산后山 허유許愈(1833-1904), 면우俛宇 곽종석郭鍾錫(1846-1919), 자동紫東 이 정모李正模(1846-1875), 홍와弘窩 이두훈李斗勳(1856-1918), 교우膠宇 윤주하尹冑夏(1846-1906), 물천勿川 김진호金鎭祜(1845-1908) 선생이 그들이다. 그들이 망국의 지식인으로 얼마나 가슴 아파하며 시대

이원조 고택

를 치열하게 살아간 것인지는 우리가 잘 안다.

경북 성주시 '한개 마을'에는 이들이 남겨 놓은 역사적 발자취들이 지금도 선명하게 남아 있다. 면우 선생의 후손인 곽진郭槇 선생은 면우 선생이 24년 동안 머물렀던 거창군 다전茶田의 거처를 정돈하여 다전강학당茶田講學堂을 열고 지난 역사를 우리에게 조금이라도 전해 주려고 애쓰고 있다.

아무튼 이런 역사적 스토리를 남긴 그 집안의 이원조 선생이 관직에 있다가 잠시 성주로 낙향했던 시절에 당시 성주목에 속해 있던 청암사에 대한 중수기를 지은 셈인데, 거기에는 필시 어떤 연고가 있을 것 같은 생각이 든다.

그런데 이 시절 일본은 1889년에 이토 히로부미伊藤博文(1841-
1909)가 주도하여 아시아 최초로 근대 헌법인 대일본제국헌법大日
本帝國憲法을 제정하고 일본을 근대국가로 탈바꿈시켰고, 청일전
쟁淸日戰爭(1894)과 러일전쟁露日戰爭(1905)에서 승리한 후 대련大連
과 장춘長春을 잇는 만주철도를 개설하면서 만주 지역을 중심으
로 한 대륙 경영의 시동을 걸고 있었다. 1905년 이토 히로부미는
조선을 통치하는 통감統監이 되어 조선을 식민지로 정복하는 구
상을 진행시켰고, 1909년 안중근 의사에게 피살되었지만 1910년
결국 조선은 그의 구상대로 일본에게 복속되고 말았다.

전 세계는 지식과 기술을 기반으로 석유·전기의 동력혁명과 교
통·통신혁명을 이루어내고 중화학공업의 발달에 바탕을 둔 제2
차 산업혁명을 끝내고 제국주의시대로 돌입하여 전 지구를 대상
으로 식민지 정복의 치열한 경쟁을 하고 있었다. 일본도 이 흐름
에서는 늦었지만 제일 만만한 조선을 상대로 식민지 복속을 시도
한 것이었다. 그 결과 일본이 조선을 삼켜버렸다.

도대체 우리는 어떤 이유로 일본을 상대로 전쟁도 해 보지 못
하고 이런 꼴을 당하게 되었을까? 그 원인을 철저히 찾아내어야
한다. 이런 비극이 반복되지 않게 하려면 말이다. 응와 선생의 글
을 보다가 생각이 여기까지 와버렸다.

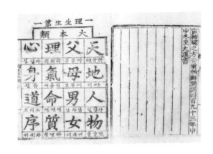

이승희 지음, 정몽유어

어린 시절 어느 날 아버지는 한 자 책을 펴놓으시고 나에게 따라 읽어라고 하셨다. 그날부터 나는 한 자를 배우기 시작했는데, 붓을 들고 신문지에 글자를 쓰기도 했다. 훗날 알고 보니 그 책이 이승희 선 생이 지은 『정몽유어正蒙類語』였다. 흔한 『천자문千字文』이 아닌 대게 선생의 책을 가지고 아들에게 글자를 가르치신 아버지의 뜻이 무엇이었을까? 법학자로의 삶을 살아오는 동안 자주 생각하게 한 부분이기도 하다.

대웅전

대웅전에 올라서면 김돈희 선생이 해서로 쓴 「大雄殿대웅전」 현판이 한눈에 들어온다. 기둥에는 주련柱聯을 나무에 새겨 거는 대신에 기둥에 바로 칠을 하고 글씨를 써 놓았다. 현재의 대웅전 건물은 여러 차례 화재로 소실과 중건을 반복한 끝에 1912년 주지를 맡은 선교양종대교사禪敎兩宗大敎師였던 대운 화상에 의해 건립된 것이다.

대웅전에 모셔진 석가모니불상은 1912년 대운 화상이 중국 항주 영은사靈隱寺로 가서 조성해와 봉안한 것이라고 한다. 그래서

대웅전 불상과 탱화

이 불상에는 청나라 말기 중국불상의 특징이 나타나 있다. 불상은 중국에서 조성된 것이지만 후불탱화後佛幀畵는 당대 불화로 유명했던 화승 이혜고李慧杲, 김계은金繼恩, 홍한곡洪漢曲이 그린 것인데, 나머지 산신탱화, 신중탱화, 칠성탱화, 독성탱화도 모두 이들이 그린 것이다.

대웅전 앞 중정에는 다층석탑이 서 있는데, 2층의 기단基壇 위에 4층으로 된 탑신을 올려놓았다. 보통 석탑의 기단은 아래층이 낮고 위층이 높은데 이것은 아래층과 위층의 기단의 높이가 비슷하고, 기단에 비하여 탑신도 가늘고, 옥개석은 탑신에 비하여 커서 전체적으로 균형이 맞지 않은 느낌을 준다.

탑신의 가장 아래 돌에는 4면에 불상이 조각되어 있다. 조선 후기에 조성된 것으로 추정하는데, 원래 여기에 있었던 것이 아니고 성주시의 어느 논에 있던 것을 옮겨놓은 것이라는 말도 있다. 정법루와 대웅전은 직선상에

다층석탑

있는데, 이 석탑은 옆으로 비껴 있어 그 위치도 이상하다.

　청암사의 원래 당우들은 잦은 재난으로 완전히 소실되었고, 현재 있는 건물은 근대에 들어와 지은 것들이다. 1900년대 초에 극락전과 보광전을 건립하였고, 1940년대 정법루가 세워졌고, 1976년에 천왕문이 건립되었다. 근래에 지은 중현당重玄堂은 율학승가대학원으로 사용하고 있다. 비구니스님들이 열심히 수행하고 있다. 젊은 나이에 속세와 인연을 끊고 붓다의 진리를 찾아 나선 모습들을 상상해 보기만 해도 눈부시다.

　조선시대 청암사가 불교강원으로서 명성을 얻은 것은 1711년경 당대 화엄학에 정통한 대강백 정혜 대사가 선원과 강원을 설립하고 강론을 하면서 시작되었다. 그 당시 청암사에서 공부한 학인들은 300여 명에 달했고, 강원으로서의 명성은 지속되어 일제식민지 시기에 강백으로 유명했던 박한영朴漢永(1870-1948) 화상이 주석했을 때에도 200명이 넘는 학인들로 넘쳐났으며, 그 맥은 천하의 대강백이었던 강고봉姜高峰(1901-1967) 화상에게로까지 이어졌다.

　1987년 의정지형義淨志炯 스님이 비구니승가대학을 설립하면서 니승尼僧들이 수행하는 도량으로서 옛 명성을 이어가고 있다. 청암사 이외에 청도 운문사雲門寺, 울주 석남사石南寺, 울진 불영사佛靈寺 등이 니승尼僧의 수행사찰로 유명하다.

수행자가 불교연구가들과 같을 수는 없고 또 불교연구가들이 수행자로서의 길을 가야 하는 것도 아니지만, 불교의 수행에 있어서는 먼저 불교연구가들의 연구가 필수적으로 요구된다. 선불교라고 해도 교학불교의 탄탄한 바탕이 없이 '종교로서의 불교'를 이해하고 실천한다는 것은 어려운 일이라고 보인다. 오늘날 산스크리트어나 팔리어를 공부하여 불교의 원래 모습에 가능한 가까이 다가가려는 노력도 보이는데, 텍스트의 비판을 통하여 불교에 관한 논의상의 오류를 바로 잡고 국내외의 복잡한 논의들을 평가·정리하는 일부터 해야 불교의 참모습을 드러낼 수 있지 않을까 생각도 든다. 산스크리트어로 쓴 불경이나 팔리어로 된 경전도 한자로 번역한 불경과 같이 싯다르타가 사용한 언어가 아니고 싯다르타가 입멸한 후 300여 년이 지난 다음에 인디아, 스리랑카에서 자신들의 언어로 번역한 것이다.

청암사는 신라시대에 창건되었다는 것만 알려져 있을 뿐 그 이후의 역사에 대해서는 알려진 바가 거의 없다. 현재의 당우들도 근대에 신축된 것들이지만, 고승들의 부도탑들이 있는 부도림에 정혜 대사와 제자인 용암채청龍巖彩晴(1692-1754) 화상 등의 부도탑과 석종형의 부도탑들이 있는 것으로 보아 조선시대에 적지 않은 고승들이 주석한 사찰임을 짐작할 수 있다.

그런 한편으로 유학자들의 발걸음도 드문 곳은 아니었던 것 같다. 정구 선생과 그의 제자 서사원徐思遠(1550-1615) 선생, 송원기宋遠器(1548-1615) 선생, 배상룡裵尙龍(1574-1655) 선생 같은 유학자들도 이 수도산을 즐겨 방문하기도 했다.

젊은 시절 성주 적산사赤山寺에서 책을 읽고 학문에 정진한 배상룡 선생은 노년에 황폐해진 적산사와 청암사도 자주 찾으며 시를 남기기도 했다. 눈온 뒤 청암사를 방문했을 때 선계에 온 듯한 시정을 읊기도 했다. 궁극의 진리는 유가, 불가, 도가가 다를 수가 없는 것이었으리라.

欲排孤悶訪仙山　외롭고 답답한 마음에 신선 사는 산을 찾아드니
욕 배 고 민 방 선 산

依舊峯巒摠好顔　변치 않은 산봉우리마다 반가운 얼굴로 맞아 주네.
의 구 봉 만 총 호 안

石瀉新湍琴韻淡　바위에 쏟아지는 물소리는 거문고 소리같이 맑고
석 사 신 시 금 운 담

壑藏晴雪玉壺寒　골짜기 가득 채운 깨끗한 눈은 옥병처럼 차구나.
학 장 청 설 옥 호 한

諸天禮罷香猶爇　천신들께 예를 마쳤어도 향은 아직 피어오르고
제 천 예 파 향 유 설

福地緣多興未闌　복된 땅 인연 많아 흥함은 여전하도다.
복 지 연 다 흥 미 란

一局巴園留歲月　한바탕 신선 세계에서 세월 보내고 있으니
일 국 파 원 류 세 월

人間且莫怪遲還　인간 세상에 늦게 돌아옴을 괴이하다 생각 마시게.
인 간 차 막 괴 지 환

배상룡 선생은 임진왜란 때 68세의 고령에 의병장으로 나서 성주성을 수복한 할아버지 배덕문裵德文(1525-1602), 경상우수사인 아버지 배설裵楔(1551-1599) 등과 함께 전쟁에 참여하여 왜군과 싸

우기도 했고, 병자호란과 정묘호란 때에도 모든 사람들이 피난을 가기에 바빴지만 의병을 일으켜 구국의 대열에 서기도 했다. 65세에 수도산으로 들어와 평생 숭정처사崇禎處士로 살았다.

배덕문 선생의 제자이자 일가인 배현복裵玄福(1552-1592) 선생도 창의하여 왜군과 싸우다가 전사했는데, 그때 함께 항전하다가 포로가 된 그의 딸도 왜적에게 치욕을 당할 수 없다는 결기로 예동 마을 길가 우물에 몸을 던졌다. 성주읍 예산3리 예동노인회관 앞에 지금도 있는 배씨정裵氏井이라는 우물은 그 비장하던 시절의 일들을 우리에게 전해 주고 있다.

극락전

대웅전이 있는 공간에서 나와 계곡을 건너 조금 떨어진 언덕 위로 가면 극락전極樂殿과 보광전普光殿이 있다. 현재 있는 극락전의 건물은 1905년 대운 화상이 최송설당의 시주로 지은 것이다. 그 모습을 보면 불교 사찰의 건물이라기보다 유가의 건물과 같다. ㄱ자 모양을 한 것으로 난간을 설치한 사랑방은 누樓의 형식을 하고 앞으로 내어 지었다. 모든 방실이 바깥에는 툇마루로 연결되어 있다.

요즘 청암사는 비구니스님의 수행도량이지만, 다른 한편으로는 찾아오는 대중들에게 숙종肅宗(재위 1674-1720)의 두 번째 부인인 인현왕후와의 연관을 내세우는 것 같다. 인현왕후는 조선시대 세도가문인 여흥민씨 출신으로 그의 아버지가 노론의 권세가인 민유중閔維重(1630-1687)이고 그의 어머니는 노론의 대표주자로 천하의 권력을 휘두르기도 했던 동춘당同春堂 송준길宋浚吉(1606-1672) 선생의 딸이다. 서인과 남인간의 권력투쟁에서 맹활약을 한 민정중閔鼎重(1628-1692)은 인현왕후의 작은 아버지이다.

인현왕후는 아들을 출산하지 못하여 숙종이 궁녀 출신인 장소의張昭儀(1659-1701)와의 사이에서 난 아들(이윤李昀 후의 경종景宗)을 세자로 책봉하려 하자 당시 집권 세력이던 송시열宋時烈(1607-1689) 등 노론 세력들이 자신들의 권력 상실을 우려하여 반대 상소를 하며 임금과 정면으로 대립하였다.

이에 숙종은 이들 세력을 내쫓거나 독약을 내려 죽이고 대신 권대운權大運(1612-1699), 김덕원金德遠(1634-1704) 등 남인학자들을 등용하였다. 장소의를 희빈禧嬪으로 지위를 격상시키고 인현왕후를 왕비에서 폐하여 서인庶人으로 만들어 왕실에서 쫓아내버렸다. 오랫동안 천하의 권신으로 무대의 주인공과 흑막을 드나들며 국가권력을 좌지우지했던 송시열도 이때 제주도로 유배되어 이듬해 서울로 붙잡혀오던 중 정읍井邑에서 사약을 받고 세상을 떠났다. 오랜 세월 동안 송시열과 그의 막강한 노론 세력에 의해 죽임을 당하거나 멸문지화滅門之禍를 당했던 수많은 원혼冤魂들이 기다리는 곳으로 갔는지는 알려진 바가 없다.

법가사상을 완성한 한비韓非(BCE 280-BCE 233)는 일찍이 그의 법치국가론『한비자韓非子』에서 이렇게 이야기를 했다.

"지금 주위에서 칭송을 받는 자라고 하여 좋은 자리에 승진시키게 되면 신하들은 군주를 떠나 이익이 맞는 자들끼리 붕당을 만들 것이고, 만약 당파에 따라 관직을 주게 되면 백성들은 그런 자들에게 줄을 대려고 하지 국법에 따라 관직에 가려고 하지 않을 것이다(今若以譽進能, 則臣離上而下比周; 若以黨擧官, 則民務交而不求用於法)."

"군주를 무시하고 외부 세력과 협잡하여 자신들의 패거리를 승진시키게 되면 이는 아랫사람들이 윗사람을 무시하는 화근이 된다. 외부 세력과의 결탁과 패거리들이 많아져 안팎으로 붕당을 지으면 비록 그들의 잘못이 많아도 모두 덮어지고 만다. 그러면 충신은 죄가 없음에도 위태롭거나 죽임을 당하고, 간사하고 사악한 신하는 공이 없음에도 편안히 온갖 이익을 누리게 된다. 이렇게 되면 좋은 신하들은 숨어버릴 것이고 간신들이 득세할 것이니, 이것이 나라가 망하는 근본 이유이다(忘主外交, 以進其與, 則其下所以爲上者薄矣. 交衆與多, 外內朋黨, 雖有大過, 其蔽多矣. 故忠臣危死於非罪, 姦邪之臣安利於無功. 忠臣危死而不以其罪, 則良臣伏矣; 姦邪之臣安利不以功, 則姦臣進矣, 此亡之本也)."

고금을 막론하고 배운 사람이든 그렇지 못한 사람이든 권력을 쥐고 휘두를 때는 인생이 영원할 것이라고 착각하는 모양이다. 국가와 국민들의 불행이자 자신의 비극인데도 말이다. 그리고『한비자』에는 이런 명쾌한 논리들이 많은데, 왜 이런 국가론에 대해서는 거론하지 않고 주자의 형이상학적 논변들만 앞세우며 뒤로는 국가를 농단하는 권력놀음을 했는지 되짚어볼 일이다.

아무튼 잠시 살다가 가는 것이 인생인데, 인간들은 그런 짓을 지금도 멈추지 않는 것 같다. 붓다의 가르침은 차치하고서도 아득한 우주공간에서 찍은 사진 한 장만 보아도 지구는 먼지보다 하찮고 그 속에 있는 인간은 아예 보이지도 않는데 말이다.

서인들과 남인들의 이런 권력투쟁 속에서 송준길의 외손녀인 인현왕후는 궁에서 쫓겨났을 때 이곳 청암사로 내려와 3년 동안 기거하며 지냈다. 숙종이 드디어 장희빈을 왕비로 삼으려하자 박태보 선생 등 서인들이 대거 반대하다가 죽임을 당하는 변을 겪기도 했다.

시간이 흐른 후 숙종이 폐비의 일에 대해 후회하는 기미를 보이자, 이때를 놓치지 않고 1694년에 노론의 핵심인 김춘택金春澤(1670-1717) 등이 드디어 폐비의 복위운동을 추진하고 이에 저항하는 남인 세력을 모조리 잡아 없애는 갑술옥사甲戌獄事를 일으켰다. 김춘택은 종조부가 서포西浦 김만중金萬重(1637-1692) 선생이고, 할아버지가 숙종의 장인인 김만기金萬基(1633-1687)이고 아버지는 호조판서를 지낸 김진구金鎭龜(1651-1704)이다. 이런 권력투쟁의 와중에 같은 서인임에도 노론과 소론으로 나뉘어져 학문에서 뛰어났던 박세당 선생이나 그의 아들 박태보 선생 같은 이들이 유명을 달리했는데, 참으로 기구한 운명이기도 하다.

갑술옥사 이후 서인인 남구만南九萬(1629-1711) 선생, 박세채朴世采(1631-1695) 선생 등 소론 세력이 등용되면서 인현왕후는 왕후로 복귀하게 되었다. 궁으로 돌아간 이듬해인 1695년에 인현왕후는 그동안 자기에게 덕을 베풀어준 청암사의 스님들에게 감사의 글과 함께 비녀, 잔, 가죽신 등을 신표信標로 전하고 자신이 지내던 곳을 「含元殿함원전」으로 현판을 달아 오래토록 복을 비는 곳으로 해 줄 것을 소원하였는데, 이때부터 청암사는 왕실과 밀접한 인연을 맺게 되어 번창하게 되었다. 그런데 인현왕후는 1701년 35세에 병으로 요절하고 말았다.

숭유억불의 조선시대에도 왕실에서는 불교를 믿었고, 특히 왕실의 여성들은 유학보다는 불교에 열심이었다. 그래서 '왕실불교王室佛敎'라는 말도 생겼다. 물론 이 왕실불교가 불경을 연구하며 불법의 진정한 내용이 무엇인지를 탐구하고 진심으로 중생을 널리 구제하려는 것은 아니었고, 시주를 하고 왕실의 안녕과 복을 비는 것이었다. 아무튼 인현왕후와의 인연으로 불영산은 국가보호림으로 지정되었고, 조선시대 말기까지 상궁들이 내려와 불공을 드리고 시주를 하기도 했다.

이처럼 피를 뿌리며 서로 죽이던 역사의 소용돌이 속에서 인현왕후가 청암사에 내려와 있다가 궁으로 올라갔는데, 불교를 공부하는 승가대학이 있는 청암사에서 인현왕후를 부각시키고 있는 모습이 다소 의아스럽다. 더구나 인현왕후의 외할아버지 송준길 선생은 권력을 쥐고 있을 때 불교의 뿌리를 뽑으려고 왕실의 원찰인 서울 봉은사에 봉안되어 있던 선왕들의 위패까지 철거해 버렸다.

현종顯宗(재위 1659-1674)이 즉위하자 이들은 전국의 원찰을 모두 없애버렸다. 한양 도성 내의 비구니사찰인 자수원慈壽院과 인수원仁壽院도 완전히 해체해 버리고 그 해체한 목재들을 봉은사로 보내는 것조차 못하게 막았던 인물이 바로 송준길 선생이다. 아무튼 이런 이야기는 이 정도로 한다고 치고, 불교를 공부하는 사람에게 중요한 것은 인현왕후가 아니라 붓다의 가르침이 아닐까 하는 생각이 든다.

—
보광전

그 이후 청암사는 정조正祖(재위 1776-1800) 3년에 큰 화재가 발생하여 대부분의 당우들이 소실되었고, 인현왕후가 원당으로 지은 원래의 보광전도 이때 화마 속으로 사라졌다. 왕후의 청으로 「함원전」이라는 현판을 건 건물도 사라진 것은 물론이다. 지금의 보광전 건물은 1905년에 새로 지은 것이고, 1908년 융희 2년 10월에 쓴 현판이 걸려 있다.

요즘은 보광전 옆에 있는 백화당白華堂 건물의 끝 방에 「함원전」이라는 목판을 걸어놓고 그 안에는 인현왕후가 지은 감사의 글을 전시해놓고 있다. 인현왕후를 착하고 가련한 인물로 묘사하고 장희빈을 천하의 악녀로 낙인을 찍은 것은 당파싸움 속에서 나온

'마녀사냥'이리라. 하기야 조선시대 왕조실록조차도 사화와 당쟁 속에서 어느 세력이 집권했을 때 쓴 것이냐에 따라 인물에 대한 평가가 극단적으로 다르게 되어 있으니 더 말해서 무엇하랴.

청암사에서 나와 평촌2길을 따라 성주 쪽으로 가다가 수도길 로 접어들어 산 속으로 올라가면 수도산 정상과 지척의 거리를 두고 수도암이 자리하고 있다. 청암사에 속한 암자인 수도암은 멀 리 가야산을 바라보고 있는 수도산에 이렇게 들어앉아 있다. 사 찰의 규모는 크지 않으나 깊은 산골에 자리 잡고 있고 수도승들 이 수도하는 곳이라 그런지 고즈넉하면서 구법求法 정진하는 사찰의 기운을 잘 간직하고 있다.

　859년(헌안왕 3)에 도선 화상이 청암사를 창건한 뒤에 수도처로
이 터를 발견하고 기쁨을 감추지 못한 채 7일 동안 춤을 추었다
는 전설과 함께 그가 이곳에 수도암을 창건하였다고 전한다. 도선
의 이야기가 나오면 일단 사실 여부를 의심할 수밖에 없으니, 이
것이 사실인지는 모르겠다. 그 뒤 이 절은 수도승들의 참선도량
으로 그 이름을 떨쳤으나 6·25 전쟁 때 전소되었고, 최근에 크게
중창하였다.

관음전 앞마당에서 보이는 대적광전 등

가을 단풍이 온 산을 붉게 태우고 있는 시간에 펼쳐지는 수도
암의 풍광은 말로 표현하기에는 한참이나 모자란다. 와서 보는
수밖에 없다. 온 산 가득한 단풍 속에 일순간 깨쳐 끝내버리는
곳이다. 만산홍엽각료처滿山紅葉覺了處!

옛날에는 자그마한 수도처였지만 지금은 사역을 넓히고 찾아
오는 신도들이 묵을 공간도 만드는 바람에 커져 버렸다. 높은 계
단을 올라 사역으로 들어간다. 앞에 「修道庵수도암」이라는 현판
이 걸려있는 봉황루鳳凰樓를 지나면 관음전觀音殿의 앞마당으로

대적광전으로 오르는 석계

들어선다.

　인적이 없는 텅 빈 마당이 사람으로 하여금 한참이나 서 있게 만든다. 주위에 당우들이 있는데도 아무것도 없는 듯이 느껴진다. 마당을 싹 쓸어놓아서 그런지 아니면 높은 계단으로 올라가

야 비로소 시선을 끄는 대적광전大
寂光殿이나 약광전藥光殿과 같은 전
각들이 보이지 않아 그런지 모르겠
다. 어쩌면 마음에 때가 낀 중생이
수도도량이라는 것에 아예 주눅이
들어 그런지도 모를 일이다.

대적광전 비로자나불

높이 쌓아 놓은 축대로 난 돌계
단을 밟아 올라가면 대적광전을
마주하게 된다. 대적광전에는 석조
로 된 비로자나불毘盧遮那佛 좌상
이 봉안되어 있다. 대좌가 1미터가
넘고 불상이 2미터가 넘는 큰 불상
이다. 얼굴은 네모난 모습이고, 몸
에 비해 머리가 큰 편이며 전체적
으로 비례가 맞지는 않다. 경주 불
국사 석굴암의 석가모니불좌상보다 80cm 정도 작은데, 9세기 통
일신라시대 후반에 조성된 것으로 본다.

머리에는 육계肉髻가 있고 원래 금속으로 만든 보관寶冠을 쓰고
있는 것으로 보기도 하는데, 그것이 사실이라면 보관을 쓴 비로
자나불상으로는 이것이 우리나라에서 가장 오래된 것일 수 있다.
원래 싯다르타가 살던 시절에는 출가자는 모두 삭발을 하였는데

나중에 불상을 조성하는 시기에 와서 그리스 조각의 영향을 받아 불상에 이런 육계 등이 조각되었다.

우리나라에서 지권인智拳印을 한 비로자나불상은 통일신라시대인 9세기경에 와서 조성되기 시작했는데, 고려시대에 와서도 화엄종과 선종에서 비로자나불상을 봉안하였다.

원래 중국의 초기 선종사찰에는 조사祖師가 곧 깨달음을 얻은 붓다이기 때문에 불상을 모시는 불전佛殿(=大雄殿)을 두지 않고 조사들이 법을 설하는 강당講堂, 즉 법당法堂만 두었다. 참선수행은 승당僧堂 즉 선당禪堂에서 하였는데, 이곳은 용맹정진 끝에 깨달음을 얻어 붓다가 탄생하는 공간이기에 선불장選佛場이라고도 불렀다. 그러던 것이 남송시대에 와서 선종사찰이 칠당가람七堂伽藍의 구조로 정착하면서, 산문山門, 화장실인 동사東司, 욕실, 불전, 승당, 주방인 고원庫院을 배치하고 가장 중요한 법당을 불전 뒤쪽 높은 곳에 두었다. 당시 교종이나 선종이나 모두 불전과 법당을 두었지만, 선종에서는 법당을 가장 중요시했고, 교종에서는 불전이 가장 중요한 공간이었다.

대적광전에서 배례拜禮하고 나와 보니 같은 공간에 약광전이 나란히 서 있다. 약광전은 약사여래상을 봉안해 놓는 약사전藥師殿을 말한다. 그런데 지금 이곳에는 석조상이 봉안되어 있다. 손의 모습을 놓고 약사여래상이 아니라 보살상으로 보아야 한다는 논

란도 있다. 도선 화상이 조성한 것이라는 말도 있으나 이 또한 믿
기 어렵다. 원래의 약사여래상은 사라지고 지금의 석조상을 가져
다 놓았는지도 모를 일이다. 연구자들 간에는 신라시대의 것인지
고려시대의 것인지를 놓고도 논의가 분분하다.

  전국의 사찰을 순례하다 보면, 오랜 역사 속에서 목조로 된 당
우들이 소실되고 중건되기를 반복한 곳이 부지기수이고, 그런 상
황 속에서 불상이나 비석들도 원래의 자리에서 다른 곳으로 옮겨
진 것이 적지 않음을 발견할 수 있다. 그래서 정확한 사지寺誌가
남아 있지 않은 대부분의 우리나라 사찰에는 그 불상 등이 원래

약광전 석상

그곳에 있었던 것인지 아닌지를 확정하기는 쉬운 일이 아니다.

대적광전 앞마당에는 3층석탑이 양쪽으로 서 있다. 동탑은 단층의 기단 위에 3층의 탑신을 올리고 1층 탑신에는 네 면에 사각형의 감실을 두고 그 안에 여래좌상을 새겨놓았다. 2층과 3층의 탑신에는 각 모서리마다 기둥 모양이 조각되어 있다. 서탑은 2단의 기단 위에 3층의 탑신을 올렸는데, 1층 탑신에는 각 모서리에 기둥이 새겨져 있고 그 사이에 여래좌상이 새겨져 있다.

두 탑은 통일신라시대 중기 이후인 9세기경에 만들어진 것으로 본다. 동탑과 서탑은 이와 같이 형식에서 서로 다르고 쌍탑이 조성된 통상의 경우와는 달리 대적광전과 탑 사이의 거리에 비하여 두 탑 사이의 거리가 멀리 떨어져 있어 동시에 같이 조성된 것은 아니라고 보는 견해도 있다. 이 3층석탑은 도선 화상이 창건할 당시에 이 절터가 마치 옥녀玉女가 베를 짜는 모습을 갖추고 있어 베틀의 기둥을 상징하는 뜻으로 두 탑을 세웠다는 말도 있는데,

역시 황당무계한 전설 같은 이야기로 들린다.

이 앞마당에는 '창주도선국사栬主道詵國師'라는 글씨가 새겨져 있는 석물이 서 있는데, 글씨는 일제식민지시기에 새겨진 것으로 본다. 2019년에 탁본을 통하여 '김생서金生書', '원화3년元和三年', '비로자나불毘盧遮那佛'이라는 글씨가 판독되어 이 석물의 건립 시기에 관한 문제가 다시 주목을 받았다. 석물에는 여러 행의 글씨가 새겨진 흔적이 있는데, 거의 보이지 않는 글씨 위에 '창주도선국사栬主道詵國師'라는 큰 글씨를 깊이 파놓은 것이다.

'창주도선국사'가 새겨진 석물

그러나 그 내용이 그렇더라도 김생이 이 글씨를 직접 쓴 것인지 아니면 후대에 그런 내용을 다른 사람이 써서 새겨놓았는지는 더 검토할 필요가 있어 보인다. 석물에 새겨진 글씨를 놓고 바로 확정함에는 이를 보강하는 다른 증거 자료들이 필요하다고 보인다.

도선에 대해 더 살펴보면, 사실 도선에 대한 당대의 자료는 없다. 그가 실제 있었는지도 확실하지 않은데, 그에 관한 최초 기록은 그가 죽은 지 250여 년이 지난 고려시대에 최유청崔惟淸(1093-1174)이 지은 〈백계산옥룡사증시선각국사비명병서白鷄山玉龍寺贈諡先覺國師碑銘竝序〉라는 글이다. 『동문선東文選』에 실려 있다.

여기에서 처음으로 도선 국사의 탄생, 풍수지리를 터득한 내력, 왕건의 탄생과 고려 건국에 대한 예언 등의 내용이 나오고, 이것이 후대 조선시대에 와서 계속 내용이 가감되면서 여러 책에 실리게 되었다. 그 내용에서도 부모가 누구인지도 불확실할뿐더러 어머니의 성도 강씨, 최씨, 온씨 등으로 어지럽게 나오고, 어머니가 구슬을 먹고 잉태했다거나 오이를 먹고 잉태했다고 하기도 한다. 태어난 뒤에는 내다버렸는데 비둘기·학·독수리 같은 새가 보살펴 키웠고, 나중에 중국에 들어가 풍수지리를 배워와 전국 산천을 돌아다니며 비보사찰을 세웠다는 등의 이야기다. 중국에 들어가거나 나온 모습을 본 사람도 없고, 기록한 자료도 없다. 건국설화나 위인들의 탄생설화와 같은 황당한 이야기이다.

왕건과 관련된 이야기는 도참술사들이 왕실과 연결시켜 꾸며낸 것인지 왕실이 도선이야기를 끌어들여 권력을 정당화하는 수단으로 이용한 것인지도 알 수 없다. 그리고 문제의 『도선비기道詵祕記』라는 것도 출처를 알 수 없는 황당한 내용의 것이다. 도선이라는 이름도 어쩌면 도참술사나 풍수쟁이들이 불교 승려에 가탁

했을지도 모를 일이다. 중국에서도 풍수 등이 당나라 때 불교에 스며들기도 했는데, 싯다르타가 풍수나 도참을 진리로 말한 바가 없는 것은 분명하다. 산도 없고 먼지 날리는 평원에 명당이 어디 있을 것이며, 좌청룡左靑龍 우백호右白虎가 있을 여지도 아예 없었으리라.

이 앞마당은 공간이 좁아 대웅전 당우들과 석탑과의 사이가 좁다. 그렇지만 이 앞마당에 서면 앞으로 탁 트인 공간으로 시야가 열려 가슴이 시원하다. 멀리 가야산 봉우리가 보인다.

수도암은 도선의 창건설화 이래 '터가 좋다'고 하는 말이 끊이지

—
나한전

않고 지금까지 전해지고 있다. 그래서 그런지 지금까지도 참선수행하는 납자들은 이 수도암을 많이 찾고 실제로도 참선수행이 다른 곳보다 잘 된다고 한다. 터로는 약광전이 최고라는 견해도 있고, 나한전이 최고라는 견해도 있다. 붓다의 길로 가는 참선수행이 마음의 문제가 아니고 터에도 영향을 받는 모양이다. '가기는 어디를 가느냐 앉은 자리가 깨닫는 자리다'라고 일갈한 당나라 마조馬祖(709-788) 선사가 들으면 난리가 날 이야기이지만 말이다.

근래 수도암이 납자들 사이에 수행처로 선호되어 온 것은 그간 이곳에서 수행한 스님들 중 고승대덕들이 많이 나왔기 때문이리라. 근대에 들어와 수도암에 선원이 시작된 것은 경허鏡虛(1849-1912) 선사부터로 본다. 그 이후 근대 이후 한국불교에 큰 족적을 남긴 한암漢岩(1876-1951) 선사, 고암古庵(1899-1988) 선사, 전강田岡(1898-1975) 선사, 구산九山(1909-1983) 선사, 관응觀應(1910-2004) 대종사, 보성菩成(1928-2019) 대화상 등이 수행을 하였고, 전강 선사는 조실로 주석하기도 했다. 한암 선사가 경허 선사에게서 인가를 받은 곳도 이곳이다. 6·25 전쟁 후 폐허가 된 수도암을 지금의 모습으로 중창한 일은 법전法傳(1925-2014) 대종사의 노력으로 이루어졌다.

가을이 익어가는 계절에 붉고 노란 단풍들이 산에서 합창을 해대는데도 절간은 낮에도 적막하기만 하다. 수행하는 스님들은 보이지 않고 가끔 수행승들을 보좌하는 스님의 그림자만 사립문 너머로 간혹 보일 뿐이다. 무엇을 하는 것일까? 인간이 고苦(Dukkha)에서 벗어나 행복하게 사는 도道(Marga-satya)를 행하는 것이리라.

그런데 인간이 생겨난 후 지금까지 온갖 역사를 몸소 겪으면서 '행복하게 사는 길'이 무엇인지를 찾아 도달한 지점은 이렇게 되어 있다. 인간이 행복하게 사는 길은 '각자 자기가 원망願望(desire, want, need)하는 바를 자기가 하고 싶은 대로 하면서 사는 것'이라는 결론이다.

자고 싶을 때 자고, 일하고 싶을 때 일하고, 알고 싶은 것을 마음대로 탐구하고, 자기 생각을 세상에 자유로이 표현하고, 침묵하고 싶을 때 침묵하고, 노래하고 춤추고 싶으면 그렇게 하고, 신앙을 가지고 싶으면 가지고 싫으면 가지지 않고, 자기의 삶을 스스로 결정하고, 재산을 모아 누구에게도 얽매이지 않고, 나라가 잘못하면 자유로이 비판하고, 더 나아가 죽고 싶으면 죽고, 살고 싶으면 살고……등등. 이루 열거할 수 없을 정도로 많은 원망을 자기 마음대로 하면서 살 수 있으면 행복해진다는 것이다. 국가는 그 국민들이 안전하게 살 수 있게 공동체를 지키고(강병强兵), 모든 인간이 자기실현을 할 수 있게 부유해야 한다(부국富國)는 것이다. 개인이 할 수 없는 일이다. 어떤 경우에도 이를 부정하는 것은 허용되지 않는다. 인간으로서의 존엄과 자유를 위해 온갖 권력에 대하여 저항하고 투쟁한 인류의 역사가 이를 증명하고 있다.

이와 같이 인간이란 각자 '무엇을 하고 싶다(願望)'고 하는 존재이고, '무엇을 하고 싶다'고 하는 것은 욕망(欲望)에서 나오는 것이므로, 각자 자기의 욕망을 실현할 수 있으면 그 길이 자아실현이고 행복하게 사는 길이라는 것이다. 이것은 어느 한 사람의 생각 끝에 설계된 것이 아니고, 인간이 수천 년을 살아오면서 온갖 고통과 재난과 전쟁과 국가의 폭압을 겪으면서 자신이 행복하게 살수 있는 길이 무엇인지를 찾아낸 결과들이 축적된 결론이다.

다만, 이렇게 살더라도 각기 생각이 다른 사람끼리 함께 살려면, 자신의 행복은 남의 행복을 해치지 않는 경계선까지라는 것과 자신의 자유가 남의 자유를 해치지 않는 지점까지라는 것도 찾아내었다. 이러한 결론에 도달한데는 사상이나 철학, 종교적 사유도 기여한 부분이 있고, 이론가와 실천가들이 기여한 것도 있지만, 제일 중요한 것은 실존적 인간의 주체적인 결정으로 이런 결론에 도달했다는 점이다. 이를 정당화한 연구와 글은 전 세계에 넘치고 넘친다.

더 나아가 오늘날에는 이런 것을 법적으로 확실한 힘을 가지게 하고자 '개인이나 국가가 반드시 인정해야 하는 것'으로 설정하여 권리(right)라는 대못을 단단히 박았다. 이를 인권(human right)이라고 하고, 오늘날 문명국가에서는 공동체에 살고 있는 개인은 물론이고 국가권력까지도 규율하는 최고법인 헌법에서 이를 분명하게 정해두고 있다. 그 나라에 살고 있는 국민들이 자기 손으로 스스로 정한 것이다.

이러한 것은 현실에 존재하는 유有이고, 인간은 '욕망의 존재'라는 것을 분명히 하는 것이다. 인간이란 그냥 생명체로서 자연스럽게 이 세상에 던져진 피투적被投的 존재로서 각자 '하고 싶은 대로' 하며 살다가 죽는 존재임을 알게 된 것이다.

인류의 역사에서 각자 '하고 싶은 것'을 권력자는 권력자대로 못하게 하고, 종교는 종교대로 못하게 하고, 가족은 가족대로 못하게 하고, 인간이 모인 집단이나 단체는 그 힘으로 개개인이 하고 싶은 것을 못하게 한 일들을 수도 없이 겪은 일은 동서고금을 통하여 넘치고 넘친다. 이 결과 인간이 실존적으로 도달한 결론은, 인간이 태어나서 죽을 때까지 개개인이 행복하게 살 수 있는 길은 힘이 있든 없든 재산이 있든 없든 남녀노소 누구나 인간으로서 존엄성(=존귀함 human dignity)을 인정받고 '자기가 원하는 것을 자기가 하고 싶은 대로 하면 인간은 행복하게 살 수 있다'는 것이다.

그리고 이런 인간이란 본능과 이성과 감정과 감성과 오성 등이 혼합되어 있는 생물학적인 자연 유기체이기에 어떤 특정한 인간에게만 존엄성이 인정되는 것이 아니라는 점도 분명하다. 동등하고 평등한 존재이다. 사람 위에 사람 없고 사람 밑에 사람 없다.

대적광전에서 멀리 가야산이 보이는 전경

그렇기에 신분이나 특권적 지위라는 것도 처음부터 있어서는 안되는 사회적 악이어서 모든 문명국에서는 법으로 이를 금지하고 있다.

인간의 삶이 이러하다면 이러한 현존재와 현상은 무無가 아니다. 그렇다면 싯다르타가 우리에게 말해 주고자 한 것은 무엇일까? 그것을 우리는 불법佛法(dharma)이라고 부른다. 그런데 그것이 무엇인가? 힌두라고 부르는 인도인의 전통 신앙 또는 철학에서

최고의 이상으로 삼은 것은 현실 사회를 규율하는 법규범을 말
하는 다르마, 재산적 부富를 말하는 아르타artha, 해탈을 말하는
목샤moksha, 성적인 사랑을 말하는 까마kama인데, 붓다는 목샤
만 인정했다는 것인가? 유대교, 이슬람교, 힌두교, 기독교에서 모
두 재산적 부를 높이 평가하여 지금도 이 사람들이 세계에서 비
즈니스와 돈 버는 일에는 귀재들인데 불교에서만 부를 부정하였
다는 것인가?

싯다르타가 열반한 후 수행자들이 모인 승원에는 기부자들이

기부한 토지와 재물이 많았고, 승려들은 아내와 자식을 두고 산 경우도 있었으며 재산을 모으기도 했다. 덕 높은 비구일수록 소유한 재산이 많았다는 자료도 있다. 이후에 비구의 축재나 혼인에 대하여 논란이 일기도 했다. 인도에서 불교가 '세상을 버리는(棄世)' 가장 과격하고 급진적인 종교로서의 모습을 가지는 것도 세상을 버린 '수행자'에게 요구되던 것이었으며 불교신자들에게 요구된 것이 아니었다. 그러면 수행자가 아니고 그냥 붓다의 가르침을 따라 현실적인 삶을 사는 사람에게 불교는 어떤 것일까? 조용한 공간에 모여 명상冥想(meditation)하는 것이라고? 그건 아닐 것이다.

싯다르타가 태어나 제일 먼저 '천상천하유아독존天上天下唯我獨尊'이라고 말했다는 것이 사실이라면, 그것은 자신만이 그렇다는 것이 아니라 모든 인간이 '존귀(존엄)하다'는 것을 말한 것이리라. 그 다음 '인간이 인간답게 사는 이치'는 이 단계에서부터 출발하여 차례로 펼쳐지는 것이리라.

여름이 지나고 가을이 오면 푸른 잎들이 단풍으로 물들어 온 산을 불태워 들어가듯이.

태자사

경북 안동시 도산면 널매길 170-6

추운 겨울 내내 얼어 있던 계곡에 얼음이 풀리며 물소리가 나기 시작하고, 아직은 연초록 새잎들이 나오기 전에 산은 옅은 보랏빛 자운紫雲으로 아스름하게 감싸인다. 물론 겨울을 이겨낸 매화가 먼저 향기를 퍼트리며 봄이 오는 것을 알리기도 하지만 대지를 둘러싸고 있는 산들에 보랏빛 기운이 감돌면 멀리서부터 봄의 생명소리가 들려온다.

경북 북부 지역 청량동淸凉洞에서 들어가는 청량산淸凉山의 모습도 그렇다. 청량산이라고 하면 소금강小金剛이라고 불리기도 한 산인데, 신라시대 이래 이곳에는 원효元曉(617-686) 대사와 의상義湘(625-702) 대사와 관련한 사찰이 여럿 있었고, 최치원崔致遠(857-?) 선생이 글을 읽고 바둑을 즐기곤 했던 치원암致遠庵, 풍혈대風穴臺, 치원봉致遠峰 등이 있으며, 조선시대에는 농암聾巖 이현보李賢輔(1467-1555) 선생, 송재松齋 이우李堣(1469-1517) 선생, 퇴계退溪 이황李滉(1501-1570) 선생 등의 학문과 자취가 켜켜이 쌓여있는 대현大賢의 산이다.

일찍이 금강산金剛山, 천마산天磨山, 성거산聖居山, 가야산伽倻山, 금산錦山 등 전국의 명산을 두루 답사한 신재愼齋 주세붕周世鵬(1495-1554) 선생은 1544년에 이 산을 유람한 이후 그 유명한 답사

기 「유청량산록遊清凉山錄」을 남겼는데, 그 글이 워낙 명문이라 젊은 시절부터 이 산에서 공부하고 여러 선비들과 함께 빈번히 다녔던 퇴계 선생도 신재 선생의 글에 발문(「주경유청량산록발周景遊清凉山錄跋」)만 남겼을 뿐 따로 유산록을 남기지 않았을 정도다.

퇴계 선생의 벗들과 제자들은 청량산에 있는 여러 암자에 머물면서 공부도 하고 서로 학문적인 토론을 하기도 하였다. 이후 조선의 선비들은 이 대현의 산을 성지 순례를 하듯이 찾았고, 많은 이들이 청량산과 도산陶山을 방문한 기행문과 시를 남겼다. 성호星湖 이익李瀷(1681-1763) 선생이 노년에 도산에 가고 싶었지만 건강이 허락하지 않아 제자인 강세황姜世晃(1713-1791) 선생에게 도산의 그림을 그려 달라고 부탁하여 1751년에 강세황 선생이 그린 것이 〈도산서원도陶山書院圖〉이다. 강세황 선생의 발문跋文이 적혀 있는 이 그림은 현재 국립중앙박물관에 있다.

이원좌 그림, 청량대운도

　근래 청량산이 가진 신운神韻과 역사를 느끼며 이 산을 그려낸
이는 야송野松 이원좌李元佐(1939-2019) 화백이다. 그는 7년간 청량
산에서 지내며 실경을 스케치하고 혼신의 힘을 다하여 그 정신
을 읽어내는 작업을 하였는데, 대작 〈청량대운도淸凉大雲圖〉는 그
렇게 나온 것이다. 이 그림은 청송에 있는 야송미술관에 설치되
어 찾아오는 이들을 맞이하고 있다. 지난 날 서울과 청송을 방문
하며 자주 이야기를 듣고는 했는데, 서울 전시회에서 반가운 얼
굴로 화백을 다시 만나 대화를 나눈 것이 마지막이 될 줄은 몰랐
다. 제법諸法이 무상無常하다고 하듯이, 이렇게 사람은 떠나고 그
림만 우리에게 남아 있다.

　청량산의 빼어난 풍광을 상상하기에는 퇴계 선생 자신이 지은
시가 절창이다. 하루는 퇴계 선생이 우인들과 청량산 유람을 하
기로 하고 약속 장소인 천사곡川沙谷에서 아침 일찍 만나기로 했

—
청량산

는데, 농암 선생의 아들이자 절친切親인 선배 벽오碧梧 이문량李文
樑(1498-1581) 선생이 도착하지 않아 먼저 그림 같은 청량산으로
들어가면서 지은 시이다.

煙巒簇簇水溶溶　산봉우리는 안개 속에 줄 잇고 냇물은
연 만 족 족 수 용 용　　굼실굼실하는데

曙色初分日欲紅　새벽 여명이 밝아오며 해는 붉어지는구려.
서 색 초 분 일 욕 홍

溪上待君君不至　시냇가에서 그대를 기다리나 그대 오지 않으니
계 상 대 군 군 부 지

擧鞭先入畫圖中　말 채찍 들고 내 먼저 그림 속으로 들어간다오.
거 편 선 입 화 도 중

이 청량산에서 조금 떨어진 곳에 농암 선생과 퇴계 선생 그리고 그 집안의 사람들이 소시少時에 글공부를 하던 용수사龍壽寺가 터잡고 있는 용두산龍頭山이 있고, 그 산에 있는 용두고개龍頭峴를 넘어가면 태자사太子寺가 있었던 태자산太子山이 우뚝 서 있다. 바로『신증동국여지승람新增東國輿地勝覽』에서 "태자산에 태자사가 있다(太子寺在太子山)"고 한 그곳이다. 태자산에 창건하였기에 태자산사太子山寺로 불렸고, 나중에는 역참이 있는 여관 역할도 겸하게 되면서 태자원太子院으로도 불렸다.

정종섭 글씨, 퇴계 선생 시

오늘날 행정구역으로는 안동시 도산면 태자리에 속해 있지만, 절이 있었던 이곳은 고려 초기부터는 길주吉州라고 하다가 명종明宗(재위 1545-1567) 이후에는 안동도호부安東都護府, 안동대도호부安東大都護府로 개칭하면서 일본식민지시기까지도 봉화현奉化縣에 속해 있었다. 1407년 태종 7년에 독곡獨谷 성석린成石璘(1338-1423) 선생이 전국의 사찰들 중 주요 사찰의 지정을 왕에게 요청하였을 때 태자사를 그에 포함시킨 것을 보면, 그 당시에도 태자사는 중요한 가람이었던 것 같다.

이 태자사에 그 유명한 〈낭공대사비朗空大師碑〉가 서 있었다. 기울어져 가던 신라에서 법을 펼치며 굴산선문崛山禪門의 불꽃을 크게 일으킨 낭공행적朗空行寂(832-916 도당유학: 870-885) 화상을 찾아나선 발걸음이 마지막에 여기에 다다랐다. 그러나 지금 이곳에는 태자사는 사라지고 없고 동네의 이름에만 그 흔적이 어렴풋이 남아 있다. 안동시 도산면 태자리太子里가 그곳이다.

'태자리'나 '태자산'이나 그 이름에는 신라가 망했을 때 경순왕

—
태자사터에 있는 귀부와 이수

의 맏아들인 마의태자麻衣太子가 이곳을 지나 금강산으로 들어갔다는 전설이 남아 있을 뿐이다. 현재 태자사가 있었던 곳에는 간판을 내린 태자초등학교의 텅 빈 건물만 남아 있다. 사역에는 그 옛날 태자사에 있었던 어느 고승의 무너진 탑비에서 남은 귀부와 이수만 부근에 나뒹굴다가 수습되어 민가 옆에 있는데, 그 모습이 애처롭기만 하다.

　행적 화상의 일대기는 최인연崔仁渷(868-944) 선생이 비문을 지은 〈낭공대사비〉에 전한다. 행적 화상의 성은 최崔씨로 신라 육부촌六部村을 형성한 이李·최崔·손孫·정鄭·배裴·설薛씨 가운데 하나

태자사터 현재 모습

이다. 그 조상은 주나라 문왕文王의 스승이기도 했던 강태공姜呂尙이 세운 제齊나라의 정공丁公(BCE 1014-BCE 976), 즉 강태공의 아들인 강여급姜呂伋(BCE 1156?-BCE 1017?)의 먼 후손이라고 한다. 그 후손 중 한 사람이 한漢나라가 고조선을 멸망시키고 설치한 한사군漢四郡, 즉 낙랑樂浪·임둔臨屯·진번眞蕃·현도玄菟 가운데 하나인 현도군에 사신으로 왔다가 신라로 와서 머물러 살게 되면서 신라 사람이 되었고, 그의 아버지는 무예를 익혀 군대에서 직을 맡았고 어머니는 설薛씨였다고 한다. 원효 대사도 설씨이다.

한사군은 한의 전성기를 장식한 무제武帝(劉撤 재위 BCE 141-BCE 87)가 기원전 108년에 동북아시아 지역을 장악하고 있던 위만조선衛滿朝鮮, 즉 고조선을 공격하여 왕검성王儉城 전투에서 멸망시키고, 그 점령 지역을 통치하기 위해 네 개로 분할한 지방 행정구역이었다. 이때는 이미 한무제가 흉노를 공격하여 서역 지역과 실크로드를 확보하고 남쪽으로 지금의 베트남 지역까지 정복한 후 마지막으로 남은 동쪽 지역을 정복하기 위해 고조선을 공격했던 시절이었다.

행적 화상은 이렇게 중국 주나라 강씨의 후손으로 신라에서 최씨로 살아온 집단의 후손이었다. 이러한 신라 귀족 집안에서 태어난 대사는 어릴 때부터 영민하여 모든 것에 의문을 두고 탐구하다가 출가를 결심하고 여러 산문의 고승대덕을 찾아 배움을

낭공대사비, 국립중앙박물관 소재

구하고, 가야산 해인사에서 『화엄경』 등 불경을 공부한 다음, 855년 문성왕文聖王(재위 839-857) 17년에 복천사福泉寺에서 구족계를 받았다.

그후 오늘날 강릉인 명주溟州에 있는 굴산사崛山寺의 통효 대사通曉大師 범일梵日(810-889 도당유학: 831-847) 화상을 찾아가 그 문하에서 수년 동안 수행하고, 운수행각을 나서 진리 탐구에 진력을 하다가 드디어 870년 경문왕景文王(재위 861-875) 10년에 조공사朝貢使로 당나라로 들어가는 김긴영金緊榮의 허락을 얻어 그를 따라 당나라로 건너갔다.

그는 당나라 동쪽 해안에 도착하여 장안長安으로 갔다. 그곳에서 황제의 허락을 얻어 보당사寶堂寺 공작왕원孔雀王院에 머물렀다. 얼마 뒤 당나라 의종懿宗(재위 859-873)의 생일에 칙명을 받고 입궐하는 기회가 있었는데, 이 생일 행사의 자리에서 황제가 '멀리에서 바다를 건너 온 것은 필시 무엇을 구하고자 하는 것이 있기 때문이 아닌가?'라는 질문을 받게 되자 '대국을 두루 다니며 사람 사는 것을 보고 불도를 널리 공부한 후 신라로 가서 불법을 세우려고 합니다.'라고 답을 하였다. 이를 계기로 의종 황제는 행적 화상을 좋게 보고 두터운 신임을 베풀었다고 한다.

그 뒤 오대산五臺山 화엄사華嚴寺로 가서 문수보살에게 감응을 구하고자 중대中臺에 올랐는데, 이때 홀연히 신인神人을 만나 '남방으로 가면 담마의 비(曇摩之雨)에 목욕할 것'이라는 말을 듣고는 정례頂禮한 후 남쪽 땅으로 운수 행각을 떠났다.

행적 화상은 875년 헌강왕憲康王(재위 875-886) 1년에 성도成都의 정중정사靜(淨)衆精舍 즉 정중사靜(淨)衆寺에 가서 신라 성덕왕聖德

王(재위 702-737)의 아들로 출가한 무상無相(684-762) 대사의 영당影堂에 참배하고, 다시 청원행사靑原行思(?-740) 선사의 선맥을 이은 석상경저石霜慶諸(807-888) 선사에게 가서 불법을 듣고 심인心印을 전해 받은 후 남악 형산衡山으로 내려가 그 일대를 주유하며 선지식을 참방하였다. 신라 사람으로 청원 선사의 법을 이은 것은 그가 처음이었다.

무상 대사는 속성이 김씨라서 김화상金和尙으로도 불렸는데, 5조 홍인弘忍(601-674) 대사의 문하에서 6조 혜능慧能(638-713) 선사와 함께 사천四川 지역을 중심으로 활동한 자주資州 덕순사德純寺의 지선智詵(609-702) 선사를 배알하고, 그의 법을 이은 처적處寂(665-732) 선사와 함께 이 지역에서 크게 선법을 펼치며 활동한 인물이다. 처적 선사가 입적한 후에는 무상 대사의 선맥이 정중종淨衆宗이라고 불릴 만큼 출가자와 재가자들이 많이 모여들었고, 향을 피우고 붓다를 생각하는 염불과 좌선을 수행방법으로 하였다고 한다. 무상 대사는 티베트의 짼뽀 치송데짼(재위 755-787) 시기에 불교가 번창하게 된 것에 있어서 중요한 역할을 했을 뿐만 아니라 그의 선법禪法은 티베트에도 전파되었다.

행적 화상이 중국에 오기 얼마 전의 일이기는 하지만, 신라에서 온 도의道義(도당유학: 784-821) 화상, 홍척洪陟(도당유학: 810-826) 화상, 혜철惠哲(785-861) 화상은 모두 서당지장西堂智藏(735-814) 선사

문하에서, 혜소慧昭(774-850 도당유학: 804-830) 화상은 창주신감滄州
神鑑 선사 문하에서, 현욱玄昱(787-868 도당유학: 824-837) 화상은 장경
회휘章敬懷暉 선사 문하에서, 도윤道允(798-868 도당유학: 825-847) 화
상은 남전보원南泉普願(748-834) 선사 문하에서, 무염無染(800-888 도
당유학: 821-845) 화상은 마곡보철麻谷寶徹 선사 문하에서, 각각 선법
을 공부하고 그 맥을 이어받아 신라로 돌아가 선문을 열었다.

이들이 배운 중국의 스승들은 모두 마조도일馬祖道一(709-788)
선사의 뛰어난 전법 제자들이었다. 혜능 대사의 양대 제자로는
청원 선사와 남악회양南嶽懷讓(677-744) 선사가 있었는데, 마조 선
사는 이 남악 선사의 전법 제자이다. 마조 선사도 젊었을 때 처
적 선사 문하에서 공부하였다.

행적 화상은 그 뒤 중국 여러 곳을 다니며 선지식을 두루 참방
하고 조계산曹溪山에 들러 혜능 선사의 유골을 봉안한 육조탑六
祖塔을 참배하였다. 오늘날 혜능 선사의 진신은 남화선사南華禪寺
의 육조전에 모셔져 있다. 이 당시에 수행하는 운수납자들은 어
느 한 자리에 머물러 있는 것이 아니라 그 넓은 중국 전역에 흩어
져 있는 사찰과 선원을 찾아다니며 선지식에게 법을 공부하고 법
거량을 하기도 하였다.

중국에서 선종이 전국적으로 확산되어 가던 시기에 당나라로
간 적지 않은 신라의 도당유학승들은 이렇게 여러 지역을 찾아다

닌 후 육조탑을 참배하고 돌아오고는 했는데, 중국 선가禪家에서
는 무상 대사의 명성도 매우 높았기 때문에 정중사를 참방하고
무상 대사의 영당에 참배하는 것은 행각수행을 하던 도당유학승
들에게는 필수 코스였을 것이다. 같은 신라 사람이었기에 그에 대
한 존경심은 더했을 것이다.

국립중앙박물관에는 불경을 등에 지고 운수행각을 하며 수행
하는 구법승의 그림이 있는데, 어쩌면 이런 모습을 하고 다녔는지
도 모른다.

이 당시에는 남종선이 상
당한 세력을 가지고 있어서
혜능 선사가 남종선의 종주
로 추앙을 받았던 것 같다.
사실 하택종荷澤宗으로 중원
지역을 풍미한 하택신회荷澤
神會(684-758) 선사의 영향권
내에서 재구성된 『육조단경六
祖壇經』에서는 옥천신수玉泉
神秀(?-706) 대사가 혜능 선사
에 비하여 수준 이하로 그려
져 있지만, 신수 대사는 5조
홍인 대사 이후 4조 도신道信

구법승 그림

(580-651) 선사와 5조의 법문인 '동산법문東山法門'을 이은 6조로 존숭되었던 인물이고, 불교에 의탁하여 황제의 지위를 차지한 측천무후則天武后(재위 684-705)의 황실과 귀족들로부터도 초빙이 되고 무후의 아들인 중종中宗(재위 684-710) 황제와 예종睿宗(재위 710-712) 황제의 스승으로 높은 존경을 받았다.

물론 이 시기 이후에 혜능 선사는 그를 가해하려는 사람들을 피하여 사조원四祖院과 오조원五祖院이 있는 황매현黃梅縣에서 멀리 남쪽으로 내려가 15년간 은거하며 지냈다고 전한다.

행적 화상은 885년 헌강왕 11년에 신라로 귀국하여 굴산사를 찾아가 통효 대사를 다시 뵙고 가까이에서 모시며 수행하기도 하고, 경주의 천주사天柱寺와 남쪽의 수정사水精寺에 주석하기도 했다. 통효 대사가 병으로 눕자 다시 굴산사로 돌아와 입적할 때까지 병시중을 하고 그의 법을 이어받았다. 그런 후에 지금의 춘천인 삭주朔州에 있는 건자난야建子蘭若에 주석하며 띠집을 고쳐 산문을 여니 찾아오는 사람들이 구름같이 몰려들었다.

진성여왕시대를 거치면서 곳곳에 일어난 반란의 혼란기를 겪으면서 암곡에 몸을 숨기기도 하고 경주에 머물기도 하다가 삭주로 돌아오곤 했다. 건녕乾寧(894-897) 초기에는 왕성에 머물렀고, 광화光化(898-900) 말에는 야군野郡으로 돌아갔다.

효공왕孝恭王(재위 897-912)은 선종禪宗을 중시하여 승정僧正인 법현法賢 화상을 보내 그를 왕궁으로 초빙하였는데, 906년에 제자 행겸行謙, 수안邃安, 신종信宗, 양규讓規 화상 등과 함께 왕경으로 가서 법문을 하니 왕은 그를 국사國師의 예로 대하였다. 신덕왕神德王(재위 912-917)도 그를 국사로 삼고 915년에 남산에 있는 실제사實際寺에 주석하게 했다. 실제사는 진흥왕眞興王(재위 540-576) 26년인 566년에 창건되었는데, 신덕왕이 왕자로 있을 때 선방으로 사용한 적이 있어 이를 행적 선사에게 주어 주석하도록 하고 왕도 그곳을 방문하여 법문을 듣고는 했다. 이처럼 낭공 대사는 효공왕과 신덕왕을 거치면서 양조국사兩朝國師로 존숭되었다.

효공왕은 헌강왕의 서자로 왕위에 올랐는데, 이때 궁예弓裔(재위 901-918)는 한산주 관내의 30여 개의 성을 빼앗고 송악군松岳郡에 도읍을 정하였으며, 나라를 마진摩震으로 정하고 철원으로 도읍을 옮기던 시절이었다.

신라는 이렇게 풍전등화의 위기에 있었는데, 효공왕은 나라의 정치를 돌보지 않고 비천한 첩에 빠져 허우적거리고 있었다. 이를 보다 못한 대신 은영殷影이 결국 그 첩을 잡아 죽였지만 날로 세력이 강해진 궁예는 나라 이름을 태봉泰封으로 고치고 연호를 수덕만세水德萬歲로 하기에 이르렀다. 효공왕은 16년만에 아들이 없이 죽고 박경휘朴景暉가 왕으로 추대되어 신덕왕이 되었으나 그 역시 6년만에 죽었다. 신라는 계속 위기 상태에 있었다.

이러한 시절에 살던 행적 화상은 그후에 신라 명문 집안의 여제 자인 명요부인明瑤夫人이 스스로 마련한 석남산사石南山寺로 가서 주지를 맡아 줄 것을 청하자 이를 허락하고 산과 계곡으로 둘러싸인 그곳으로 가서 주석하다가 916년에 85세로 입적하니 승랍 61세였다. 석남산의 서쪽 봉우리에 임시로 모셨다가 3년째인 918년 11월에 정식으로 장사를 지냈다. 신덕왕의 아들인 경명왕景明王(재위 917-924) 2년의 일이다. 이 석남산사가 어디에 있었는지는 분명하지 않다. 언양 석남사인지 아니면 경주와 가까운 다른 곳인지, 아니면 태자사를 말하는 것인지 등등 여러 의문점이 남아 있다.

그후 대사의 제자인 신종 선사, 주해周解 선사, 임간林侃 선사 등 500여 명이 스승을 추모하며 왕에게 비의 건립을 청하였는데, 경명왕이 선왕의 숭불정신을 이어 시호를 '낭공대사'로 추증하고 탑명을 '백월서운지탑白月栖雲之塔'으로 내렸다. 그리고는 최인연 선생에게 비문을 짓도록 했다.

경명왕이 즉위한 후에도 반역이 일어났고, 궁예가 죽고 왕건王建(재위 918-943)이 고려 태조로 즉위하고 송악군으로 도읍을 옮기는 일이 발생하였다. 신라는 왕건과 우호관계를 맺고 합천의 대야성大耶城과 경산 자인의 구사군仇史郡을 함락시키고 쳐들어오는 견훤甄萱(867-936 재위 900-935)의 공격을 막아내는 데 안간힘을 다하고 있었다. 이미 신라는 국력이 기울대로 기울었다. 경명왕은 8년만에 죽었고, 의상義湘(625-702) 대사가 출가한 황복사皇福寺에서 화장을 하고 그 북쪽에 장사를 지냈다. 이 자리를 친동생이 계승하여 경애왕景哀王(재위 924-927)이 되었다.

경애왕이 즉위한 당시에는 이미 신라는 존재가 미미했고 견훤과 왕건이 서로 싸우는 판이 되었다. 물론 이때도 신라는 후당後唐(923-936)에 사신을 보내고 고려에 국방의 도움을 청하고 있는 형편이었다. 견훤이 마침내 신라를 공격하여 왕과 왕비를 사로 잡고 귀족들을 죽이고 재물을 마구 약탈하였다. 견훤은 경애왕을 자살하게 하고 왕비를 욕보이고 부하들로 하여금 궁녀들을 욕보이게 하였다. 이렇게 경애왕은 2년만에 죽고 견훤이 그 집안의 아우뻘 되는 김부金傅를 세워 임시로 나라 일을 보게 하였으니 이 사람이 경순왕敬順王(재위 927-935)이다.

이미 존재감이 없는 경순왕이 나라를 수습하기는 어려웠고, 신라 지역의 여러 지방을 복속해가고 있던 왕건의 영향권 안에 있으면서 연명을 하는 수준이었다. 드디어 935년에 경순왕은 왕건에게 귀순하여 신라를 넘겨주고 왕건의 맏딸인 낙랑공주樂浪公主를 아내로 삼고 신라를 경주로 고쳐 식읍食邑으로 받아 정승공正(=政)丞公에 봉해졌다. 왕건의 사위가 된 셈이다. 왕건에게는 아홉 명의 딸이 있었는데, 낙랑공주 이외에 성무부인聖茂夫人과의 사이에 난 딸도 경순왕의 아내가 되었다.

경순왕이 왕건에게 귀순하기로 하자 마의태자는 이에 반대하며 눈물로 하직하고 개골산皆骨山으로 들어가 바위를 집으로 삼고 삼베옷을 입고 풀만 먹으며 살다가 일생을 마쳤다. 이는 『삼국사기三國史記』에 기록된 내용이다. 『삼국유사三國遺事』에는 이때 막내 아들도 아버지를 따라가지 않고 화엄사로 들어가 중이 되어 범공梵空이라는 법명으로 성주의 가야산 남쪽에 있는 법수사法水寺와 합천의 가야산 해인사海印寺에 살았다고 기록되어 있다. 법수사는 임진왜란 당시에 폐사가 되었고, 빈 절터에는 현재 당간지주와 삼층석탑이 남아 있다. 비운의 경순왕은 고려 경종景宗(재위 976-981) 3년(979)에 죽었다. 경종은 광종光宗(재위 949-975)의 맏아들인데, 경순왕의 딸을 왕비로 맞이하였다.

신라라는 나라가 이런 꼴로 망한 과정을 보면, 이미 왕위를 놓고 서로 칼부림을 할 때부터 그 시작이 된 것이다. 선덕왕宣德王(재위 780-785)부터 경순왕까지 20명의 왕들이 지낸 시기를 신라 하대라고 하는데, 그 하대에 오면서 신라는 이미 망국의 길로 빠져들어 헤어나지 못한 것이다. 누구의 책임인가? 당연히 권력을 쥔 자들의 책임이다.

신라 하대에 궁예와 견훤이 반란을 일으켜 각기 나라를 세워 신라를 공격하고 그 와중에 왕건이 나타나 나라를 세우고 후삼국의 지형을 통일하려고 하던 당시에 선종을 펼쳐가던 승려들도 이에 부화뇌동附和雷同하며 어떤 이는 견훤을 지지하고 어떤 이는 왕건을 지지하기도 했다. 궁예나 견훤이나 이 당시에는 불교를 이용하여 각자 미륵불이라고 세상을 속이고 있었음에도 말이다. 선사들도 이들의 행동이 거짓이고 미륵이니 보살이니 하는 말에 속지 말아야 한다고 하며 나선 것이 아니라, 이렇게 권력의 풍향에 따라 어느 한 편에 서기도 했으니 가짜 미륵의 행동이 거짓임을 백성들이 어찌 알 수 있었겠는가. 참선 수행이니 하는 것도 권력 앞에서는 허망한 말장난에 지나지 않은 것이었는가? 잘 모르겠다. 하여튼 이런 시기에 행적 화상도 살았다.

다시 원래의 이야기로 돌아가면, 아무튼 통일신라가 멸망하고 고려로 다시 통일되는 혼란의 시기를 맞으면서 비는 바로 세워지지 못하고 대사가 입적한 때로부터 36년 후에 비로소 세워지게 된다. 낭공 대사의 뛰어난 제자들로는 용담사龍潭寺 식조式照, 건성원乾聖院 양경讓景, 연○사鳶○寺 혜희惠希, 유금사宥襟寺 윤정允正, 청룡사淸龍寺 선관善觀, 영장사靈長寺 현보玄甫, 석남사石南寺 형한逈閑, 숭산사嵩山寺 가언可言, 태자사太子寺 본정本定 화상 등이 있었는데, 당시 왕실 원찰의 책임자이고 건성원의 주지로 있던 통진 대사通眞大師 양경讓景(879-? 도당유학: ?-928) 화상이 75세의 나이로 스승의 비 건립을 주도하여 문도들과 함께 낭공 대사의 탑비를 태자사에 세웠다.

통진 대사는 김씨 집안에서 태어나 육두품으로 출사하여 관직 생활을 하다가 출가하여 태자산사에 주석하고 있던 행적 화상에게로 가서 제자가 되었다. 그가 행적 화상을 찾아간 시기는 행적 화상이 왕경을 떠난 898년 이후 왕경으로 다시 돌아와 국사가 된 907년 사이일 것으로 보인다. 이 당시 행적 화상은 태자산사에 주석한 것으로 보이며, 당시의 태자산사는 조그만 난야에 불과하여 〈낭공대사비〉에는 기술되지 않은 것으로 보인다.

고려 광종 때에 오면, 승계제도와 승과제도가 시행되면서 화엄종華嚴宗을 중심에 놓고 불교계를 중앙집권적인 왕권의 강력한 통제 하에 두는 방향으로 나갔는데, 이 당시 선문들은 이에 대응하여 각자의 중심 사찰을 중심으로 문중 승려들의 결속을 다져나가는 모습을 보이기도 했다. 굴산문은 태자사, 동리산문은 옥룡사, 희양산문은 희양원, 봉림산문은 고달원, 사자산문은 도봉원을 중심으로 신라와 고려의 고승들의 탑비와 부도탑을 세우고 각 종문마다 결속을 도모하였다.

고려에서는 굴산문의 제자들이 전국 사찰에 주석하고 있었는데, 굴산문의 맥을 이어온 통진 대사는 고려 초기에 왕건의 힘을 입어 이 태자사를 종문의 중심 사찰로 정하고 그의 스승인 낭공 대사의 비를 세우면서 굴산문파의 힘을 결집시켜 간 것으로 보인다. 통진 대사는 낭공 대사가 입적할 때는 당나라에 있어 임종을 지켜보지 못하였기에 고려 왕조가 출범한 후에 문도들과 함께 힘을 모아 태자사에 스승의 비를 세워 은혜에 보답하는 동시에 자파 세력의 결집을 도모한 것으로 보인다. 예부터 태자사가 있는 봉화는 경주에서 개경으로 오르내리는 최단거리 도로에서 중요한 위치를 점하고 있는 교통의 요지이기도 했다.

오늘날 통진 대사 양경 화상의 탑비는 사라지고 없다. 〈통진대사비〉의 깨진 잔편 일부가 1896년 을미의병 와중에 불타 버린 옛 용수사 건물의 주춧돌로 사용되었다가 발견되어 현재는 중창된 용수사에 보관되어 있다. 『신증동국여지승람』에는 최인연 선생이 지은 〈낭공대사비〉와 고려의 좌간의대부左諫議大夫 김심언金審言(?-1018)이 지은 〈통진대사비〉가 태자사에 있다고 기술하고 있다.

최인연 선생은 낭공 대사에게서 가르침을 받은 문인門人이면서 집안사람으로 아낌도 받았기에 그 정이 남아 있어 기꺼이 붓을 들어 통진 대사의 친형제인 윤정 화상이 지은 낭공 대사의 행장을 바탕으로 하여 비문을 지었다. 최인연 선생이 지은 이 글은 그의 종형인 최치원 선생의 문장에서 볼 수 있듯이, 유가·불가·도가의 개념을 종횡무진으로 구사하면서 지은 명문이다. 그는 비문을 다 지은 후 마지막 사詞에서 다음과 같이 불법의 요체를 표현하였다.

至道無爲 지극한 도는 무위이니
지 도 무 위
猶如大地 마치 대지와 같도다.
유 여 대 지

통진대사비 잔편 탁본

萬法同歸 만 가지 법은 같은 곳으로 돌아가고
만 법 동 귀
千門一致 천 개의 종문은 하나에 이르네.
천 문 일 치
粤惟正覺 아 오로지 정각으로
월 유 정 각
誘彼群類 저 군생을 인도하나니.
수 피 군 류
聖凡有殊 성인과 범인은 뛰어남이 서로 다르지만
성 범 유 수
開悟無異 진리를 깨닫고 나면 다르지 않도다.
개 오 무 이
(이하 생략)

『고려사절요高麗史節要』의 기록에 의하면, 최인연 선생은 어려서부터 문장에 뛰어나 18세 때에는 당나라에 들어가 예부시랑禮部侍郎 설정규薛廷珪 아래에서 빈공과에 합격하였다. 42세에 신라로 돌아와 집사시랑執事侍郎과 문한기구인 서서원학사瑞書院學士에 임명되었고, 신라가 고려에 귀순한 후에는 고려 태조가 그를 태자의 사부師傅에 임명하였으며, 벼슬이 한림원 태학사 평장사平章事에 이르렀다. 그 당시 고려 궁원의 편액 이름은 그가 다 지었다고 전한다. 그는 고려왕조에 들어와서는 이름을 최언위崔彦撝로 개명했다.

그는 나말여초에 활동했던 선사들의 비문을 가장 많이 지은 것으로 알려져 있다. 현존하는 신라 선사들의 탑비 10기 중 최치원 선생이 4개의 비문을 지었다. 최인연 선생이 3개의 비문을 지었다. 고려에 들어와서 최인연 선생은 70세 노구를 이끌고 세상을 떠나는 날까지 건립된 선사들의 9기 탑비 가운데 8기의 탑비 비문을 직접 지었다.

그가 지은 비문으로는 〈흥녕사징효대사보인탑비興寧寺澄曉大師寶印塔碑〉(신라), 〈태자사낭공대사백월서운탑비太子寺郎空大師白月栖雲塔碑〉(신라), 〈봉림사진경대사보월능공탑비鳳林寺眞鏡大師寶月凌空塔碑〉(신라), 〈무위사선각대사편광탑비無爲寺先覺大師遍光塔碑〉, 〈보리사대경대사현기탑비菩提寺大鏡大師玄機塔碑〉, 〈보현사지장선원낭원대사오진탑비普賢寺地藏禪院朗圓大師悟眞塔碑〉, 〈광조사진철대사보월승공탑비廣照寺眞澈大師寶月乘空塔碑〉, 〈비로사진공대사보법탑비毘盧寺眞空大師普法塔碑〉, 〈명봉사경청선원자적선사능운탑비鳴鳳寺境淸禪院慈寂禪師凌雲塔碑〉, 〈정토사법경대사자등탑비淨土寺法鏡大師慈燈塔碑〉 등이 있다.

글씨도 최치원 선생처럼 잘 썼는데, 그가 쓴 글씨로는 〈봉림사진경대사보월능공탑비鳳林寺眞鏡大師寶月凌空塔碑〉의 전액篆額과 최치원 선생이 비문을 지은 〈성주사낭혜화상백월보광탑비聖住寺郎慧和尙白月葆光塔碑〉의 글씨 등이 있다. 그러나 안타깝게도 최인연 선생의 진적은 남아 있는 것이 없다.

그는 최치원, 최승우崔承祐와 함께 통일신라 말기의 '3최三崔'로 일컬어졌고, 집안은 학문으로 이름을 떨쳤다. 장남 최광윤崔光胤도 문장이 뛰어나서 중국으로 건너가 과거에 합격하였다고 전한다. 나말여초羅末麗初에 아버지와 아들 모두 중국에서 과거에 합

징효대사비 탁본

최인연 글씨, 낭혜화상비

격한 예는 현전現傳하는 기록상 최인연부자가 유일하다. 셋째 아들인 최광원崔光遠의 아들인 최항崔沆(?-1024)은 고려 초기에 정당문학政堂文學, 이부상서吏部尙書와 문하평장사門下平章事를 지낸 명신名臣이었다.

아무튼 〈낭공대사비〉는 바로 세워지지 못하고 고려시대에 와서 광종光宗 5년 즉 954년에 봉화군 태자사에 단목端目 화상이 김생金生의 글씨를 집자하여 세웠다. 비의 건립에 관한 전말은 낭공 대사의 법손인 순백純白 화상이 비를 세울 당시에 '신라국석남산고국사비명후기新羅國石南山故國師碑銘後記'를 추가로 짓고 역시 김생의 글씨를 집자하여 비의 뒷면에 새겨 놓았다. 〈낭공대사비〉의 글씨는 숭태嵩太, 수규秀規, 청직淸直, 혜초惠超 화상이 새겼고, 비의 건립에 있어서 실무의 총 책임은 석남사 장로인 형허逈虛 화상이 맡았다.

〈낭공대사비〉는 그후 태자사의 당우들이 사라진 빈 터 수풀 속에 오랫동안 방치되어 있었다. 1509년 지금의 영주인 영천榮川 군수로 와 있던 이항李沆(?-1533)이 이 비가 봉화현에 있다는 이야기를 듣고 옛 절터까지 찾아가 이를 보고 김생의 글씨임을 확인하였다. 그는 과거 안평대군이 편집한 『비해당집고첩匪懈堂集古帖』에 실려 있는 김생의 필적을 직접 보고 이를 좋아하였는데, 이곳에서 다시 김생의 글씨로 된 비석을 발견하고는 크게 감격하였다. 그는 이 비를 영주의 자민루字民樓 아래로 옮기고 난간과 지게문을 설치

김생 글씨, 낭공대사비 후면

하여 탁본할 때 이외에는 사람들의 출입을 금지하였다.

이항은 10년 후 1519년(중종 14)에 조광조趙光祖(1482-1519) 등 신진사류들이 새로운 개혁정치를 펼쳐나가는 것에 반발한 훈구세력들과 작당하여 기묘사화己卯士禍를 일으킨 심정沈貞(1471-1531)의 수하로 들어가 날뛰다가 결국 중종 28년에 같은 수하인 김극핍金克愊(1472-1531)과 함께 사약을 받고 황천길로 갔다.

세상에서는 이 3명을 '신묘삼간辛卯三奸'이라고 불렀다. 예나 지

금이나 완장을 차면 권력의 힘을 등에 업고 칼춤을 추다가 폐가 망신廢家亡身하는 인간들이 사라지지 않는 것을 보면, 역사는 인간에게 교훈을 주지 못하는 것인지도 모르겠다. 사마천司馬遷(BCE 145?-BCE 86?)이 들으면 탄식할 얘기이지만.

　그후 남구만南九萬(1629-1711) 선생이 1662년(현종3) 암행어사로 영남 지역을 시찰하던 도중 3월 초 영주에 도착하여 〈낭공대사비〉를 보았다. 이때는 100여 년 전에 이항 군수가 설치했던 난간과 지게문은 이미 없어졌고 탁본을 워낙 많이 하여 앞면의 글자는 알아보기 어려운 상태였는데, 마침 비를 뒤집어 보다가 뒷면에 새겨진 글자를 발견하였다.

　당시 그는 마을 사람들로부터 임진년(1592, 선조 25)과 정묘년(1627, 인조 5) 사이에 중국 사람들이 이곳에 머물면서 밤낮으로 탁본을 한 것이 거의 수천 본本이었는데, 이때 추운 날씨로 얼어붙은 먹물을 녹이느라 숯불로 가열하는 바람에 비석이 많이 손상되었다는 말도 들었다.

　그후에도 명나라 사신인 웅화熊化(1581-1649)가 조선으로 왔을 때, 압록강을 건너기도 전에 백월비白月碑의 탁본을 청한 일이 있었는데, 조정에 있는 사람들이 도리어 이 비석이 어디에 있는지를 몰라 명나라 사신에게 다시 물어 비로소 비석이 이곳에 있는 것을 알게 되었고, 관리를 특파하여 탁본을 해갔다고도 했다. 남구만 선생은 우리 보물의 가치를 우리는 잘 알지 못하고 중국 사람들이 더 귀하게 여겨온 세태를 안타까워했다.

웅화가 조선으로 온 때는 1609년(광해군 1)인데, 이때 선조宣祖(재위 1567-1608)에게 명나라 황제가 시호를 내리는 사시사賜諡使로 왔다. 당시 조선의 최고 문장가이자 명나라에 사신으로도 다녀온 월사月沙 이정구李廷龜(1564-1635) 선생이 빈접사儐接使가 되어 웅화 일행을 영접한 후 서로 글을 주고받았는데, 그후 조선에서는 이정구 선생이 받은 웅화의 글씨를 모아『웅화서첩熊化書帖』을 만들어 애지중지하기도 했다.

『월사선생집月沙先生集』의 글을 읽어 보면, 사신으로 온 웅화는 인품이 고결하고 시문에서나 예법에서나 법도가 분명하며 조선의 사정을 배려하는 마음도 컸다고 이정구 선생이 써놓았다. 그래서 중국으로 돌아갈 때에 지위고하를 막론하고 조선의 백성들로부터 많은 찬사를 받았다고 했다. 이런 정도의 훌륭한 인물이었으니 〈낭공대사비〉의 탁본을 만들어 그에게 선물하는 것은 일도 아니었으리라.

또 남구만 선생은 지난 날 이 비의 탁본 청탁이 워낙 많아 민폐가 극심하여 사람들이 비석을 둔 곳을 마구간으로 위장하고 말똥과 거름으로 파묻어 탁본할 수 없도록 만들어 버린 일도 있었는데, 이 와중에 비석이 많이 훼손되었다는 이야기도 들었다. 이런 사실은 그의 문집『약천집藥泉集』에 기록되어 있다. 사실 유명한 비석이나 명필의 글씨를 새긴 서판書板의 경우는 대부분 이런 수난(?)을 겪었다. 탁본의 청탁이 워낙 많아 실물이 손상을 입는 가 하면, 탁본을 하는 데 필요한 먹물의 조달과 인력의 동원으로 인하여 심한 폐단이 발생하기도 했다.

그래서 어떤 경우에는 사람들이 탁본하는 작업에 워낙 시달려 급기야 비를 부숴버린 경우도 있었고, 비신을 뽑아 땅속에 파묻 어 버린 경우도 있었다. 백성들이 한지나 차의 공납에 시달려 닥 나무나 차나무를 아예 뽑아 내버린 경우와 비슷하다. 노동에 대 한 대가를 제대로 지불하지 않고 부려먹기만 했으니 이런 사태가 발생한 것이다.

그렇지만 이런 수난 속에서도 〈낭공대사비〉는 살아남아 그 이 후 일제식민지시기인 1918년에 경복궁 근정전의 회랑으로 다시 옮겨졌고, 현재는 국립중앙박물관 서예실에 옮겨져 전시되어 있 다. 현재는 비신이 두 부분으로 파손되어 있지만, 파손되기 전에 탁본을 한 것이 영주 소수서원에 보관되어 있다. 현재 태자사터에 있는 귀부와 이수는 조사 결과 〈낭공대사비〉의 것은 아닌 것으 로 밝혀졌다.

한국서예사에서 〈낭공대사비〉는 김생의 글씨로 유명한데, 정 작 김생은 통일신라시대 한미한 집안의 출신이라는 것 이외에 생 몰 연대와 부모도 분명하지 않다. 청량산이 있는 봉화 재산현才山

낭공대사비 탁본, 소수서원 소재

縣 사람이라고도 전한다. '김생'이라는 말도 성姓이 '김'이고 이름이 '생'이라는 것인지도 알 수 없을 뿐 아니라, 이런 류의 이름은 다른 경우에 찾아보기 어렵다.

고려시대 문인들에 의해 해동제일의 명필로 칭송되었으며, 이규보李奎報(1168-1241) 선생의 『동국이상국집東國李相國集』에서는 그의 글씨를 '신품제일神品第一'로 평가하였다. 원元나라의 명필 조맹부趙孟頫(1254-1322)도 「동서당집고첩발東書堂集古帖跋」에서 〈창림사비昌林寺碑〉에 새겨진 김생의 글씨를 높이 평가하였다. 그의 글씨는 조선시대 후기까지 진적들이 일부 남아 있었던 것 같으나 현재는 진적이 전혀 남아 있지 않다.

청량산을 유람한 주세붕 선생은 김생굴金生窟을 답사한 글을 쓸 때, 자신이 김생의 서첩을 가지고 있는데 김생굴에 와서 보니 김생의 필체가 청량산의 빼어난 바위들을 닮아 그렇게 된 것 같다는 감회를 남겼다. 미수眉叟 허목許穆(1595-1682) 선생은 그의 「청량산유람기淸凉山遊覽記」에서 김생에 대한 언급은 하지 않았지만, 시랑侍郞 허옥여許沃汝가 소장하고 있는 김생의 진적을 본 적이 있다고 글로 적어놓았다.

1821년 청량산을 유람하며 김생굴을 둘러본 적이 있는 사진士珍 이해덕李海德(1779-1858) 선생은 승려들이 보여준 김생의 진적 2첩을 감상한 사실을 유람기에 적고 있다. 각각 금분金粉과 은분銀

김생 글씨, 전유암산가서

粉으로 쓴 작은 글씨였는데, 서첩에는 작은 부처를 여럿 그려놓았다고 적어놓고 있다. 현재는 김생의 진적이 남아 있지 않기 때문에 한국서예사에서 〈전유암산가서田遊巖山家序〉의 탑본과 이 〈낭공대사비〉의 탑본은 매우 중요한 가치를 지니고 있다.

안동의 갈라산葛蘿山에는 김생이 글씨 연습을 했다고 하여 문필봉文筆峰이라고 부르는 봉우리가 있고, 봉화의 청량산에는 현재의 청량사淸涼寺에서 좀더 위로 올라가면 자소봉紫宵峰 아래에 김생이 글씨 공부를 했다는 김생굴과 김생폭포가 있다. 김생은 80

세에 이르기까지 글씨 공부를 하였
다니 글씨를 수행하듯이 썼는지도
모른다. 퇴계 선생은 청량산을 유
람하고 이곳을 둘러본 다음 〈김생
굴金生窟〉이라는 시를 남겼다.

김생굴

蒼籀鍾王古莫陣　옛 글씨나 종요 왕희지 글씨만 쫓지 말 것이니
창 주 종 왕 고 막 진

吾東千載挺生身　천년 만에 해동에도 뛰어난 이 태어났도다.
오 동 천 재 정 생 신

怪奇筆法留巖瀑　신출기묘한 필법은 바위 폭포에 남아 있는데
괴 기 필 법 유 암 폭

咄咄應無歎逼人　그 뒤를 이을 사람 없으니 이를 슬퍼하노라.
돌 돌 응 무 탄 핍 인

　이 시절에 김생굴에는 김생암金生庵이 있었던 것 같다. 퇴계 선생의 맏손자인 이안도李安道(1541-1584) 선생이 24세 때 문우들과 김생암에 묵으며 『춘추春秋』를 읽고는 했는데, 이때 퇴계 선생은

—
김생굴에서 내려다 본 청량사

기특한 손자에게 공부를 독려하는 편지를 보내기도 했다.

　퇴계 학통을 이은 존재存齋 이휘일李徽逸(1619-1672) 선생도 청량산을 유람할 때 이곳에 들러 역시 〈김생굴金生窟〉이라는 시를 남겼으니, 당시에는 이 김생굴의 이야기가 사실로 받아들여진 것 같다. 이휘일 선생은 그 유명한 갈암葛庵 이현일李玄逸(1627-1704) 선생의 형이니, 당대에 형제가 대유학자로 이름을 떨쳤다.

金生庵破窟猶新 김 생 암 파 굴 유 신	김생암은 무너졌어도 굴은 지금도 새롭기만 하고
疎雨寒煙銷莽榛 소 우 한 연 소 망 진	무성한 잡초 간간이 비오고 차가운 안개 잠겼네.
虹瀑十尋猶淅瀝 홍 폭 십 심 유 절 력	무지개 이는 열 길 폭포 물방울은 아직 시원하고
銀鉤千載尙精神 은 구 천 재 상 정 신	은구는 천년 동안 아직도 정신이 살아 있네.
奇才自足硏功得 기 재 자 족 연 공 득	뛰어난 재주는 본래 갈고 공을 들여 얻게 되고
妙道元因入靜眞 묘 도 원 인 입 정 진	깊은 도는 조용한 경지에 들어야 참되다네.
想像玆山未開創 상 상 자 산 미 개 창	상상하건대, 이 산이 아직 열리지 않았을 때
巖崖幾處秘神人 암 애 기 처 비 신 인	바위와 절벽 그 어디에 신선이 숨어 있었나 보다.

　『신증동국여지승람』에는 충주목에 있는 김생사金生寺를 김생이 머물며 불교 수행을 한 곳이라고 기록하고 있다. 김생은 불교와도 깊은 관련이 있는 것으로 보인다. 1977년에는 대청댐 수몰지구 유적 조사반이 충북 청원군 문의면 덕유리에서 무명의 사지를 발굴하다가 '김생사', '태평흥국', '강당초' 등의 글씨가 새겨진 기왓

장을 발견하면서 김생사의 옛터가 발견되었다.

현재 충주시는 금가면 김생로 325(유송리)의 부지를 김생사터로 비정하고 있다. 고려시대 포은圃隱 정몽주鄭夢周(1337-1392) 선생도 김생사로 돌아가는 승려에게 송별시를 지어보냈다.

縹緲金生寺　파르스름히 아득한 저 먼 김생사
표 묘 김 생 사

潺湲月落灘　졸졸졸 물 흐르는 월락탄
잔 원 월 락 탄

去年回使節　지난해 사신으로 갔다 돌아올 때에
거 년 회 사 절

半日住歸鞍　한나절 말안장을 멈추었다오.
반 일 주 귀 안

花雨講經席　붓다의 경을 설하는 자리에는 꽃비 내리고
화 우 강 경 석

柳風垂釣竿　버들가지 살랑이는데 낚싯대 드리웠지요
류 풍 수 조 간

此身雖輦下　이 몸은 비록 조정에 묶여 있으나
차 신 수 련 하

淸夢尙江干　맑은 꿈은 오히려 강과 산골에 있다오.
청 몽 상 강 간

포은 선생과 같은 시대를 살았던 절의지사節義之士 도은陶隱 이숭인李崇仁(1347-1392) 선생도 김생사의 장로스님에게 보낸 시를 남겼다. 이를 보면 그 시절에도 김생과 김생사의 지위는 여전히 높았던 것 같다.

古鼎燒殘一炷香　옛 솥에는 타다 남은 한 줄기 향 오르고
고 정 소 잔 일 주 향

頹然自到黑甛鄉　꾸벅이며 조는 사이 단잠 속에 빠지네.
퇴 연 자 도 흑 첨 향

覺來情思淸如水 _{각 래 정 사 청 여 수} 깨어 보니 정신이 물처럼 맑아

未用區區學坐忘 _{미 용 구 구 학 좌 망} 구차하게 좌망을 배울 필요 없다네.

〈낭공대사비〉의 글씨는 기본적으로 왕희지의 행서법行書法을 따르면서 그 위에 자기만의 자유로움을 더하여 글자의 크기와 변화를 자유롭게 구사하고 있다. 비문의 글씨는 집자이기 때문에 글자간의 간격과 속도 그리고 크기의 변화 등에서 전체적인 흐름을 그대로 전해 주는 것은 아니다. 그리고 글자를 새긴 사람의 의도도 자획에 포함되어 있는 것으로 보여 원래의 글씨 모습을 알기는 쉽지 않으나, 서풍은 충분히 짐작할 수 있다.

그런데 김생이 왕희지체를 가장 잘 구사하였다는 점, 현재 남은 왕희지체를 구사한 것 중 가장 뛰어난 것이 영업靈業 화상이 글씨를 쓴 〈단속사신행선사비斷俗寺神行禪師碑〉인 점, 813년에 세워진 〈신행선사비〉이외에 영업 화상의 글씨를 발견할 수 없는 점, 이름을 '김생'이라고 쓴 것은 김생에게서만 발견되는 점 등을 고려하면 혹시 김생이 '김생영업金生靈業'이 아닌가 하는 생각도 해 본다. 조선시대에도 보통 사람을 칭할 때 '성+生+이름'으로 쓴 점을 고려해 보면, 신라와 고려 때에도 그러했을지도 모른다. '김생영업'은 '속성+生+법명'으로 구성된 것일까?

원래 비석에 쓰는 글씨는 예서隸書나 해서楷書로 썼는데, 행서

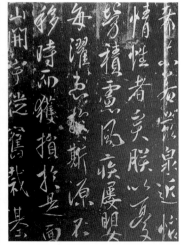

당 태종 글씨, 온천명

당 태종 글씨, 진사명

로 쓰기 시작한 것은 왕희지체를 서법의 전범으로 세운 당 태종
太宗(李世民 재위 626-649)이 628년에 여산廬山 온천에 들렀을 때 세
운 〈온탕비溫湯碑(溫泉銘)〉를 행서로 쓴 것에서 비롯한다. 그후에도
태종은 647년에 당 고조高祖(李淵 재위 618-626)가 태원太原의 진사晉
祠에 제사를 지낸 것을 쓴 〈진사명晉詞碑(晉詞銘)〉도 행서체로 써서
세웠다. 태종은 648년에 조공사로 장안에 온 신라의 김춘추金春秋
(603-661)가 돌아갈 때 환송연을 열고는 자신이 써서 세운 이 2기

의 비를 탁본한 것을 그에게 선물로 주었다.

당시 신라에서는 성골聖骨의 마지막 왕인 진덕여왕眞德女王(재위 647-654)이 647년에 즉위하여 반역을 꾀한 비담毗曇 등 30여 명을 처형하고 신라에 쳐들어온 백제군을 김유신金庾信(595-673)을 보내 토벌하고, 그 이듬해 이찬 김춘추와 그의 셋째아들 김문왕金文王(?-665)을 조공 사절로 당나라에 보냈는데, 이 이야기는 이때 있었던 일이다.

이때 당 태종이 김춘추를 만나보고 매우 총명하고 능력이 뛰어남을 알게 되어 많은 대화를 하였고, 김춘추의 요청을 받아들여 그의 아들인 김문왕을 숙위宿衛할 수 있게도 해 주었다. 이후 신라의 왕자들이나 귀족 자제들이 당나라로 가서 숙위하며 교육을 받고 견문을 넓힐 수 있게 되었고, 도당유학승들이 입당하거나

—
경주 김인문 묘

한 미앙궁 와당

귀국할 때 이 숙위로 오가는 배에 허락을 받고 승선하기도 했다.

당나라에서 좌무위장군左武衛將軍으로 지내고 귀국 후 시중侍中이 되어 활약하는 김문왕은 문무왕이 되는 김법민金法敏(?-681), 문장으로 이름을 떨친 김인문金仁問(629-694)과 함께 태종무열왕 김춘추의 셋째 아들이었다.

당 태종은 당시에 장안長安의 미앙궁未央宮에 머물고 있었다. 이 미앙궁은 한漢 고조高祖(劉邦 BCE 202-BCE 195) 때 장안의 서쪽에 조성된 것인데, 그 기와의 글씨는 한나라 시대의 예서를 연구하는 데 중요한 의미가 있어 서법연구가들은 이 와당의 글씨를 중시한다. 추사 선생도 예서를 궁구함에 있어 한나라의 예서를 최고로 평가하고 학습하였다.

아무튼 이 당시에 당나라에서는 행서로도 글자를 써서 비를 세운 사실이 있음을 알 수 있지만, 신라에서는 아직 비문 글씨는 해서로 썼다. 그러나 왕희지의 글씨는 당 태종부터 최고로 평가하고 서법의 전범으로 세워두었기에 신라에서도 왕희지 글씨에 대해서는 일찍부터 자료를 구하여 배웠다고 보인다.

신라에서는 구양순체를 기본으로 하는 글씨가 전범으로 자리를 잡아 내려왔으나 8세기 후반에 들어서면서 진골 세력이 왕권을 장악하고 문화가 사치와 화려함으로 나아가면서 왕희지체가 유행하고 비도 왕희지의 행서체 글씨를 집자하여 세우거나 왕희지체로 쓰는 경우가 생겨났다. 김생이 왕희지체를 구사한 것이나 〈단속사신행선사비斷俗寺神行禪師碑〉가 행서로 써진 것도 이러한

무장사아미타여래조상사적비 탁본

영업 글씨, 신행선사비

시대적 배경으로 나타난 것으로 보인다.

801년에 조성된 〈무장사아미타여래조상사적비鍪藏寺阿彌陀如來造像事蹟碑〉는 왕희지의 해행楷行을 보는 듯이 착각할 정도로 왕희지체로 잘 쓴 것이고, 현존하는 가장 오래된 선사탑비인 〈신행선사비〉를 813년에 쓴 영업 화상의 글씨도 왕희지의 글씨를 빼다 박은 듯이 뛰어나다. 886년에 세운 것으로 추정되는 선림원지禪林院址의 〈홍각선사비弘覺禪師碑〉는 운철雲徹 화상이 왕희지의 행서를 집자하여 세운 것이다. 그렇지만 나말여초의 많은 선사들의 탑비는 기본적으로 강건하고 엄정한 구양순체를 구사하여 썼다.

김생이 왕희지의 글씨에 방불할 정도로 왕희지체를 잘 썼기에

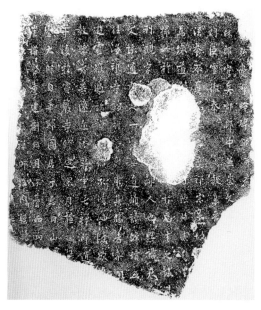

왕희지 글씨, 홍각선사탑비   홍각선사탑비 탁본 부분

—
왕희지 글씨, 대당삼장성교서비

—
김생 글씨, 낭공대사비

당나라 홍복사弘福寺 승려인 회인懷仁 화상이 왕희지의 행서체 글씨를 25년 넘게 모아 「대당삼장성교서大唐三藏聖教序」의 글에 맞추어 편집하고 이를 돌에 새겨 석비로 세웠듯이, 고려에서도 단목 화상이 왕희지체의 대가이며 불도에도 깊었던 김생의 행서체 글씨를 집자하여 〈낭공대사비〉를 새겨 세운 것이 아닌가 하는 생각이 든다.

김생과 왕희지체의 이야기가 나왔으니 잠시 일본으로 눈을 돌려 보면, 도당 유학승이자 일본 진언종眞言宗의 개창조인 홍법 대사弘法大師 구카이空海(774-835) 대사의 글씨가 보는 이를 놀라게 한다. 왕희지, 손과정孫過庭(648-703), 안진경顔眞卿(709-785) 등 중국 명필의 글씨를 익혀 당대 일본 최고의 명필로도 이름을 날렸는데, 그의 뛰어난 서법은「금강반야경해제金剛般若經解題」에서도 볼 수 있다. 왕희지체를 구사한 구카이 대

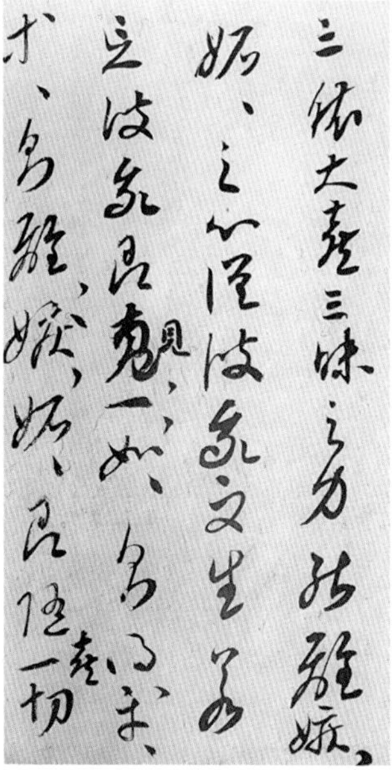

공해 글씨, 금강반야경해제

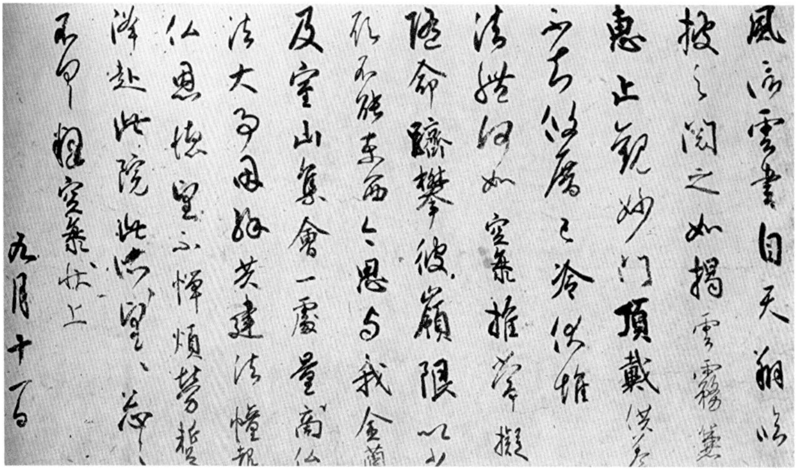

공해 글씨, 풍신첩

사가 남긴 글씨 가운데 서예의 백미로 평가받는 친필본『풍신첩風
信帖』은 국보로 지정되어 교토京都의 동사東寺에 보존되고 있다.

고려왕조가 개국한 초기에는 엄정한 분위기가 있었지만 문종文
宗(재위 1046-1083)에서 예종睿宗(1105-1122)에 이르는 기간에는 나라
도 안정되고 학문과 문화가 만개하는 시기를 맞이하면서 문인들
의 자유로운 활동과 함께 글씨도 구양순체의 방정함에서 벗어나
고 왕희지체를 높이 평가하는 양상이 나타나는데 이에 따라 비의
글씨도 왕희지체가 한 시대를 풍미하게 된다.

탄연 글씨, 청평산문수원기

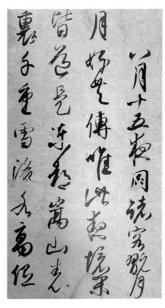

등원행성 글씨, 백씨시권

고려시대 왕희지체의 최고 정점을 찍은 이가 바로 고려 제일의 명필이기도 한 대감 국사大鑑國師 탄연坦然(1069-1158) 화상이다. 우리나라 나말여초羅末麗初의 시기에 일본에서 왕희지체의 진수를 얻어 명필로 이름을 떨친 사람으로는 헤이안(平安) 삼절三絶로 평가 받는 오노노 미치카제小野道風(894-966)와 후지와라 유키나리藤原行成(972-1027)가 있다.

김생의 글씨에 대하여 이야기를 하다 보니 여기까지 이어져 버렸는데, 신라·고려·일본에서 살아갔던 명필들의 글씨와 왕희지체의 유행을 서로 비교하며 음미해 보는 것도 흥미로울 것 같다. 그리고 오늘에 와서 보면, 우리나라에서는 신라와 고려의 명필들의 글씨가 비석에만 남아 있는 데 반하여 일본에는 이런 명필들의 친필본이 그대로 많이 남아 국보로 보존되고 있는 것도 서로 비교가 된다.

신라의 고승들을 찾아보면 그 시절 역사와 그 삶의 조각들만

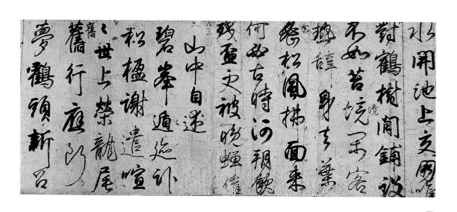

소야도풍 글씨, 병풍토대

석비 등에 남아 우리에게 전해 준다. 〈낭공대사비〉의 실물을 국립중앙박물관에서 보고 그것이 원래 있었던 태자사를 찾아가보면서, 내 머릿속에 맴도는 물음은 여전히 '그들은 무엇을 찾아 그러한 삶을 살았을까?' 하는 것이다.

그들은 조실부모早失父母했거나 집도 없거나 먹고 사는 것이 어려워 속세를 떠난 것이 아니다. 인생이 허무하다고 생각하여 세속의 연을 끊은 것도 아니다. 예컨대 신라에서는 대부분의 고승들이 진골 출신이거나 육두품 출신이었고, 왕족 출신인 경우도 있었다.

이 땅에 여러 종족들이 들어와 살고 작은 소읍小邑을 이루기도 하고 서로 싸워 좀더 큰 나라를 만들기도 하면서 살았지만, 인간이 그냥 막 살 수는 없는 노릇이었을 것이다. 사람들이 모여 국가를 세우고 권력을 쥔 자들이 나라를 다스리고 백성을 부리고 있지만, 과연 이 세상에 태어나 살고 있는 인간은 무엇이며, 어떻게 하면 이런 인간이 태어나서 죽을 때까지 행복하게 살 수 있을 것인가? 만일 다음 세상이 있다면 거기서도 인간이 인간답게 행복하게 살 수 있는 길은 무엇인가? 그렇다면 인간은 무엇을 해야 하는가? 하는 인간의 문제가 생겨나지 않을 수 없었으리라.

바로 이 문제를 풀기 위하여 그들은 길을 찾아 나섰다고 보인다. 그렇지 않으면 목숨 걸고 파미르고원을 넘었을 리도 없고 물한 방울 없는 열사의 사막을 걷다가 죽었을 리도 만무할 것이리

라. 만일 생과 사가 모두 헛된 것이라면 그냥 바로 죽어버리면 될 일인데, 무엇 때문에 이런 힘든 길을 갔겠는가. 파미르고원 끝 석두성石頭城까지 가 봐도 생각은 마찬가지였다.

인간 역사에서 어느 시절이나 마찬가지이지만 보통 사람은 현실에 처한 삶이 내 운명이거니 하고 하루하루를 살아간다. 그러나 깨우친 인간이라면 그것이 아니라 인간이 행복하게 사는 이상 사회가 있을지 모르고, 인간이 이런 세상을 만들 수 있을지도 모른다는 생각을 하며 이를 찾아 탐구의 길을 가게 되는 것이리라.

공자도 '사람이 도를 넓힐 수 있는 것이지 도가 사람을 넓히는 것이 아니다(人能弘道 非道弘人).'라고 하지 않았는가. 이것이 실현되면 모든 인간이 복되게 사는 세상이 된다. 진리를 찾아 이를 실현하는 것, 그들은 이 길을 간 사람들이리라.

'진리를 구하여 인간을 복되게 한다(上求菩提 下化衆生)!'

고구려·백제·신라가 서로 다툴 때에도 각 나라가 불교를 공인하고 받아들인 것은 이런 이상국가를 만드는 사상이기 때문이었고, 그것이 고도의 사상과 철학과 이론으로 되어 있는 것이기에 모든 인간이 쉽게 받아들일 수 있게 그 이치를 밝혀낼 필요가 있었다.

이 땅에 불교가 들어올 때에는 간혹 서역에서 온 승려들이 있기는 했지만, 이 땅에 사는 사람들이 그들의 말을 알아듣기는 어

려웠을 것이다. 이 땅에 들어온 불교는 인도의 불교가 중국으로 들어와 경전이 한역되고, 그 번역된 경전을 놓고 뛰어난 사람들이 그 이치를 밝혀보려는 '무명無明에서의 탈출'이 횃불처럼 타올라 요원의 불길처럼 번져나갈 때 한반도의 지식인들에 의해 탐구되고 전파된 것이다.

그들은 인간의 이상적인 삶을 밝혀줄 그 진리를 탐구하고자 중국으로 건너가 지식의 본토에서 공부하기도 했고, '번역된 불교'에서 의문의 갈증을 풀 수 없었을 때는 목숨을 걸고 끝도 알 수 없는 천축天竺으로의 길을 걸어갔던 것이리라.

파미르고원 석두성

　유사 이래로 지금까지 우리나라에 강력한 영향을 미치고 있는 불교는 대부분 중국에서 재구성된 '중국제 불교'이다. 『법화경法華經』을 소의경전으로 하는 천태종天台宗, 『금강경金剛經』을 소의경전으로 하고 있는 화엄종華嚴宗, 정토종淨土宗, 선종禪宗까지 모두 인도의 불교가 중국으로 들어와 '번역된 경전'을 근거로 하여 뛰어난 지식인들이 생산한 철학과 지적 자원을 동원하여 재구성한 불교이다. 때로는 유장하게 언제 끝날지도 모르는 이야기들과 때로는 치밀한 논리가 구사되는 인도불교(철학)와는 차이가 있는 것이다.

　요즘에는 이런 중국화된 불교 말고 진짜 싯다르타가 말한 알맹

이가 무엇인지를 탐구하고, 이를 제대로 이해하고 실천하는 것이 불교라고 하는 흐름도 이런 문제의식에서 나오는 것이리라. 그 알맹이를 기본으로 하여 정밀한 개념과 언어로 철학체계를 만들든지, 문학으로 그려내든지, 예술로 표현하든지, 이론으로 구성하든지, 신앙으로 만들어가든지 하는 것은 탐구자에 따라 모습이 다르게 나타난다. 이런 모습은 기독교에서도 동일하게 나타나는 양상인데, 당연히 그렇게 될 수밖에 없는 것이리라.

나는 어느 시대나 인간의 문제를 해결할 수 있는 길을 찾기 위해 치열하게 산 사람들을 보고 싶다. 그래서 산도 오르내리고 비석도 찾아가 보고 그들의 삶을 찾아본다. 인간이 가장 행복하게 살 수 있는 길, 그것이 사상이든 철학이든 지식이든 이론이든, 이것만 알게 되면 우리는 그에 따라 살아가기만 하면 된다. 그것이 무엇일까? 헌법학자로서 말하면, '모든 인간이 인간답고 행복하게 살아가는 나라를 정하는 규범이 국가의 최고법인 헌법인데, 이런 헌법을 만들 수 있다면 우리는 그 헌법이 실현되는 나라에서 자기가 하고 싶은 것을 하면서 행복하게 살기만 하면 된다.

태자사터에서 돌아온 날 밤, 용수사 대웅전 앞마당에 서서 밤하늘을 쳐다보았다. 밤하늘이 깜깜할 줄 알았는데, 온통 환하였다!

그곳, 寺 그때와 지금

초판 1쇄 발행 2024년 4월 19일

글 정종섭 / 발행인 김윤태 / 교정 김창현 / 북디자인 디자인이즈
발행처 도서출판 선 / 등록번호 제15-201 / 등록일자 1995년 3월 27일
주소 서울시 종로구 삼일대로 30길 23 비즈웰 427호 / 전화 02-762-3335 / 전송 02-762-3371

값 25,000원
ISBN 978-89-6312-631-9 03810